KÖNIGLICHER HOTTIE

KYLIE GILMORE

Übersetzt von
ANNA DRAGO

1

Phillip

„Prinz Phillip hinterlässt nach seinen One-Night-Stands Abschiedsgeschenke in Form von Kronjuwelen." Ha! Wenn man die neuste Überschrift laut vorliest, klingt sie noch lächerlicher. Tut mir leid, Ladys, *meine* königlichen Juwelen sind das Geschenk.

Ich bin Prinz Phillip Rourke, neunundzwanzig Jahre alt und stehe im Moment in der Thronfolge an erster Stelle. Als *königlicher Hottie* habe ich eine Onlinegefolgschaft und viel, viel zu viele Fotos, auf denen ich mit glamourösen Frauen in ganz Europa rummache. Wenn man die Medienberichte über mich liest, erfährt man, dass meine dicken braunen Haare immer sexy zerzaust, meine aquamarinblauen Augen umwerfend und meine hohen Wangenknochen und mein markantes Kinn im klassischen Sinne schön sind. Dazu meine herzliche, natürlich charmante Persönlichkeit, und es ist nachvollziehbar, warum es mir nie an weiblicher Gesellschaft mangelt. Die Frauen lieben mich, und ich liebe sie. Kurzum.

Ich trinke einen Schluck Scotch und überlege, ob ich nach Norwegen jetten soll, um Ingrid, auf deren Diskretion genauso Verlass ist wie auf ihre Zunge, zu treffen, als mein Handy klingelt. Ich werfe einen Blick auf das Display. Es ist

Anna, meine Schwägerin und seit ihrer Hochzeit mit meinem Bruder Gabriel gestern die Königin von Villroy. Traurigerweise ist mein Vater, der bisherige König, sechs Wochen vor der Hochzeit gestorben. Er ist friedlich im Schlaf gegangen nach einem langen, schmerzhaften Kampf gegen den Krebs. Anna war die Sonne in seinen letzten Tagen, und er hat sie ins Herz geschlossen wie wir alle.

Ich tippe auf das Display, stelle das Handy auf Lautsprecher, lege es auf den Tisch und setze mich in den Ledersessel in meiner Suite im Palast. „Anna, ich kann nicht fassen, dass du mich anrufst, wenn du auf Hochzeitsreise sein solltest."

Sie hat sich wahnsinnig darauf gefreut, Paris zum ersten Mal zu sehen. Auch wenn sie schon die letzten drei Monate hier auf Villroy vor der Küste von Südwestfrankreich gelebt hat, hat sie nie das Festland erkundet. Sie ist Amerikanerin, direkt und unverblümt und lebenslustig, so ziemlich genau das Gegenteil von meinem Bruder, einem stoischen Abbild unserer Wikingervorfahren. Um ihn zum Lachen zu bringen, müsste ihm der Spaß schon in den Hintern beißen, und ich denke mal, Anna hat das getan. Ha!

Annas Stimme dringt herzlich und glücklich aus dem Lautsprecher. „Wir sind in der Limousine auf dem Weg zu unserem Hotel, und mir ist gerade eingefallen, dass ich vergessen habe, dir etwas über unsere Gäste nächste Woche zu erzählen." Sie hat einen Teil des Palasts für „ein königliches Erlebnis" renoviert, und wir vermieten die Suite entweder für eine Ladyswoche oder an Hochzeitsreisende. Es ist der erste Schritt ihres Planes, die Wirtschaft von Villroy anzukurbeln und neue Jobs und Geld auf die Insel zu bringen. Nächste Woche kommen die ersten Gäste zu einer Ladyswoche mit allem möglichem Beauty- und Weiberkram, da sie Kosmetikerin ist. In einem weiteren Schritt will sie ein Spa bauen – weit genug vom Palast entfernt, um uns nicht lästig zu werden – mit Beautyprodukten, die auf der Insel aus einheimischen Rohstoffen hergestellt werden sollen. Eine brillante Idee, die glatt unsere dahinsiechende Wirtschaft retten könnte.

„Und das wäre?", frage ich und lächele erwartungsvoll.

Wahrscheinlich will sie mich bitten, irgendetwas vollkommen Unangebrachtes in die Suite zu bringen, essbare Unterhöschen oder sowas in der Art. Vielleicht sollte ich ein bisschen Zeit mit den Ladys verbringen.

„Meine liebsten Kundinnen von Zuhause sind schon ganz aufgeregt wegen des Besuchs, nicht nur, weil ich versprochen habe, ihnen die Haare zu machen. Sie vermissen

mich wirklich im Salon." Ihre ersten Gäste sind ihre reichsten Kundinnen aus den USA.

„Mm-hm." Ich trinke einen Schluck Scotch. „Du bist schwer zu ersetzen, ein Unikat."

„Danke, Phillip. Wie süß von dir." Im Hintergrund höre ich ein gedämpftes Brummen – die Stimme meines Bruders Gabriels. Er ist besessen von seiner neuen Frau. Einen Moment später wendet sie sich mir wieder zu und hört sich ein bisschen atemlos an. „Wo war ich gerade?"

„Du hast vergessen, mir etwas über deine Gäste zu erzählen?"

„Oh ja, tut mir leid, dass ich dir das erst jetzt sage, aber ich war so beschäftigt mit den Hochzeitsvorbereitungen, dem Studium des Protokolls und den Handwerkern für die Gästesuite ... ja, da fehlt noch das gewisse Extra. Doch darum kümmert sich ab heute Morgen jemand, darum denke ich, dass alles soweit im Griff ist, doch wenn man renoviert, ist immer irgendwas, besonders in einem Gebäude, das so alt ist wie der Amalienpalast. Was hältst du davon, ihn in Rourkepalast umzubenennen? Es wäre so viel passender, da die Rourkefamilie schon seit Jahrhunderten hier herrscht, und die Franzosen, die ihm den Namen gegeben haben, sind schon so lange weg ... Wie du siehst, habe ich eine Menge über eure Geschichte gelernt–"

„Sag mir einfach, was mit den Ladys ist." Normalerweise ist sie überaus direkt. Dass sie derart vor sich hin plappert, bedeutet, dass sie Zeit schinden will.

„Sei nicht böse, ja?"

Ich richte mich in meinem Sessel auf, denn plötzlich überkommt mich ein unbehagliches Gefühl. „Was ist es?"

„Ich habe unseren Gästen eine Junggesellenversteigerung

versprochen, bei der sie ein Date mit einem Prinzen gewinnen können, und naja … du bist der königliche Hottie, das macht dich zum begehrtesten Kandidaten. Die Ladys sind stinkreich, darum rechne ich mit einer Bieterschlacht – den Erlös können wir für Phase zwei, das Spa, benutzen."

Ich springe auf. So, wie ich Anna kenne, wird sie meine Brüder und mich in irgendwelche lächerlichen Stripperoutfits stecken wollen. Kein Witz! Ich traue ihr alles zu. Eine furchteinflößende Vision einer Horde männerhungriger Frauen, die sich auf mich stürzt, während ich in einem glitzernden blausilbernen G-String über die Bühne paradiere, lässt mich schaudern. Dass der String in unseren Landesfarben gehalten ist, ist eine Selbstverständlichkeit. Und dann werde ich mit der höchsten Bieterin ausgehen *müssen*. Ich hätte keine Wahl, dabei bin ich ein wählerischer Mann. Ich erwarte eine gewisse Kultiviertheit von einer Frau, auf die ich mich einlasse – nicht irgendeine Frau mit einer Handvoll Geld. Plötzlich kann ich nachvollziehen, wie sich Gabriel bei diesem barbarischen Brautwettbewerb, den meine Eltern veranstaltet haben, um seine Braut zu finden, gefühlt haben muss. Für alle, die nicht direkt involviert waren, war das eine überaus amüsante Geschichte. Zu dieser Zeit habe ich ihn oft ausgelacht, doch jetzt lache ich nicht mehr.

Sie fährt gut gelaunt fort. „Wie du siehst, ist das alles für einen guten Zweck."

„Was auch immer du von dieser Junggesellenauktion erwartest, ich spende es. Nein, ich verdoppele es." Fakt ist, die Wirtschaft der Insel ist eine Generation vom Zusammenbruch entfernt. Die jüngere Generation verlässt scharenweise die Insel und lässt die sterbende Fischereiindustrie zugunsten besserer Chancen zurück. Unsere Familie ist wohlhabend. Das meiste Geld steckt in den Kronjuwelen und strategischen Investments, doch all das würde nicht reichen, die Wirtschaft eines ganzen Landes am Leben zu erhalten. Es macht mir nichts aus, dem neuen Vorhaben einen kleinen finanziellen Schubs zu geben, und dem Rest der Familie auch nicht. Doch irgendwann muss die Wirtschaft von Villroy wieder auf eigenen Beinen stehen können.

„Es ist weniger das Geld, um das es in dieser Auktion geht – auch wenn deine Spende natürlich willkommen ist. Ich will, dass meine Kundinnen emotional involviert sind, da sie wissen, dass das Geld in das neue Spa fließen wird, damit sie zurückkommen, wenn wir es eröffnen, und überall herumerzählen, wie fantastisch es ist. Diese Frauen sind alle erfolgreich in ihrer jeweiligen Branche und haben gute Verbindungen."

Eines muss man ihr lassen – sie hat einen Sinn fürs Geschäft, und unter anderen Umständen würde ich das auch zu schätzen wissen. Doch nicht jetzt. Was genau erwartet sie, was ich bei dem Date mit der Meistbietenden tue? Soll das irgendeine peinliche romantische Fantasie werden? Sofort stelle ich mir den obligatorischen Strandspaziergang vor, händchenhaltend natürlich, gefolgt von einem Abendessen bei Kerzenlicht, bei dem ich Interesse an einer Frau heucheln soll, die mich nicht interessiert. Sie wird andauernd kichern oder aggressiv versuchen, mich ins Bett zu bekommen, um später damit angeben zu können. Nicht, dass ich mit einer solchen Frau schlafen würde. Am Ende würde ich als der Böse dastehen, als der Unnahbare, weil ich kein Interesse an meinem Date habe. Und diese Ladys sind eine ganze Woche hier. Ein Date ist vielleicht nicht alles. Da könnte noch mehr von diesem romantischen Mist folgen.

Ich reibe mir mit der Hand über das Gesicht. „Dann sind wir also die Unterhaltung dieser Ladyswoche?"

„Du benutzt einfach deine Bekanntheit für einen guten Zweck."

Damit hat sie mich, denn ich setze meine Bekanntheit oft für gute Zwecke ein. Ich engagiere mich vor allem für sauberes Trinkwasser in armen Ländern. *Nein.* Das hier ist anders. Hier soll ein Prinz einen Haufen reicher Hühner unterhalten. Das ist unter der Würde meines Ranges.

„Anna, tut mir leid, aber–"

„Alles wird ganz diskret ablaufen. Nur unsere Gäste werden da sein. Bitte, Phillip. Alle lieben den königlichen Hottie. Du bist berühmt in Amerika, was dich zu unserem Top-Kandidaten macht."

Ich bleibe hart. „Ich bin sicher, dass meine Brüder mitmachen werden, wenn du ihnen davon erzählst, du wirst mich also gar nicht brauchen." Meine jüngeren Brüder sind immer für jeden Spaß zu haben und machen sich keine Gedanken um die Würde ihres Ranges, da sie so weit vom Thron entfernt sind. „Oh, da fällt mir ein. Hast du deine Gäste eine Verschwiegenheitserklärung unterschreiben lassen?"

„Ähm, nein, noch nicht. Ich lasse es sie bei ihrer Ankunft unterschreiben. Sie haben wahrscheinlich ihren Freundinnen von dem Trip erzählt, aber keine Sorge, außer ihnen kommt niemand in den Palast. Und die Junggesellenversteigerung ist nur auf Einladung. Deine Brüder wissen im übrigen Bescheid."

„Dann waren alle informiert außer ich?", blaffe ich. Warum haben meine Brüder mir nichts davon gesagt? Wie ich wohnen alle noch im Palast. Das tun die meisten meiner Geschwister, auch wenn wir alle erwachsen sind. Der Palast ist so groß, wir haben alle unsere eigenen Suiten und damit ausreichend Privatsphäre, und der Jet steht auf Abruf bereit, um uns überall hinzubringen, wo wir hinwollen. Ich wette, dass sie sich seit Wochen schon hinter meinem Rücken kaputtlachen.

Anna fährt fort. „Ich bin einfach so beschäftigt gewesen. Irgendwann habe ich es bei Lucas erwähnt, der Oscar davon erzählt hat, der wiederum Adrian eingeweiht hat. Ganz ehrlich, sie sind nur Extras, auch, wenn sie genauso heiß sind wie – ah! – *Gabriel!*" Er hat sie wahrscheinlich vorsorglich gezwickt. „Aber im Ernst, meine Gäste reden nur von dir."

Ich nehme nicht an deiner verdammten Auktion teil! Ich beiße die Zähne zusammen, um ihr nicht verbal den Kopf abzureißen. Sie ist schließlich auf Hochzeitsreise. Sie ist meine geliebte Schwägerin. Sie ist die Königin.

„Nein", sage ich entschlossen und so höflich wie möglich.

„Was? Hallo? Phillip, bist du noch dran? Kannst du mich hören?"

Ich beuge mich zum Handy vor. „Ja, ich kann dich hören."

„HALLO? *Ffff* … wir fahren … Tunnel. *Fffff* … kann dich nicht hören!" Das Lachen meines Bruders dringt laut und klar aus dem Lautsprecher. „Wir unterhalten uns, wenn wir zurück sind." Sie legt auf.

Ich schüttele den Kopf und trinke meinen Scotch in einem langen Schluck aus. Sie hat mich definitiv gehört. Eines kann ich dir sagen, Anna, Königin von Villroy: Ich weigere mich, mich versteigern zu lassen wie ein Stück Fleisch!

〜

Vierundzwanzig Stunden sind vergangen, seit Anna mich über die Junggesellenversteigerung informiert hat, und ich weigere mich standhaft, trotz der Versuche meiner Brüder, mich zu überzeugen, mitzumachen, ganz gleich, wie sehr sie betonen, dass es ein Heidenspaß wird, wie alles mit Anna. Ich sollte keine Schuldgefühle haben, weil ich nicht mitmachen will. Diese Versteigerung ist einfach lächerlich.

Ich gehe in den Ostflügel, um mir die Suite anzusehen, die Anna für ihre Gäste designt hat. Dabei steige ich sogar über ihren Werkzeuggürtel. Zu Hause in den USA war sie nicht nur Kosmetikerin gewesen, sondern auch die Hausmeisterin in ihrem Wohngebäude. Gibt es nichts, was diese Frau nicht kann? Doch selbst all der Respekt, den ich für sie empfinde, wird meine Meinung über die Versteigerung nicht ändern. Ich verstehe, warum sie es tut, doch es muss bessere Lösungen geben. Ich hoffe, dass ein Besuch der Suite meinem Verstand auf die Sprünge helfen wird.

Die Insel ist schließlich mein Erbe, meine Familie herrscht seit Jahrhunderten hier und unsere Blutlinie führt auf einen Wikingerstamm zurück, der als „die Wilden" bekannt war. Meine Brüder und ich haben als Kinder immer gerne Wikingerschlachten gespielt, doch die ersten Wikinger waren mit ihren Frauen einen weiten Weg aus einer frühen Siedlung auf den irischen Inseln hierher gekommen. Das sind meine Leute, meine Insel, und wir haben – bevor Anna mit ihren (weitgehend) großartigen Ideen hier aufgetaucht ist – nicht die leiseste Ahnung gehabt, wie wir die strauchelnde Wirtschaft retten können.

Einst waren wir ganz groß in der Fischereiindustrie, doch

mit schrumpfenden Fischbeständen müssen die Fischer weiter aufs Meer raus fahren und fangen doch weniger. Annas Plan sieht vor, die bestehende Fischereiindustrie zur Produktion von Zutaten für Kosmetika einzusetzen – angefangen bei Fischöl, Meersalz, Schlamm, Schwämmen und weiß Gott was sonst alles noch. Damit bewahrt sie unseren traditionellen Lebensstil und bringt uns ins nächste Jahrhundert. Die Frau ist brillant.

Meine Idee, der Wirtschaft auf die Sprünge zu helfen, indem ich Villroy zu einer Hochzeitseventlocation machen wollte, lief nicht so gut. Ich versuche, nicht daran zu denken. Unnötig zu erwähnen, dass die Redakteure der beiden renommierten Brautmagazine, die für die erste Hochzeit angereist waren, sich wunderbar über die versehentliche Doppelbuchung mit einer Furry-Hochzeit amüsiert haben. Ja, Furrys. Leute, die darauf stehen, in gepolsterten Tierkostümen durch die Gegend zu laufen. Von Anfang bis Ende war es eine Katastrophe, und das wird man mir nie vergessen. Zum Glück findet Gabriel es jetzt, mit ein bisschen Abstand, sogar amüsant. Damals dachte ich, er würde mir mit bloßen Händen den Kopf abreißen.

Ich bleibe vor der Suite stehen, überrascht, dass die Tür offensteht. Die Tatsache, dass Anna vergessen hat, ihre Freundinnen Verschwiegenheitserklärungen unterzeichnen zu lassen, und dass sie verfrüht angekommen sind, lässt alle möglichen Alarmglocken in meinem Kopf schrillen. Vielleicht haben sie die Information schon an die Klatschpresse verkauft. Vielleicht sind die Suite und die Räume daneben schon randvoll mit Frauen, die es nicht erwarten können, von den Dächern zu schreien, dass sie was mit dem *königlichen Hottie* hatten.

Alles ist still. Ich betrete den Wohnbereich der Master Suite mit Balkon mit Blick über das Meer. Die Suite scheint leer zu sein. Vielleicht hat eine Bedienstete hier sauber gemacht und vergessen, die Tür wieder zu schließen. Ich gehe weiter in das Schlafzimmer mit einem großen Mahagonibett mit einem transparenten weißen Himmel. Die Möbel in der

Suite sind alle Mahagoni-Antiquitäten mit königsblauen Akzenten in den Bezügen. Regionale Kunst ziert die Wände. In einer Broschüre, die auf den samstäglichen Kunstmarkt am Hafen hinweist, wird diskret darauf aufmerksam gemacht, dass die Kunst in der Suite ebenfalls zum Verkauf steht. Anna möchte so viele Inselbewohner wie möglich in ihr neues Projekt einbeziehen.

Ich fahre mir mit der Hand durch die Haare. Wie können wir den Gästen das Gefühl geben, ein Teil des Projekts zu sein und dabei die Würde unseres Titels bewahren? Zumindest *meine* Würde. Für meine Brüder ist eh schon alles zu spät.

„Sie sind Prinz Phillip, der königliche Hottie!", quietscht eine Frau, und ich zucke zusammen. Ihr Akzent ist Amerikanisch. Definitiv eine von Annas Freundinnen. Sie muss so scharf darauf sein, mich kennenzulernen, dass sie eine Woche zu früh angereist ist. Anna hat gesagt, dass ihre Freundinnen nur über mich reden. Ich unterdrücke ein Seufzen, als sie aus dem Bad kommt und mich mit riesigen grünen Augen ansieht.

Ich studiere sie und suche nach Mängeln in der männerhungrigen Frau, die auf mich bieten will. Sie ist Mitte zwanzig, ihre schmutzig-blonden Haare hat sie zu einem Pferdeschwanz gebunden, ihre Haut ist makellos mit rosigen Wangen und rosa Lippen. Sie ist zierlich, doch sie hat Kurven. Wenn es hochkommt, ist sie einssechzig groß. Sie trägt eine hellblaue, bestickte Boho-Bluse mit engen, ausgewaschenen Jeans und flachen Schuhen. Verdammt, nicht ein Makel. Sie ist schön. Mit offenen Haaren würde sie wahrscheinlich noch sexier aussehen. Doch sie führt nichts Gutes im Schilde, darum wehret den Anfängen!

Sie winkt mir kurz zu und schenkt mir ein Lächeln, das ihr Gesicht strahlen lässt. „Hi!"

Ich runzele die Stirn. „Sie sind früh dran."

„Anna hat mir erzählt, dass ich mir sofort nach meiner Ankunft die Suite ansehen soll." Lächelnd schüttelt sie meine Hand. „Tut mir leid, wenn ich wie ein durchgeknallter Fan gewirkt habe, als ich Sie vorhin gesehen habe. Es ist nur so komisch, Sie von Angesicht zu Angesicht zu sehen, nachdem ich so viele Bilder von Ihnen online gesehen habe. In natura sehen Sie sogar noch besser aus."

„Danke", presse ich heraus.

„Stimmt was nicht?"

Alles an dieser Situation geht mir gegen den Strich. Ich lasse mich nicht behandeln wie ein Stück Fleisch, nicht einmal von einer schönen Frau, die der Meinung ist, dass ich in natura besser aussehe als auf Fotos. Ich greife auf meine höfische Ausbildung zurück und informiere sie: „Die angemessene Anrede bei der ersten Begegnung mit einem Prinzen unseres Hauses ist Hoheit, in Verbindung mit einem Knicks und gesenktem Kopf."

Sie macht große Augen, und ihr bleibt der Mund offenstehen.

Normalerweise bestehe ich nicht aufs Protokoll, doch ich darf nicht zulassen, dass ich ihr zu vertraut werde und sie sich einbildet, dass ich zum Verkauf stehe. „Sie können vergessen, dass das, was auch immer Sie sich vorgestellt haben, zwischen uns passiert. Ich werde nicht mit Ihnen auf ein Date gehen – zu keinem Preis."

Sie zuckt zusammen und zieht die Brauen in die Höhe. „Wie bitte?"

Ich verschränke meine Arme. „Sie haben mich gehört. Ich stehe nicht zum Verkauf." Ich nicke in Richtung Tür. „Vielleicht sollten Sie einfach gehen, wenn das Ihre Erwartung ist."

Sie kneift die Augen zusammen, macht jedoch keinerlei Anstalten zu gehen.

Wir leisten uns ein Wettstarren, das unbehaglich lange anhält. Ich kann nicht derjenige sein, der geht. Ich habe bereits meine Autorität spielen lassen. Sie muss gehen.

Schließlich breche ich das Schweigen, ohne den Blickkontakt zu unterbrechen. „Sie dürfen jetzt gehen."

„Ich gehe nirgendwohin. Ich bin mir nicht sicher, ob Sie wissen, wer ich bin, *Hoheit*?" Sie benutzt die angemessene Anrede in einem höhnischen Ton, ohne auch nur ansatzweise einen Knicks oder ein Kopfnicken anzudeuten. Was für eine ungehobelte Person!

„Sie sind eine von Annas Freundinnen, und ich weiß, was Sie denken. Sie haben wahrscheinlich mein Foto online beaugapfelt und sich Fantasien zusammengesponnen, in denen wir zusammen in den Sonnenuntergang reiten oder sowas in der Art–"

Sie hebt eine Hand. „Lassen Sie mich an dieser Stelle einhaken. Ich bin auf Bitten der Königin hier, und soweit ich weiß, steht eine Königin im Rang höher als ein Prinz, darum adios, Amigo. Passen Sie auf, dass Ihnen beim Gehen nicht die Tür in den Rücken fällt." Sie holt ein Bandmaß aus ihrer Gesäßtasche, wendet mir den Rücken zu und fängt an, diverse Abstände im Schlafzimmer zu messen – Kommode zur Decke, Kommode zur Wand, Kommode zur Badezimmertür.

Ich starre sie geschockt an. Bin ich etwa gerade aus dem Zimmer geschickt worden? Was für eine Beleidigung! Ich bin der zweite in der Thronfolge! Vor drei Monaten hätte ich beinahe Gabriels Platz als Thronerbe eingenommen, als er glaubte, dass sie ihm nicht erlauben würden, Anna, eine Bürgerliche, zu heiraten. Ist gerade nochmal gut gegangen. Ich hätte es aus Liebe zu meinem Bruder getan, der sich so dermaßen in Anna verliebt hat, dass er bereit gewesen wäre, den Thron aufzugeben, um mit ihr zusammen zu sein, doch ich bin froh, dass ich der sorglose Ersatzerbe bleiben durfte. Doch der Ersatzerbe ist immer noch wichtig. Sollte Gabriel irgendetwas zustoßen, werde ich den Thron besteigen, was bedeutet, dass ich mich nicht von irgendeinem amerikanischen Huhn wegschicken lasse wie ein Dienstbote!

Sie holt einen kleinen Notizblock aus der anderen Tasche und macht sich Notizen.

Ich räuspere mich hörbar.

Sie wirft einen Blick über ihre Schulter. „Sie sind ja immer noch da", seufzt sie und steckt Notizblock und Bleistift weg. „Dann können Sie sich wenigstens nützlich machen und mir helfen, den Raum zu vermessen." Sie hält mir das Ende des Bandmaßes entgegen.

Ich mache auf dem Absatz kehrt und lasse sie stehen.

Ich bin kaum zwei Schritte aus der Tür, da höre ich sie laut sagen: „Junge, der *königliche Hottie* glaubt wirklich an den Hype. Was für eine Enttäuschung."

Noch eine Beleidigung. Ich drehe mich um, bereit sie herunterzuputzen. *Nein.* Sie ist nicht eine weitere Minute meiner Zeit wert.

Ich gehe zurück in meine Suite im Westflügel. Ich bin froh, dass sie enttäuscht ist, wer auch immer sie ist. Ich weiß nicht einmal ihren Namen. Normalerweise bin ich herzlich und freundlich, besonders gegenüber einer schönen Frau, doch diese Junggesellenversteigerung hat mich in die Defensive getrieben.

Und das ist gut so. Wenn ich alle von Annas männerhungrigen Gästen vergrätze, wird es niemanden interessieren, dass ich nicht an der Versteigerung teilnehme. Ja, ich werde Anna auf der Stelle schreiben. *Habe einen deiner Gäste kennengelernt und sie so enttäuscht, dass sie kein Interesse hat, auf mich zu bieten.*

Keine Antwort von Anna.

Ich muss ihr meinen Standpunkt ein für alle Mal klarmachen. *Ich habe dir gesagt, dass ich nicht bei dieser Auktion mitspiele, darum sag diesen Frauen bitte, dass sie sich von mir fernhalten sollen.*

Als ich in meiner Suite ankomme, blinkt Annas alarmierende Antwort auf meinem Display auf. *Das ist meine Freundin Ruby. Sie tut mir einen Riesengefallen, indem sie das Design der Suite überarbeitet, damit sie wirklich magisch ist. Was hast du angestellt?*

Ähm …

Meine Daumen fliegen über die Tastatur. *Ich dachte, sie will auf mich bieten. Keine Sorge. Ich werde meinen Fehler wiedergutmachen und sie mit meinem Charme freundlich stimmen.*

Anna: *Wage es nicht, auch nur im Traum daran zu denken, Ruby abzuschleppen! Sie steht nicht auf zwanglosen Sex und hat keine Zeit für Spielchen.*

Ich: *Daran habe ich auch gar nicht gedacht.* Auch, wenn sie schön ist.

Anna: *Dein Ruf eilt dir voraus. Wir brauchen sie, und ich kann mir nicht leisten, dass du das versaust wie mit jeder anderen Frau.*

Autsch. *Zur Kenntnis genommen.*

Anna: *Ich hab dich lieb, aber bitte lass die Finger von ihr.*

Ich verdrehe die Augen. *Verstanden. Ruby ist tabu.* Und warum sollte etwas Verbotenes verlockend sein? Ha! Ich habe mich unter Kontrolle. Gar kein Problem.

2

Ruby

Arrogant? Check.

Unhöflich? Check.

Eingebildet? Check, Check, Check.

Was bitte ist sein Problem? Hier reinzuplatzen, wo ich versuche, meinen Job zu machen, und mir zu sagen, dass ich gehen soll? Mir zu erklären, dass er für keinen Preis mit mir auf ein Date gehen würde? Ähm, hallo? Habe ich ihn um ein Date *gebeten*? Der Typ glaubt dermaßen an den Hype, dass er sich nicht vorstellen kann, dass jemand *nicht* auf ein Date mit ihm gehen würde. *Ohooo, ich bin der königliche Hottie.* Krieg dich wieder ein. Als ob ich sein wöchentlicher Flirt sein will! Du meine Güte. Ich habe die letzten zwei Monate damit verbracht, mich von einer katastrophalen Langzeitbeziehung zu erholen, was dazu geführt hat, dass ich meinen Job verloren habe und bei meinen Eltern einziehen musste. Nicht, wo ich als Fünfundzwanzigjährige sein will. Da ist ein Playboy wie er so ziemlich das Letzte, was ich brauche.

Ich sage nicht, dass er nicht umwerfend ist, denn das ist er mit seinen dicken braunen Haaren und seinen aquamarinblauen Augen, hohen Wangenknochen, dem kantigen Kinn und den sinnlichen Lippen. Einsachtzig große, muskulöse Perfektion mit breiten Schultern, definierten Bizepsen und

Brustmuskeln, schmalen Hüften und muskulösen Beinen. Okay, ich bin ein Fan. Ich weiß seine Daten aus dem Kopf und habe ihn oben ohne am Strand mit seiner derzeitigen Supermodel-Freundin beaugapfelt. Es macht Spaß, über einen Playboyprinzen zu träumen. Jetzt ist das allerdings alles aus dem Fenster, denn in Wirklichkeit ist er ein arroganter, unhöflicher, aufgeblasener Arsch.

Der Innenarchitekturjob ist eine goldene Gelegenheit für mich und eine, die ich nicht auf die leichte Schulter nehme. Als Anna mich am Sonntagmorgen angerufen und mir den Job angeboten hat, habe ich den nächsten Flug genommen. Sie hat mir sogar versprochen, mit meinem Honorarscheck die Reisekosten zu erstatten, da sie weiß, dass ich pleite bin. Sie ist eine echte Freundin, und es fällt mir nicht schwer, sie als Königin zu bezeichnen. Ihre Schwiegermutter hat nach dem Tod ihres Mannes abgedankt und ist jetzt wieder eine Prinzessin.

Anna hat bereits beim Aussuchen der Möbel, Vorhänge und Bettwäsche großartige Arbeit geleistet, ich kümmere mich nur um den Feinschliff. Das einzige Problem ist, dass es auf der Insel nicht viele Bezugsquellen gibt für das, was ich brauche – Lampen, Dekoaccessoires, eine neue Kaminverkleidung für die Master Suite – und selbst das Einkaufen im nahegelegenen Frankreich ist nicht leicht, da ich kein Wort Französisch spreche. Dazu kommt, dass die Deadline verdammt knapp ist – eine Woche, bis die Gäste ankommen. Moment, wieviel Uhr ist hier? Die Zeitzonen machen mich ganz konfus. Die Gäste kommen nächsten Sonntag am Abend an, und jetzt ist Ostküstenzeit plus sechs Stunden ... Montagnachmittag Ortszeit. Na toll, ich habe nur *sechs* Tage.

Atme!

Zuerst brauche ich mehr Kunst. Ich nehme die Kunstbroschüre mit den Informationen über die Künstler, die die Gemälde in der Suite angefertigt haben, in die Hand. Ich muss sie ausfindig machen.

Ich kehre in mein Zimmer ein Stock höher zurück und rufe meine Zofe Maya im Dienstbotenquartier an. Wir sind uns vorhin schon vorgestellt worden. Sie ist in etwa in meinem Alter, und wir verstehen uns gut. Ich habe entschieden, dass sie meine Verbündete auf der Jagd nach allem, was ich brauche, sein wird. Vielleicht spricht sie ja sogar Französisch. Viele Leute hier auf der Insel sind zweisprachig, auch wenn Englisch die offizielle Amtssprache ist.

Blitzschnell ist Maya da und klopft an meine offene Tür. Ihre dunkelbraunen Haare hat sie zu einem ordentlichen Knoten gebunden, und sie trägt die Dienstbotenuniform des Palasts bestehend aus weißer Bluse und schwarzer Hose.

„Kommen Sie rein, Maya. Danke, dass Sie so schnell gekommen sind."

Sie nickt. „Kann ich Ihnen irgendetwas bringen, Ma'am?"

„Sprechen Sie zufällig Französisch?"

„Leider nein, Ma'am."

„Kennen Sie jemanden, der Französisch spricht?"

„Die Männer, die mit den Pferden arbeiten, und der Koch."

Ich denke darüber nach. Ich habe das Gefühl, ich würde sie von einer Arbeit abhalten, die wichtig ist für den Palast, und was Dekoration angeht, wären sie wahrscheinlich sowieso keine große Hilfe. „Okay, kein Problem." Ich zeige ihr die Kunstbroschüre. „Wo kann ich diese Leute finden? Ich möchte gerne mehr Kunst von einheimischen Künstlern kaufen."

Sie wirft einen Blick auf die Namen und sieht mich bedauernd an. „Ma'am, die meisten Künstler in der Broschüre sind Fischer und derzeit draußen auf dem Meer. Ein paar von ihnen sind vielleicht am Samstag auf dem Markt."

„Das ist sehr spät. Annas Gäste kommen am Sonntag an."

Ihre Miene hellt sich auf. „Ich kenne eine Frau, die Wandmalereien macht. Sie hat die Wände im Kindergarten hier mit wunderbaren Märchenszenen bemalt."

„Oh ja! Ich könnte mir ein Deckengemälde im Wohnbereich der Master Suite vorstellen. Etwas mit Meerjungfrauen und Meernymphen. Und für die Badezimmer wäre ein Sternenhimmel, der wie ein Oberlicht wirkt, toll. Am besten über der Whirlpoolbadewanne. Kennen Sie jemanden im Ort, der auf Leinwand malt und vielleicht nicht draußen auf dem

Meer ist? Wir könnten Leinwände als falsche Oberlichter benutzen."

Maya studiert die Broschüre einen Moment lang. „Wir könnten es mit Jeanne versuchen. Sie malt auf verschiedenen Materialien."

„Großartig!" Mein Verstand fängt an, logistische Fragen zu jonglieren. Wenn es sein muss, könnte ich die Gemälde im Bad sein lassen und etwas mit einer Lichterkette und dunklem Stoff machen, um den Oberlicht-Effekt zu erzielen. Plötzlich wird mir bewusst, dass Maya etwas gefragt hat.

Ich wende meine Aufmerksamkeit wieder ihr zu. „Wie bitte?"

„Brauchen Sie sonst noch etwas von mir, Ma'am?"

„Genau genommen brauche ich Sie für alles. Könnten Sie meine persönliche Inselführerin spielen und mir die Woche über beim Dekorieren der Gästesuite helfen? Sie könnten meine Assistentin sein."

Ihre Hand fliegt an ihren Hals. „Ich weiß aber nichts über Inneneinrichtung, Ma'am. Ich bin nur da, unseren verehrten Gästen zu dienen."

„So können Sie mir dienen. Bitte, ich habe nur sechs Tage, und ich fürchte, ich schaffe das nicht allein. Ich will die Königin nicht enttäuschen."

Sie sieht mich mit großen braunen Augen an. „Oh nein, ich auch nicht. Wenn es Ihnen nichts ausmacht, gehe ich nur schnell meinen Vorgesetzten fragen, ob es okay ist, dann helfe ich Ihnen gerne."

„Halleluja. Danke!"

Sie wird rot und streicht sich über die Haare. „Einen Moment nur, Ma'am." Sie geht zum Telefon und führt ein kurzes geflüstertes Gespräch. Ich höre ein paarmal *ihre Majestät, die Königin,* dann dreht sie sich wieder zu mir um. „Alles klar. Womit wollen wir anfangen?"

„Wir besuchen die Künstler, und dann gehen Sie und ich im Palast shoppen!"

Sie schluckt. „Sie können hier nicht einkaufen. Hier steht nichts zum Verkauf."

„Wir borgen es nur. Halten Sie sich an mich, und Sie werden begeistert sein von den Ergebnissen."

„Ich weiß nicht, Ma'am. Alles hat seinen angestammten Platz."

„Haben Sie sowas wie einen Dachboden hier?"

„Ja."

„Fantastisch!"

Sie schüttelt den Kopf, dann lächelt sie schnell. „Wie Sie wünschen, Ma'am."

~

Die Besuche bei den Künstlern liefen ausgezeichnet. Sie sind begeistert, für ihre Kunst bezahlt zu werden. Ich habe ein begrenztes Budget, doch Kunst ist immer ein bisschen Extra wert. Eine der Künstlerinnen, Clara, ist bereits damit beschäftigt, einen Entwurf für ein Deckengemälde mit Meermotiv zu Papier zu bringen. Sie kommt morgen in den Palast, und ich besorge das Gerüst für ihr Projekt. Jeanne hatte die geniale Idee, den Sternenhimmel auf Schallschutzplatten zu malen, die sie von einem anderen Projekt übrig hat. Das Format ist perfekt für die falschen Oberlichter, die den Luxusbädern eine Extraportion Romantik verleihen und den großzügigen Räumen das Echo nehmen werden.

Maya und ich haben Stunden auf dem staubigen Dachboden verbracht. Er ist gigantisch! Er erstreckt sich über die ganze Länge des Ostflügels, und es gibt noch einen zweiten über dem Westflügel. Ich habe eine antike Tischuhr gefunden, ein paar angelaufene Messingkerzenleuchter, die wir in Nullkommanichts auf Hochglanz polieren werden, und ein cremeweißes Wählscheibentelefon aus den Zwanzigerjahren haben wir auch ausgegraben – ob es funktioniert? Egal! Es sieht fantastisch aus. Ich habe auch eine Kaminumrandung mit abgeplatzter Farbe gefunden – die ist unglaublich cool. Anstatt eines Simses hat sie eine Stuckkrone obenauf mit einem verblassten königlichen Wappen in der Mitte. Das königliche Wappen – ein Löwe mit einer Krone mit dem Meer und einem Fisch darunter – ist auch ganz fantastisch. Ich will die Farben auffrischen lassen.

Verstaubt folge ich Maya wieder nach unten. Wir sehen unmöglich aus, doch das war es wert. Die Uhr trage ich in der einen, das Telefon in der anderen Hand. Maya hat die Arme voller Kerzenleuchter. Für die Kaminumrandung werden wir Hilfe brauchen, sie ist zu schwer und unförmig für uns. Maya öffnet die Tür zum Flur und macht sofort einen tiefen Knicks. „Hoheit."

Der königliche Hottie. Die obersten Knöpfe seines gestärkten weißen Hemds sind offen und geben den Blick auf seine gebräunte Brust frei. Eine dunkelgraue Hose und schwarze Lederschuhe vervollständigen das *GQ*-Outfit.

„Maya!", entfährt es ihm. „Ich hätte Sie beinahe nicht erkannt. Haben Sie den Schornstein gefegt? Ich glaube nicht, dass das in Ihrer Jobbeschreibung steht."

Selbst sein Akzent ist sexy. Oxfordenglisch mit einem kaum hörbaren französischen Singsang. Als er lächelt, funkeln seine Aquamarinaugen verschmitzt. Er ist *atemberaubend*. Ich wünschte, ich wäre immun.

Maya wird rot. „Nein, Sir. Ich bin nur auf dem Dachboden gewesen."

Phillip sieht mich an, dann wieder Maya. „Das da oben ist ein Alptraum. Das nächste Mal sagen Sie mir, was Sie brauchen, und ich lasse es für Sie runterbringen. Moment." Er beugt sich zu ihr vor und zieht vorsichtig eine lange Spinnwebe von ihrem Kopf.

Maya blickt entsetzt drein beim Gedanken an irgendetwas in ihren Haaren. „Was war das?"

„Nur ein Spinnennetz."

Sie erstarrt. „Keine Spinnen?"

Phillip inspiziert ihre Haare. „Lassen Sie mich sehen." Er macht eine große Show daraus, ihren Kopf zu untersuchen. „Ah. Nicht bewegen."

Maya quietscht.

Phillip lacht. „War nur ein Scherz."

Maya lacht auch. „Oh, Sie!"

Er sieht mich immer noch lächelnd an, und mein Magen sackt in meine Kniekehle. „Hallo."

„Hi", bringe ich heraus, denn, wenn er nicht gerade ein arroganter Arsch ist, ist er verdammt heiß.

Er wendet sich wieder Maya zu. „Ist das eine neue Angestellte, oder habe ich nicht aufgepasst?"

Ich muss mehr Staub und Schmutz an mir haben, als ich dachte, wenn er mich nicht erkennt. Doch ich habe mich umgezogen und trage jetzt eine alte Jogginghose, eine Baseballmütze und habe meine Kontaktlinsen gegen meine Brille ausgetauscht. Ich wusste, dass es da oben schmutzig sein würde.

Maya schüttelte den Kopf. „Sir, das ist unser ehrenwerter Gast, Miss Ruby Evans, eine Freundin der Königin. Sie ist Innenarchitektin und wird der Gästesuite ein bisschen Magie verleihen." Sie wendet sich mir zu. „Richtig? Magie?"

Ich lächele. „Ja, richtig. Laut Königin Anna ist das meine Jobbeschreibung."

Phillip kneift die Augen zusammen und mustert mich. „Wir sind uns vorhin schon einmal begegnet." Er runzelt die Stirn. „Sie sehen anders aus."

„Hilft das?" Ich lasse meine Zunge heraushängen und hechele. „Erinnern Sie sich jetzt? Die, die Ihnen hinterherhechelt und verzweifelt ein Date will, auf das Sie zu keinem Preis mit mir gehen würden?"

Maya reißt die Augen auf.

Röte kriecht Phillips Hals empor. „Ja. Ich meine nein. Schönen Tag noch." Er wendet sich zum Gehen.

Ich unterdrücke ein Lachen. „Wir könnten Hilfe gebrauchen, eine Kaminumrandung vom Dachboden zu holen."

Er bleibt stehen und dreht sich wieder zu mir um, was ich ihm hoch anrechne, denn er ist immer noch rot.

Ich nicke in Richtung Dachboden. „Er lehnt an der ersten Wand, wenn man reinkommt. Ich habe ein pinkfarbenes Post-it daran geklebt. Die Umrandung ist weiß und hat eine Stuckkrone mit dem königlichen Wappen darauf. Könnten Sie sie von jemandem in die Gästesuite bringen lassen?"

Er überrascht mich, indem er die Tür öffnet und selbst die

Treppe zum Dachboden hinaufgeht. Was für ein Prinz. Ha-Ha.

Dann wird mir bewusst, dass er mit der staubigen Kaminumrandung sein maßgeschneidertes weißes Hemd ruinieren wird. Ich stelle die Uhr und das Telefon auf den Boden und rufe durch die offene Tür. „Phillip, warten Sie! Sie werden sich Ihr Hemd ruinieren! Sie sollten sich umziehen oder jemanden rufen, der sich um die Kaminumrandung kümmert."

„Kein Problem", sagt er, während er sein Hemd aufknöpft. „Warten Sie unten."

Ich hole scharf Luft. Ich hatte erwartet, dass er sich umziehen würde und nicht, dass er strippen würde. Doch sollte ich ihn aufhalten? Ähm, nein. Er muss einen Personal Trainer haben. Soweit das Auge reicht, definierte Muskeln – angefangen bei harten Brustmuskeln bis runter zu seinem Waschbrettbauch mit einem tiefen V in der Taille. Mein Mund wird trocken, als er die Treppe hinunter kommt, die blaugrünen Augen auf mich gerichtet. Als er zwei Stufen über mir stehenbleibt, singt mein Körper vor Lust, mein Puls hämmert, und ich bin vom Kopf bis zu den Zehen rot. Er duftet betörend nach frischer Seife, Meer und sexy Mann. Nein, *arroganter* Mann. *Bleib stark.*

Schnell knöpft er seine Manschetten auf, zieht sein Shirt aus und drückt es mir in die Hand. „Danke für ihre Sorge, Ruby."

„Ja", krächze ich. „Gern geschehen. Jederzeit."

Er zieht eine Braue hoch, und ein sexy Schmunzeln umspielt seine Lippen. Die Unterlippe ist ein bisschen voller als die Oberlippe, und ich kann den Blick nicht losreißen.

Er dreht sich um, geht nach oben und, o mein Gott, die Rückenansicht ist unglaublich: starke Schultern, ein muskulöser Rücken, knackiger Po. Ich rede mir ein, dass Schauen ja nicht schaden kann, selbst, wenn es ein arroganter Playboyprinz ist, solange er nicht weiß, dass ich glotze.

Er sieht mich über die Schulter an. Erwischt!

Meine Wangen glühen, und ich eile zur Tür hinaus, sein Hemd in meiner Hand.

„Ma'am?", fragt Maya beunruhigt. „Ist das das Hemd seiner Hoheit?"

Ich räuspere mich. Meine Wangen sind immer noch heiß. Verlegenheit? Lust? Vielleicht beides. „Ja."

„Vielleicht sollte ich ihm ein frisches Hemd bringen lassen?"

Ich werfe einen Blick auf die staubige Uhr und das Telefon, die ich tragen muss, und das weiße Hemd, das ich für ihn halte. „Er weiß, wo er uns finden kann. Ich werde …" Ja. Was *werde* ich tun? Wir sind beide zu schmutzig, das Hemd zu tragen oder anzuziehen. Als ich mich im Flur umsehe, fällt mein Blick auf eine Bronzebüste auf einem Marmorsockel. „Ich hänge sein Hemd einfach da drüber und fertig."

„Aber Ma'am. Das ist die Büste eines Königs. Eines seiner verehrten Vorfahren."

„Dann passt das schon."

Ich gehe den Flur hinunter und hänge das Hemd über die Büste, die übrigens vollkommen staubfrei ist. Problem gelöst.

3

Phillip

Die Kaminumrandung hat schon bessere Tage gesehen, doch das war der Grund, weswegen sie auf dem Dachboden gelagert wurde. Ich gebe zu, dass ich normalerweise keine Möbel durch die Gegend schleppen würde, doch Ruby hat mich aus dem Konzept gebracht. Sie sah so ganz anders aus als vorhin. Ihre Haare waren unter einer staubigen Rays-Mütze zu einem Pferdeschwanz gebunden, Schmutzschlieren auf ihrer Schildpattbrille versteckten das leuchtende Grün ihrer Augen, und ihr Körper wurde verschluckt von einem weiten Sweater und einer Jogginghose. Sie hat mich damit überrascht, und dann hat sie mich an unsere Begegnung von vorhin erinnert. Ich gebe zu, dass ich mein Hemd nur aus einem Grund ausgezogen habe: Um dafür zu sorgen, dass sie an etwas anderes denkt, wenn sie sich an mich erinnert.

Ich weiß, ich weiß, das gehört sich nicht, nachdem Anna Ruby für tabu erklärt hat, doch es ist ja nicht so, dass ich irgendetwas mit ihr anfangen werde. Es sollte nicht zu schwer sein, Abstand zu halten. Ruby ist nur zum Arbeiten hier, und ich reise bald ab. Zuerst eine Tour für Global Sun Water, eine gemeinnützige Stiftung, mit der ich seit Jahren zusammenarbeite, und dann eine Reise als der neue UN-Botschafter für sauberes Wasser. Ich habe mich für diese Position freiwillig gemeldet und meine Arbeit mit Global Sun Water, die Solarpumpentechnologie in arme Gemeinden bringen, zitiert. Trotz meiner manchmal fragwürdigen Presse hat mich die UN akzeptiert. Die Wahrheit ist, ob es nun gut ist oder schlecht, alles, was ich tue, zieht die Aufmerksamkeit der Medien an, was subtilen Druck auf die betroffenen Regierungen ausüben dürfte, sauberes Trinkwasser zur Priorität zu machen. Ich habe mich ein Jahr für die Rolle verpflichtet, hoffe aber, dass ich danach noch länger weitermachen kann.

Ja, Ladys, ich bin mehr als nur ein hübsches Gesicht. Ich will helfen, sauberes Trinkwasser für alle Menschen zugänglich zu machen, und mein Image in der Öffentlichkeit um meiner Familie willen verbessern. Ich habe meiner trauernden Mutter versprochen, die Skandale in dieser kritischen Übergangszeit für die Monarchie von Villroy nach dem Tod meines Vaters auf ein Minimum zu reduzieren und aufzuhören, unseren Familiennamen zu beschmutzen. Meine Mutter ist in einem Zustand so tiefer Trauer, dass sie sich vom Palastleben zurückgezogen hat und ihre Suite nur verlässt, wenn sie muss. Doch sie hat alles im Auge. Ich sage nicht, dass ich ein Keuschheitsgelübde abgelegt habe, nur, dass ich künftig diskreter sein werde.

Als ich mich der Gästesuite nähere, höre ich Ruby und Mayas Gespräch im Flur. „Prinz Phillip ist normalerweise sehr nett", sagt Maya.

Danke, Maya. Sie ist nur drei Jahre jünger als ich, und wir sind praktisch miteinander aufgewachsen, da ihre Mutter auch im Palast gearbeitet hat.

„Er sieht vielleicht *nett* aus", antwortet Ruby. *Vielleicht?* „Ich sage Ihnen, vorhin war er unglaublich unfreundlich zu mir."

Ich gehe schneller. Ich muss meine Ehre verteidigen und die Dinge richtigstellen. Außerdem will ich nicht, dass Ruby Maya die Details unserer Begegnung beschreibt, denn die Dienstboten hätten einen Heidenspaß damit.

Rubys Stimme wird lauter. „Ich meine, ich habe ihn nicht nach einem Date gefragt, und er hat gerade so getan, als wäre ich hinter ihm her. Sehe ich so verzweifelt aus?"

„Nein, Ma'am", antwortet Maya ernst, doch ich höre das Lächeln in ihrer Stimme. Sie hat einen angenehmen Sinn für Humor, auch wenn sie sich immer professionell verhält.

Ich betrete den Wohnbereich der Master Suite und stelle die Kaminumrandung am Kamin ab. Sie sind im Schlafzimmer.

Maya fährt fort. „Vielleicht liegt es an Königin Annas–"

„Tut mir leid, dass wir auf dem falschen Fuß angefangen haben", sage ich, als ich den Raum betrete. Wenn Ruby noch nichts von der Versteigerung weiß, wäre es mir lieber, wenn es so bliebe. Es macht keinen Sinn, ihr nach unserer peinlichen Begegnung vorhin noch mehr Munition zu geben. Ich hoffe, dass sie abreist, bevor die Versteigerung stattfindet. Davon abgesehen werde ich sowieso nicht teilnehmen, und ich denke, dass sie das enttäuschen würde. Nicht, weil sie auf mich bieten will – das ist für die reichen Kundinnen meiner Schwägerin. Ruby wird enttäuscht sein, dass ich ihrer Freundin, der Königin, nicht helfe.

Sie bleiben wie angewurzelt stehen und starren meine nackte Brust an. Die Reaktion sehe ich oft. Gut zu wissen, dass meine Workouts immer noch überaus effektiv sind.

Ich strecke Ruby meine Hand entgegen. „Ich hätte dann gerne mein Hemd wieder."

„Es ist da draußen." Sie deutet zur Tür.

Maya senkt den Blick auf meine Schuhe. „Es hängt über der Büste von König Carl I., im Flur, wo wir Ihnen begegnet sind, Sir."

Das ist mein Ur-Ur-Ur-Ur-Großvater, der die Rourkefamilie vor zweihundert Jahren hier reetablierte, indem er den Briten die Kontrolle über Villroy abrang, die sie den Franzosen abgenommen hatten, die uns, dem originalen Irisch-Wikingischen Stamm, die Insel gestohlen hatten. Er ist eine Legende. Und jetzt trägt er mein Hemd. Ein Sakrileg, meinen geschätzten Vorfahren als Wäscheständer zu benutzen.

Ich reibe mir die Stirn. „Maya–"

„Ich lasse es Ihnen bringen." Sie eilt zum Telefon, wahrscheinlich, um in den Dienstbotenquartieren anzurufen.

Ruby beißt sich auf die Lippe. „Ich wollte nur nicht, dass das Hemd schmutzig wird."

Ich nicke in Richtung Wohnzimmer. Maya hat uns den Rücken zugekehrt, doch ich möchte ein bisschen mehr Privatsphäre.

Sie deutet in den anderen Raum „Sie möchten, dass ich?"

„Ja, bitte."

Ich gehe ins Wohnzimmer und setze mich auf das bauschige blaue Sofa vor dem Kamin. Ruby kommt herein und sieht mich besorgt an. Wir haben uns beim Kennenlernen wirklich auf dem falschen Fuß erwischt. Ich klopfe auf das Kissen neben mir. „Bitte, setzen Sie sich."

Sie schüttelt den Kopf. „Ich bin viel zu schmutzig für das Sofa, und anders, als der Exhibitionist, den ich gerade erst kennengelernt habe, strippe ich nicht."

Ich lächele. „Ich muss zugeben, dass ich versucht habe, Sie von Ihrem ersten Eindruck von mir abzulenken. Ich habe mich über etwas aufgeregt, und ich habe es an Ihnen ausgelassen. Sie müssen mich für furchtbar unhöflich halten. Können wir nochmal von vorn anfangen?" Ich biete ihr meine Hand an. „Hallo. Ich bin Phillip. Willkommen auf Villroy."

Sie lächelt, kommt auf mich zu und bleibt vor mir stehen. „Hi Phillip. Ich bin Ruby, und ich freue mich, hier für meine Freundin Anna ein Projekt machen zu dürfen." Sie legt ihre viel kleinere Hand in meine, und ich schüttele sie. Zu meiner Überraschung flackern meine Nervenenden bei der Berührung.

Unsere Blicke begegnen sich in einem Moment geteilter Erkenntnis. Anziehung. Chemie. Sie springt zwischen uns über wie ein Lichtbogen.

Sie weicht einen Schritt zurück.

„Also", sagt sie im selben Moment, in dem ich „Ruby" sage.

„Sie zuerst", sagen wir gleichzeitig und lachen.

Sie hebt die Hand. „Prinz vor Bürgerlicher. Bitte, was wollten Sie sagen?"

„So denke ich nicht. Ich weiß, dass die Umstände meiner

Geburt Glück waren. Manche Leute werden in den Adel geboren, andere in Armut. Ich habe einfach Glück gehabt."

Sie schmunzelt. „Doch nicht so arrogant, wie ich zuerst geglaubt habe."

Ich lege die Hand auf mein Herz. „Sie tun mir weh." Ich beuge mich vor. „Aber ich denke, ich habe es verdient."

Sie winkt ab. „Keine Sorge, was das angeht. Ich bin weder auf der Suche nach einer Beziehung noch nach einem Date. Wenn ich ehrlich bin, habe ich von ihrer Spezies so ziemlich die Nase voll. Vielleicht versuche ich es mal mit der weicheren Seite. Zumindest kann ich Frauen verstehen."

Ich bin sprachlos.

Sie prustet vor Lachen. „Das war ein Witz! Nicht, dass daran irgendwas falsch wäre. Chacun à son goût, nicht wahr?"

„Oh. Ha-ha. Ja."

Sie schüttelt lächelnd den Kopf. „Dann lassen Sie uns Freunde sein. Darauf wollten Sie doch hinaus, oder?"

Ich sehe sie genauer an. Sie sieht immer noch aus wie das schmutzige Straßenkind. Selbst ihre Nase und ihre Wangen sind verschmiert, ihre zierlichen Kurven versteckt unter dem weiten Jogginganzug. So, wie sie gerade aussieht, sollte nicht die geringste Anziehung von ihr ausgehen, doch ich weiß, dass wir keine Freunde sein können. Ich habe die Chemie gespürt. Ich muss Abstand halten.

„Ich bin froh, dass wir das Missverständnis von vorhin aus der Welt schaffen konnten", sage ich förmlich. „Ich habe Anna versprochen, dass ich es wiedergutmache."

Ihre Miene wird ernst, und sie senkt den Blick. „Ah. Ja, klar." Sie hebt das Kinn, und ihre eben noch offene und freundliche Miene ist jetzt verschlossen. „Alles ist gut."

Ich ignoriere den dumpfen Schmerz in meiner Brust. „Gut."

Albert, einer unserer ältesten Bediensteten mit schütterem, weißem Haar kommt in den Raum. „Hoheit, ich habe Ihnen Ihr Hemd gebracht."

Ich stehe auf und nehme das Hemd, das er mir mit seinen

knochigen Fingern entgegen hält. „Danke, Albert." Ich ziehe das Hemd an und knöpfe es schnell zu.

Er verneigt sich kurz und geht.

Zur gleichen Zeit kehrt Ruby ohne ein weiteres Wort ins Schlafzimmer zurück.

Mayas Stimme ist klar und deutlich zu hören. „Ich habe Ihnen ja gesagt, dass er nett ist, Ma'am." Sie muss gelauscht haben, wie alle Dienstboten hier es tun.

„Genug von ihm", sagt Ruby knapp. „Lassen Sie uns loslegen."

Mit schweren Gliedmaßen gehe ich hinaus. Ich habe getan, was ich tun musste. Kein Grund zur Reue.

~

Ruby

Am nächsten Tag sorge ich dafür, dass die Künstlerinnen Clara und Jeanne mit ihrer Arbeit anfangen können. Dann nehmen Maya und ich die Fähre, um in Nantes in Frankreich zum Einkaufen zu gehen. Ich bin mir nicht sicher, wonach ich eigentlich suche. Ich werde es wissen, wenn ich es sehe. Etwas, das zur schon vorhandenen Dekoration passt und entweder ein bisschen Leben in die Bude bringt oder alles extra majestätisch wirken lässt.

„Vielleicht könnte Prinz Phillip uns helfen, Ma'am", sagt Maya, als wir die Treppe hinunter gehen. „Er hat gestern ja auch mit dem Kamin geholfen. Wenn wir etwas Großes finden, brauchen wir ihn vielleicht, damit er es für uns trägt."

Gah! Phillip. Er hat mir gestern eine Abfuhr erteilt. Scheinbar bin ich seine Freundschaft nicht wert. Überheblichkeit. Noch etwas, was auf die Liste seiner Sünden gehört, die ich gestern Nacht durchgegangen bin, als ich immer wieder an die Oben-ohne-Begegnung denken musste. Selbst das Aussehen eines sexy Gottes kann nicht aufwiegen, dass er ein aufgeblasener Playboyprinz ist, arrogant und überheblich. Nach seiner Entschuldigung habe ich „unhöflich" von der Liste genommen. Trotzdem schaden ein paar Sünden mehr auf der Liste nicht. Er ist zu formell, großspurig und hat den

Tiefgang eines Surfbretts. Oh ja, er weiß, dass er gut aussieht. So, wie er sich vor mir ausgezogen hat, dreht sich bei ihm alles ums Aussehen. Definitiv nicht mein Typ. Ich bin offiziell fertig mit dem *königlichen Hottie.*

Ich sehe Maya an. „Wenn es nur darum geht, könnten wir jeden einigermaßen starken Mann mitnehmen. Aber vergessen Sie es. Männer hassen shoppen."

„Tut mir leid. Ich wollte nicht meine Befugnisse überschreiten."

„Was meinen Sie?"

Sie schweigt, und ich folge ihrem Blick zu Phillip, der an der Treppe auf uns wartet. Mein Atem geht schneller, mein Herz hämmert. Ich zwinge mich, mich zu beruhigen. Seine dunkelbraunen Haare sind ein bisschen zerzaust, als wäre er gerade mit den Fingern durchgefahren, und er hat einen sexy Stoppelbart. Er trägt ein graues Hemd, dessen Ärmel zu den Ellbogen hochgerollt sind und den Blick auf sehnig-muskulöse Unterarme freigeben. Dazu trägt er eine schwarze Hose mit einem Ledergürtel und Wildlederslipper. Er sieht lässig aus, wie ein normaler Typ, der mir im echten Leben begegnen könnte, nicht in dieser alternativen Realität, die ich für meinen kurzen Besuch im Palast betreten habe. Zwei tough aussehende Männer, die ganz in Schwarz gekleidet sind, stehen hinter ihm. Seine Sicherheitsmänner. Ihre kabellosen Ohrhörer und ihre ernsten Mienen verraten sie.

„Guten Morgen, Ruby und Maya", sagt Phillip herzlich, als hätte er mich gestern nicht so von oben herab abblitzen lassen.

Maya senkt den Kopf und macht einen Knicks. „Guten Morgen, Hoheit."

„Guten Morgen, Phillip." Ihn Hoheit zu nennen, widerstrebt mir einfach. Es fühlt sich zu sehr an, als stünde er über mir, und dem ist nicht so. „Ich bin überrascht, dass Sie mit uns einkaufen gehen wollen."

„Einkaufen?" Er wendet sich Maya mit gespielter Überraschung zu. „Sie haben mir gesagt, dass ich eine Auszeichnung bekommen soll."

Maya wird rot und schüttelt den Kopf. Ich vermute, dass

sie in ihn verknallt ist. Selbst ich weiß, dass ein Prinz keine
Zofe daten würde. Sowas gibt es nur im Film.

„Nein?", fragt er sie in neckendem Ton. „Ich bekomme
keine Auszeichnung für den besten Karaoke-Sänger?"

Maya lacht.

„Wie wäre es mit dem besten Beispiel für betrunkenes
Tanzen in der Geschichte der Insel?" Er zwinkert mir zu, und
ich schüttele den Kopf, während ich ein Lächeln unterdrücke.
Er neckt Maya, und sie liebt all die Aufmerksamkeit.

„Sie sind ein guter Tänzer, Sir", lacht sie.

Er nickt. „Danke. Gut zu wissen, dass ich zumindest das
habe. Und heute spiele ich euren Packesel, Einkaufsassis-
tenten oder Dolmetscher, je nach Bedarf."

Maya strahlt ihn an und dreht sich zu mir um. „Er spricht
Französisch."

„Das könnte sich als hilfreich erweisen", sage ich und
spiele die Coole. Anders als Maya lasse ich mich nicht von ein
bisschen Flirterei einwickeln. „Ich meine, der Rest ist auch
gut. Auf geht's."

Wir verlassen den Palast durch einen Seitenausgang, wo
zwei schwarze Mercedes mit getönten Fensterscheiben
warten. Phillip öffnet die Tür zur Rückbank. Ich bin nicht
sicher, ob Maya oder ich da sitzen sollen. Wo sitzen die
Bodyguards?

„Nehmen Sie Platz, Ma'am", sagt Maya. „Ich sitze vorn."

Ich schiebe mich an Phillip vorbei, nahe genug, dass seine
Hitze mich wärmt, während ich „Danke" murmele und Platz
nehme.

Einen Moment später setzt er sich neben mich. „Der
Sicherheitsdienst fährt voraus. Hier auf der Insel müssen wir
uns keine Sorgen machen, doch in der Öffentlichkeit sind sie
hilfreich."

Zwischen uns ist Platz. Trotzdem nehme ich seinen
frischen, sauberen Duft wahr und will mich zu ihm hinüber-
lehnen und ihn inhalieren. *Na großartig, Ruby. Jetzt wirst du zu
der hechelnden notgeilen Frau, für die er dich gehalten hat.* Kein
Wunder, dass er ein Playboy ist. Seine Pheromone sind
tödlich.

Die Limousine fährt langsam die gewundene Zufahrt zum Palast hinunter. Ich genieße die wunderschöne Aussicht auf das blaugrüne Meer und den leuchtendblauen Himmel mit ein paar weißen Federwölkchen. Es ist Ende September, und hier hat es noch immer angenehme einundzwanzig Grad. Warum hat Phillip sich bereit erklärt, heute mitzukommen? Ist es, um Anna einen Gefallen zu tun und ihr bei der Gästesuite zu helfen? Oder hat er seine Meinung geändert und will jetzt doch Zeit mit mir als Freund verbringen? Ich glaube nicht, dass Prinzen einkaufen gehen, um einer Bediensteten zu helfen.

Verstohlen betrachte ich Phillips Profil – seine Miene ist neutral. Mein Blick folgt der Linie seines kantigen Kiefers, seiner vollen Unterlippe, seinen Hals hinunter zu seiner Schulter und zurück zu–

Scheiße. Er hat mir zugezwinkert.

Ich blicke geradeaus und wünsche meine Röte weg. Erwischt. Schon wieder. Ich bin eine Scheinheilige der schlimmsten Sorte. Da werfe ich ihm vor, dass er eingebildet ist, und im nächsten Moment glotze ich ihn an. Okay … zurück an die Arbeit. Logistik, Listen, knapper Zeitplan. Es nützt nichts. Mein Verstand streikt. Ich fürchte, er hat ihn kurzgeschlossen.

Endlich beruhige ich mich genug, ihn anzusehen. Er lächelt und ich lächele zurück. Ich bin genetisch unfähig, nicht zurückzulächeln. Ich kann nicht anders. Ich bin ein Lächler. Vor meiner Beziehungskatastrophe mit Satan, auch bekannt als mein Ex, war ich bekannt dafür, dass ich eine Menge positiver Energie hatte. Angesichts meiner Größe und meiner Energie haben die Leute mich mit einer glücklichen Elfe verglichen.

Ich bemühe mich um einen normalen freundlichen Ton mit Phillip. „Werden sich die Paparazzi auf Sie stürzen?" Das könnte unseren Einkaufserfolg wirklich gefährden.

„Ich hoffe nicht", antwortet er.

„Sagen Sie was auf Französisch zu mir."

„Warum?"

„Weil ich hören will, ob Sie sich flüssig anhören."

Ein Lächeln umspielt seine Lippen. „Und womit wollen Sie das vergleichen? Maya sagt, Sie sprechen kein Französisch."

„Ich habe ein Ohr für Sprachen."

„Oh wirklich? Und welche Sprachen sprechen Sie?"

„Ähm, Englisch. Aber ich kann einen Haufen Sprachen erkennen."

„Wie nützlich", sagt er trocken, und ich muss lachen. Er hebt den Finger. *Je ne peux pas manger les produits laitiers.*"

Maya kichert.

„Warum kichern Sie?", frage ich und beuge mich zu Maya vor. „Das hörte sich wie echtes Französisch an."

„Das war es auch", antwortet sie. „Das ist der eine Satz, den ich sagen kann. Phillip hat ihn mir beigebracht."

Phillip zieht ein gespielt-beleidigtes Gesicht. „Haben Sie geglaubt, ich kann kein Französisch?"

Ich lehne mich wieder zurück. „Ich konnte es ja nicht wissen. Manche Leute neigen zur Übertreibung, was ihre Talente angeht."

Er schnaubt und beugt sich vor. „Maya, habe ich je übertrieben, was meine Talente angeht?"

Sie strahlt ihn an. „Nein Sir. Sie sind in allem ausgezeichnet."

Ich beuge mich ebenfalls vor. „Er hebt noch ab, wenn Sie sowas sagen."

Er wendet sich mir zu und grinst. Wir sind einander unerwartet nah, und mir stockt der Atem, als die Luft zwischen uns knistert. Seine Stimme ist heiser. „Da haben Sie's."

Ich benetze meine Lippen, überrascht, wie sehr ich den Abstand zwischen uns noch verringern will. Meine Libido hat sich aus gutem Grund seit zwei Monaten im Kälteschlaf befunden, und plötzlich tanzt sie für ihn. Meine Libido ist ein Idiot.

Ich lasse mich zurück sinken. „Was war das, was Sie da auf Französisch gesagt haben? Was hat das bedeutet?"

Seine Augen funkeln amüsiert. „Ich kann keine Milchprodukte essen."

Ich lache. „Im Ernst?"

„Im Ernst. Ich kann allerdings Milchprodukte essen. Maya nicht. Sie ist laktoseintolerant."

„Leider wahr", sagt Maya.

Phillip macht lächelnd eine Geste in ihre Richtung. Ganz automatisch lächele ich auch und ermahne mich streng, dass das eine geschäftliche Reise ist. Das ist mein erster großer Job in meiner Selbständigkeit als Innenarchitektin, nachdem ich meinen Job im Happy Mouse Kingdom in Orlando vor zwei Monaten verloren habe. Ich würde gerne sagen, dass ich gekündigt habe, doch die Wahrheit ist, dass sie mich rausgeworfen haben, weil ich nicht das geleistet habe, was sie erwartet haben, und es eine Warteliste für den Job gibt. Ich habe schlicht und einfach mein Mojo verloren. Keine Energie, keine Kreativität, nichts. Das passiert, wenn man herausfindet, dass der Mann, mit dem man seit einem Jahr zusammenlebt – bis über beide Ohren verliebt – verheiratet und seine Frau mit Drillingen schwanger ist.

Stichwort Abwärtsspirale.

Wir sind uns in einem Club begegnet, und er hat mich wie etwas Besonderes behandelt, darum habe ich mich Hals über Kopf in ihn verliebt. Er hat mich mit Zuneigung überschüttet, mich mit spontanen kleinen Geschenken wie meinen Lieblingspralinen oder Blumen überrascht, und der Sex war heiß. Dann, nach einem Jahr wonnevollen Unwissens, hat er mich informiert, dass ich ausziehen muss, weil wir in der Ferienwohnung seiner Eltern wohnten und sie anlässlich der Geburt seiner Drillinge zu Besuch kamen. Er hat tatsächlich erwartet, dass ich mich für ihn freue.

Alles, was ich tun konnte, war, mich in meinem alten Zimmer im Haus meiner Eltern zu verkriechen, unter meine alte pink-weiß-gestreifte Bettdecke, und mich mit Schokoeiscreme vollstopfen und Einrichtungsshows im Fernsehen kommentieren, da sie so furchtbar unrealistisch sind. Nach einer Weile habe ich mich aus dem von Eiscreme fleckigen Bett gepellt, einen Lebenslauf geschrieben und an zahllose Firmen verschickt. Doch nichts, nada, niente. Darum habe ich es allein versucht. Ich habe den einen oder anderen Job bekommen, kleine Projekte, wie einen Wintergarten zu renovieren und ähnliches von der Sorte, das etwa eine halbe Woche Miete einbrachte. Nicht genug, um in eine eigene Wohnung ziehen zu können, was nötig ist, denn dreimal dürft ihr raten, wer sonst noch schwanger ist? Nein, nicht ich.

Meine Mom! Ein Wunderbaby. Ich war geschockt, als sie es mir vor einem Monat erzählt hat, denn nach meiner Geburt hatte sie eine ganze Reihe von Fehlgeburten, und der Arzt hatte ihr gesagt, sie sollte um ihrer Gesundheit willen aufhören. Sie hat nicht mehr damit gerechnet, mit dreiundvierzig noch einmal schwanger zu werden. (Sie war achtzehn, als ich zur Welt gekommen bin). Wie auch immer, Moms Schwangerschaft mit einem Mädchen (Yay!) läuft gut, und bald werden meine Eltern das Zimmer für das Baby brauchen. Ich werde jedoch nicht weit wegziehen. Das ist die kleine Schwester, die ich mir immer gewünscht habe, und ich will definitiv Teil ihres Lebens sein.

Darum genug der männlichen Ablenkung. Dieser Job ist für mich der Schlüssel, wieder auf die Beine zu kommen, und ich werde nicht zulassen, dass mir ein charmantes Lächeln, ein berauschend männlicher Geruch oder ein sexy Stoppelbart im Weg stehen.

Ich schalte auf Profi um und wende mich Phillip zu. „Haben Sie schonmal in Nantes eingekauft?"

„Natürlich, das ist ja gleich nebenan."

„Ich will alles wissen."

Phillip enttäuscht mich nicht. Er erzählt mir von der Geschichte der Passage Pommeraye, einer der ersten Shoppingmalls aus dem Jahr 1843, über die besten Läden für Antiquitäten, Kleider und Schmuck. Mit Designkram kennt er sich nicht aus, doch das ist okay, wir können ja rumfragen, um zu finden, was wir brauchen.

Am Hafen angekommen, bin ich überzeugt, dass Mayas Idee, Phillip um seine Begleitung zu bitten, richtig gewesen ist, auch wenn ich zunächst gedacht habe, dass wir ihn nicht brauchen würden. Ich steige aus dem Wagen und sehe die Fähre, die bereits am Dock liegt. Sie ist voller Passagiere.

Ich eile auf die Fähre zu. „Beeilt euch! Wir wollen sie nicht verpassen."

Eine große Hand schließt sich um mein Handgelenk und hält mich fest. Ich blicke in Phillips Augen auf – ich schwöre, sie haben dieselbe Farbe wie das Meer hier – und die Hitze in ihnen lässt alle meine Nervenenden zum Leben erwachen. Gestern, als er meine Hand geschüttelt hat, habe ich es auch gespürt, wie einen elektrischen Strom. Da ist eine schimmernde Anziehung zwischen uns, von der ich instinktiv weiß, dass sie beim kleinsten Stoß Feuer fangen wird.

Ich schlucke.

„Hier entlang", sagt er und zieht mich auf die andere Seite des Docks, wo ein Besatzungsmitglied Maya bereits an Bord einer eleganten weißen Jacht hilft.

Er lässt mein Handgelenk los, und ich werde wieder mein vernünftiges Selbst. Ich hätte wissen sollen, dass ein Prinz nicht auf einer öffentlichen Fähre reisen würde. „Ihre königliche Jacht?"

„Meine königliche Jacht", sagt er mit heiserer Stimme und zwinkert mir zu.

Ich kneife meine Augen zusammen. Offensichtlich ist er sich der Chemie zwischen uns ebenfalls bewusst. Gestern hat er mich von oben herab behandelt. Heute benutzt er seinen Charme – für was? Um mich zu verführen? Ich brauche keinen Mann wie ihn, wirklich nicht, selbst wenn er oben ohne umwerfend aussieht. Und mit hochgerollten Ärmeln auch. Eigentlich immer … Scheiße. Was zum Teufel ist los mit mir? Meine Hormone sind außer Kontrolle. *Vergiss es.*

„Ist sie nicht schön?", ruft Maya mir vom Deck zu.

„Umwerfend!", rufe ich zurück. Dann flüstere ich Phillip zu: „Sie ist unglaublich verknallt in Sie."

„Ich weiß. Wollen wir?" Er legt seine Hand auf meinen unteren Rücken und führt mich auf die Gangway.

Ich ignoriere die Hitze, die von seiner großen Hand ausstrahlt, und stoße ihn nicht weg, um meine Standhaftigkeit auf die Probe zu stellen. Ich werde mutig der Versuchung widerstehen mit jeder Unze geistiger und emotionaler Stärke in mir. Außerdem fühlt sich seine Hand zu gut an, um sie wegzustoßen.

Ich blicke zu ihm auf. „Dann ermutigen Sie sie, auch wenn sie keine Chance hat?"

Er zuckt mit einer Schulter.

„Was, wenn Sie die Avancen anderer ablehnt, weil sie glaubt, dass sie Sie liebt?"

Er nimmt seine Hand von meinem Rücken und starrt mich an. „Sie glauben, dass sie in mich verliebt ist?"

„Warum nicht? Sie sind umwerfend, herzlich und wirklich nett zu ihr. Ganz zu schweigen davon, dass sie ein verdammter Prinz sind."

Er lächelt über das ganze Gesicht. Ich bin immun, verdammt.

„Was?", frage ich.

„Das war vielleicht das Netteste, was je jemand über mich gesagt hat. Das von wegen herzlich und nett, nicht der verdammte Prinz."

Ich setze eine finstere Miene auf, doch als Einmetersechzig-Elfe nimmt mir das nie jemand ab. „Bitte brechen Sie ihr nicht das Herz. Ich mag sie."

„Ich auch, Ruby. Ich auch."

Ein Anflug von Eifersucht alarmiert mich. Vielleicht hat Maya ja doch eine Chance bei ihm.

Und warum bitte interessiert mich das?

4

Phillip

Ich bin nur hier, um Anna zu helfen. Wenn meine Schwägerin von ihrer Hochzeitsreise zurückkehrt und ich mich immer noch standhaft weigere, an ihrer Junggesellenversteigerung teilzunehmen, kann ich mich zumindest gut fühlen, wenn ich ihrer Freundin mit der Gästesuite helfe. Ich rede mir ein, dass das mehr als genug ist. Ich werde mich bei Ruby nützlich machen und sie wird es hoffentlich weitergeben.

Nur, dass das nicht der einzige Grund ist, weswegen ich hier bin. Ich will mehr Zeit mit Ruby verbringen. Als ich gestern, nachdem sie so freundlich zu mir gewesen ist, Abstand gehalten habe, hatte ich das Gefühl, etwas Wichtiges verloren zu haben. Sie ist schön und strahlt eine solche Lebensfreude, eine innere Begeisterung und Energie aus, die ich unwiderstehlich finde. Ich kann die Anziehung nicht leugnen, und ich weiß, dass es auf Gegenseitigkeit beruht. Es ist wie ein lebendes, atmendes Ding zwischen uns. Wäre es so schlimm, wenn ich einfach entsprechend handeln würde?

Ja! Sehr schlimm sogar. Anna hat dich bereits gewarnt.

Ich hole mein Handy aus der Tasche. Da ist sie, Annas Ruby-ist-tabu-Nachricht. *Wir brauchen sie, und ich kann mir nicht leisten, dass du es versaust wie mit jeder anderen Frau.*

Und dieses kleine Juwel. *Ich hab dich lieb, aber lass ihn in deiner Hose.*

Ich lese ihre Nachrichten noch einmal genau durch. Nirgendwo steht, dass ich mich nicht mit Ruby *anfreunden* darf. Ich werde auf diesem tugendhaften Berg stehen, bis ich vor unbefriedigter Lust sterbe.

Oder bis Ruby nächste Woche zurück in die Staaten fliegt. Das ist noch ein guter Grund, ihn in meiner Hose zu lassen. Sie geht weg; ich gehe weg. Anna sagt, dass sie nicht auf belanglosen Sex steht, was bedeutet, dass sie eine Affäre mit mir bereuen würde.

Ich bin nicht bekannt für meine unerschütterliche Treue. Zumindest nicht seit Lana. Unsere fünfjährige Beziehung ist in einer sehr öffentlichen und von der Klatschpresse ausführlich dokumentierten Trennung geendet. Ich gebe zu, dass ich danach ein bisschen übertrieben habe, als ich kreuz und quer durch Europa gebrunftet habe. Doch keine dieser Frauen war die Richtige. Ich habe mich nie zu einem dritten Date oder gar einer Beziehung überwinden können. Und dann habe ich Hailey, die Hochzeitsplanerin der Hochzeit meiner Schwester Silvia in den USA kennengelernt. Ich habe mich ganz bewusst sabotiert, indem ich mich auf sie eingeschossen habe – eine Frau, die ganz offensichtlich einen anderen Mann geliebt hat.

Ich atme scharf aus. Ich habe die Suche nach der richtigen Frau aufgegeben. Vielleicht werde ich irgendwann einer arrangierten Hochzeit zum Wohl des Königreichs zustimmen. Es war eine Option, die mir und meinen Geschwistern angeboten wurde, auch wenn nur Gabriel und Emma sich bereiterklärt haben. Gabriel hat seine Meinung geändert, als er Anna kennengelernt hat. Emma ist noch verlobt, scheint aber mit dem Arrangement zufrieden zu sein.

Ich blicke von der Flybridge der Jacht, wo ich mit der Crew stehe, auf Ruby und Maya an Deck hinunter. Sie sind so verschieden, wie zwei Frauen nur sein können – die blonde Ruby, deren offene Haare wild im Wind wehen, die brünette Maya, deren Haare zu einem strengen Knoten gesteckt sind. Maya trägt ihre Uniform aus weißer Bluse und schwarzer Hose, während Ruby ein Kleid mit fröhlichem Blumendruck in Rot, Rosa und Gelb trägt. Maya ist beherrschte Schicklichkeit, wenn auch mit Humor. Ruby ist lockerer, offener.

Ich betrachte die Insel, die mein Zuhause ist. Sie wirkt weitgehend unberührt von der modernen Zeit, auch wenn wir Handys und Internet haben. Die Küste mit ihren Klippen ist rau und zerklüftet. Buchten mit wunderschönen Sandstränden liegen zwischen den Klippen verborgen. Port Axel ist das wirtschaftliche Zentrum für die Fischer, die hauptsächlich Thunfisch, Barsche, Seeteufel und Schalentiere fangen. Es gibt einen alten Leuchtturm mit rotem Dach. Die weißen Boote der Fischer liegen vor dem Hafen, und hinter dem Hafen liegen ein paar weiße Gebäude mit roten Dächern, in denen die gewerbliche Fischerei ihr Zuhause hat. Im Inland und entlang der Straße zum Palast stehen traditionelle Häuser, in der Regel weiß mit blauen Zierleisten, und dahinter das Feuchtgebiet und die Dünen. Villroy ist ein Teil von mir, und ganz gleich, wie weit ich reise, ich komme immer wieder nach Hause. Ich kann mich glücklich schätzen, im Amalienpalast zu leben, im Herzen der Insel auf einem Hügel, von dem aus man alles überblicken kann.

Ich geselle mich zu den Frauen an der Reling und stelle mich neben Ruby. „Hi. Gefällt Ihnen die Aussicht?"

Sie streicht ihre aschblonden langen Haare hinter ihre Ohren, bevor sie sich mir zuwendet. „Absolut. Der Palast sieht aus wie aus einem Märchen, aus der Ferne sogar noch mehr."

Ich lächele. Das habe ich schon ein paarmal gehört, doch für mich ist es einfach mein Zuhause. Der Amalienpalast, aus Sandstein gebaut mit Kupferdächern, fünf Stockwerken – sechs Stockwerken in den zwei Türmen. Es gibt zwei lange Seitenflügel, die einen Hof einschließen, von dem man durch gepflegte Gärten einen langen Pfad hinunter zum Meer kommt.

„Ich finde, die letzte Renovierung wurde ein bisschen übertrieben mit all den Türmchen", sage ich zu ihr. „Frühere Paläste sind Bränden zum Opfer gefallen. Der, den wir heute sehen, ist im achtzehnten Jahrhundert erbaut und zahllose Male renoviert worden."

Sie wendet sich wieder der Aussicht zu. „Es ist bezaubernd."

„Wenn man bedenkt, dass meine Wikingervorfahren mit runden Steinfestungen angefangen haben." Ich deute zu einer verfallenen Ruine neben dem Palast.

„Das ist das also?" Sie dreht sich zu mir um. „Das neue gefällt mir besser." Ihre Haare fliegen ihr ins Gesicht, als der Wind die Richtung wechselt, und sie hält sie mit beiden Händen zurück. „Ist eine solche Ruine nicht gefährlich? Sieht aus, als könnte sie jeden Moment einstürzen."

„Sie erinnert uns an unser Erbe, unsere Geschichte, und sie erinnert die Einheimischen daran, dass die richtige Familie herrscht. Schließlich haben unsere Vorfahren die erste Siedlung hier gegründet."

„Cool." Sie lässt ihre Haare los, und als sie ihr erneut ins Gesicht peitschen, fällt es mir schwer, sie ihr nicht zurückzustreichen. Sie zieht sich eine Strähne aus dem Mund und schiebt sie hinters Ohr. „Ich hätte einen Haargummi oder eine Mütze mitbringen sollen."

„Wir können reingehen." Ich deute auf die Kajüte hinter ihr. „Die Aussicht kann man von da aus immer noch genießen. Da drin sind ein Sofa, ein Fernseher, eine Bar und ein Kühlschrank."

Sie späht durch eines der Fenster. „Oh ja." Sie wendet sich Maya zu, „möchten Sie mit uns reinkommen?"

Maya lächelte. „Danke, aber ich würde lieber noch ein bisschen die Sonne genießen, wenn es Ihnen nichts ausmacht."

„Überhaupt nicht." Ruby wendet sich mir zu. „Nach Ihnen."

Ich gehe vor und rede mir ein, dass es vollkommen harmlos ist. Nur eine Stunde in der Kajüte. Es ist nicht so, dass ich sie in die Suite mit dem Schlafzimmer einlade. Ich öffne die Tür und folge ihr hinein.

Sie bleibt wie angewurzelt stehen. „Das ist wunderschön!"

„Danke. Auch wenn ich sie nicht designt habe."

Sie geht weiter hinein. „So elegant." Eine weiße Sitzlandschaft aus Leder, ein hochglänzender Holztisch mit passenden Schränken und ein heller Parkettboden erwarten uns. Die Decke ist weiß mit Einbaulampen und glänzenden hellen Holzzierleisten, die zu den Möbeln und dem Boden passen. Danach die Bar und dahinter ein Essbereich auf einer erhöhten Plattform mit Rundumverglasung.

„Wer auch immer das designt hat, hat einen guten Job gemacht", sage ich. „Bitte, setzen Sie sich. Möchten Sie einen Drink?"

Sie setzt sich auf das Sofa gegenüber dem Fernseher. „Gerne. Was haben Sie da?"

Ich gehe zur Bar. „So ziemlich alles. Die Bar ist gut bestückt."

Sie zieht die Brauen hoch. „Ist es zu früh für eine Margarita?"

Ich schmunzele. Es ist noch nicht einmal Mittag. „Nie. Doch leider bin ich heute der Barkeeper. Ich kann Scotch, Whisky, Bier oder Wein ausschenken. Cocktails liegen mir nicht so."

„Wow, ein Prinz, der mich bedient? Ist das in der langen Geschichte Ihres Königreichs je schon einmal vorgekommen?"

Ich zeige mit dem Finger auf sie. „Dafür bekommen Sie Wasser aus der Bilge!"

Sie streckt die Zunge heraus. „Das hört sich nicht gut an."

„Ist es auch nicht. Es ist das brackige Wasser, das sich unten im Rumpf des Bootes sammelt." Ich öffne den Barschrank und betrachte den Inhalt. Voll bestückt wie immer, einschließlich Snacks – Salzstangen, geröstete Nüsse, Chips, getrocknete Früchte, Trail Mix.

Plötzlich steht sie neben mir. „Sie haben nicht übertrieben, als Sie gesagt haben, dass die Bar gut bestückt ist. Jetzt wünsche ich mir, ich hätte nicht so viel gefrühstückt. Ihr Adlige wisst wirklich, wie man isst. Haben Sie Eistee?"

Ich gehe zum Kühlschrank. „Haben wir." Ich reiche ihr eine Glasflasche und nehme mir selbst ein Wasser.

Sie späht hinüber in den Essbereich. „Oh, können wir da sitzen? Die Aussicht in Richtung Frankreich ist so schön da."

Ich folge ihr zu dem Tisch, und sie nimmt mit Blick in

Richtung Küste Platz. Ich setze mich rechts neben sie und bewundere verstohlen, wie sie die Aussicht bewundert. Sie sprüht vor Leben mit ihren zerzausten Haaren und geröteten Wangen. Meine Gedanken wandern zu einer zerzausten Ruby im Bett nach einem harten – nein. Tabu. Verboten. Ich zwinge mich, aus dem Fenster hinaus aufs Meer zu blicken.

Wir schweigen.

Plötzlich bin ich nervös wie auf einem ersten Date, wo langes Schweigen bedeutet, dass es gar nicht gut läuft. Ich bin nie nervös auf ersten Dates, warum jetzt? Meine Hände sind klamm, und mein Hals ist staubtrocken. Ich öffne meine Wasserflasche und trinke einen langen Schluck und bin mir plötzlich der Schluckgeräusche hyperbewusst.

Sie öffnet ihren Eistee mit einem lauten Plopp und trinkt einen Schluck.

Sag was!

„Woher kennen Sie Anna eigentlich?", frage ich.

Sie lächelt, und ich entspanne mich sofort. „Sie war die Hausmeisterin in unserem Apartmentgebäude in Tampa. Sie kann wirklich alles reparieren! Etwa einen Monat nach meinem Einzug hat mein Kühlschrank nicht mehr funktioniert. Sie hat ihn nicht nur repariert, sie hat mir sogar angeboten, ihren Kühlschrank zu benutzen, solange ich warten musste. Ich meine, wir kannten uns kaum, und sie gibt mir die Schlüssel zu ihrer Wohnung, damit ich keine Unannehmlichkeiten habe."

„Das klingt ganz nach ihr. Großzügig und unkonventionell."

„Ja! Wie auch immer, ich bin geblieben, und wir haben uns unterhalten, während sie an meinem Kühlschrank gearbeitet hat, und wir haben uns wunderbar verstanden. Danach hatten wir eine spontane Party in ihrer Wohnung, um die Wiederauferstehung meines Kühlschranks zu feiern. Sie hat zerstoßenes Eis mit einem Kopfkissenbezug und einem Holzhammer gemacht! Wir haben uns dabei abgewechselt, und sie hat uns Moscow Mules gemacht." Sie seufzt. „Dann bin ich wegen eines Jobs nach Orlando gezogen, aber wir haben immer noch Zeit miteinander verbracht. Ist ja nicht so weit von Tampa entfernt. Ich werde sie wirklich vermissen, jetzt, da sie hier lebt. Sie ist so … echt, wenn Sie wissen, was ich meine."

„Wir können uns glücklich schätzen, sie zu haben. Und Sie sind für eine Woche hier? Oder bleiben Sie länger, um ein bisschen Zeit mit ihr zu verbringen?" Ich hätte sie das früher fragen sollen. Ich hatte nur angenommen, dass sie abreisen würde, sobald die Suite fertig war.

„Ich bleibe zwei Wochen. Sie kommt am Sonntag zurück, und ich reise am darauffolgenden Sonntag ab."

„An dem Tag breche ich auf eine fünfwöchige internationale Tour mit Global Sun Water auf. Das ist eine gemeinnützige Gesellschaft, die solarbetriebene Wasserpumpen in arme Länder bringt. Danach fange ich meinen Job als UN-Botschafter für sauberes Wasser an."

Ihre Eisteeflasche erstarrt auf halbem Weg zum Mund. „Das hätte ich nicht erwartet. Schön, dass Sie sich für einen so guten Zweck einsetzen."

Ich versteife mich. Sie hat mich offensichtlich für oberflächlich gehalten. „Sie haben damit gerechnet, dass ich meine Tage mit Shopping und Herumlungern im Palast verbringe?"

Sie lacht. „Erzählen Sie mir, wie das mit den Wasserpumpen funktioniert."

Ich erkläre ihr die Technik dahinter, die nicht mehr ist als clevere Ingenieurskunst. Es ist schwer, sich ein Leben vorzustellen, in dem man eine so wichtige Ressource nicht so ohne Weiteres zur Verfügung hat. Für viele abgelegene Orte ist es das erste Mal, dass sie eine zuverlässige konstante Wasserversorgung bekommen.

„Die Technologie macht es möglich, mehr zu tun, als nur zu überleben", beende ich meine Erklärung.

„Und was ist Ihre Rolle dabei?"

„Ich bin derjenige, der das Interesse der Öffentlichkeit auf ihre Mission lenkt. Ich reise mit Global Sun Water zu den Dörfern und treffe mich auch mit Diplomaten und Führungspersönlichkeiten und schneide für die Presse blaue Bänder bei Eröffnungszeremonien durch." Ich unterstütze sie auch finanziell in nicht unerheblichem Umfang, doch das erwähne ich nicht. Ich tue es nicht, um damit anzugeben. Ich tue es, weil ich an die Sache glaube.

Sie schüttelt den Kopf. „Phillip, Sie haben unerwarteten Tiefgang."

Das tut weh, doch ich lasse es mir nicht anmerken. „Mehr als nur ein hübsches Gesicht, was?"

Sie schlägt sich die Hand vor den Mund. „So hat es sich angehört, oder? Tut mir leid." Sie lässt die Hand sinken. „Ich habe eine gewisse Vorstellung davon gehabt, wie Sie sind. Sie wissen schon, anhand all der Fotos von Ihnen, auf denen Sie mit irgendwelchen Supermodels herumscharwenzeln."

„Ich scharwenzele nicht herum." Ich runzele die Stirn. „Oder doch? Können Sie mir zeigen, wie das aussieht?"

Sie überrascht mich, indem sie aufsteht. Ich gehe hinunter in den Loungebereich, um sie besser sehen zu können.

„Stellen Sie sich sowas in der Art vor." Sie nimmt den Saum ihres Kleids in die Hand und schwebt durch die Kajüte, bevor sie stehenbleibt, einen imaginären Partner über ihren Arm beugt und die Lippen schürzt.

„Nicht ganz."

„Eher so?" Sie *rennt* in Zeitlupe auf mich zu, die Arme ausgestreckt, als wollte sie mich umarmen. Sie hat ein übertriebenes Lächeln im Gesicht, als wäre sie ekstatisch, mich zu sehen.

Ich imitiere das übertriebene Lächeln und öffne meine Arme. Sie bleibt nicht stehen, sondern läuft direkt in meine Arme. Ich fange sie auf, wirbele sie herum und tue so, als wäre ich genauso ekstatisch, sie zu sehen.

Nur mit Ruby in meinen Armen und ihrem forschenden Blick fühlt es sich plötzlich sehr real an.

~

Ruby

Mein Puls donnert in meinen Ohren, meine Sinne stehen Kopf, und das unerwartete Glücksgefühl, als Phillip mich herumwirbelt, macht mich schwindelig. Er bleibt stehen, hält mich aber immer noch an der Taille in der Luft fest. Wir sind auf Augenhöhe. Er ist größer als ich, darum sehe ich ihn normalerweise nicht so. Ich bemerke jedes Detail – seine geweiteten Pupillen, den dunkelblauen Ring um die Iriden, die dicken Wimpern. Ein Mann sollte nicht so schön sein.

Seine Stimme klingt rau. „Ich sollte Sie absetzen." Er macht jedoch keine Anstalten, mich loszulassen.

Ich starre seinen Mund an, seine vollen Lippen, die von Anfang an so verführerisch gewesen sind. „Kann ich nur …" Ich beuge mich vor, und meine Zunge schießt heraus, um ihn zu kosten.

Er stöhnt, dann schließt sich sein Mund über meinem. Nicht zu rau, nicht zu sanft. Perfekt. Dekadent. Sinnlich. Ich ertrinke in dem Gefühl, in dem Genuss, diesen schönen Mann zu küssen. Ich kann kaum atmen, und es ist mir egal. Ich brauche mehr. Plötzlich bin ich gierig nach ihm, als meine Bedürfnisse, die so lange geschlummert haben, wieder zum Leben erwachen.

Er beendet den Kuss und stellt mich wieder auf die Beine. Doch ich bin noch nicht fertig. Ich schlinge meine Arme um seinen Nacken, gehe auf Zehenspitzen und beiße ihm in die volle Unterlippe. Er knurrt tief in seinem Hals, dreht mich um und presst mich an die Wand, während sein Mund meinen verschlingt. Ich lasse meine Finger durch seine weichen Haare gleiten. Ich liebe, wie dick sie sind, liebe alles an ihm – seinen Geschmack, seinen Duft, so wie er mich küsst, als wäre er genauso hungrig nach mir wie ich nach ihm.

Plötzlich unterbricht er den Kuss und dreht sich zur Tür um. „Was ist?"

Wow, ich habe nicht einmal gehört, dass jemand sie geöffnet hat.

Maya steht in der Tür, die Augen weit aufgerissen, während sie die Szene anstarrt oder besser mich, zwischen Wand und Phillip eingeklemmt. Sie stößt einen erstickten Schrei aus, wirbelt herum und eilt davon.

Er schließt die Augen und seufzt. Irgendwie weiß ich, dass er sie trösten gehen wird.

„Hat sie dich noch nie mit einer Frau gesehen?", flüstere ich.

Er weicht einen Schritt zurück und fährt sich mit der Hand durchs Haar. „Nicht so. Ich bringe keine Frauen mit nach Hause. Meine Ex war die einzige, doch das ist jetzt schon über ein Jahr her."

„Ah."

Er lächelt wehmütig. „Ich weiß, ich sollte mit ihr reden, doch ich glaube nicht, dass das eine so gute Idee ist, solange ich in diesem Zustand bin." Er senkt den Blick auf eine beeindruckende Ausbuchtung in seiner Hose.

Eine Vision von Phillips nacktem, muskulösem Körper über mir, wie er in mich eindringt, blitzt vor meinem inneren Auge auf. Ich hebe meinen Kopf. Mein Mund ist trocken. „Wahrscheinlich nicht."

Er holt tief Luft. „Ich hätte dich nicht küssen sollen."

„Schon gut."

Er begegnet meinem Blick und runzelt die Stirn. „Ich weiß nicht, was in mich gefahren ist. Wir haben nur zwei Wochen, bevor wir getrennte Wege gehen. Und ich will niemandes Gefühle verletzen, besonders nicht die einer Freundin meiner Schwägerin." Er schneidet eine Grimasse und wendet den Blick ab.

Er hat recht. Ich wünsche mir allerdings, dass dem nicht so wäre. Ich habe Gefühle, die ich lange Zeit nicht gespürt habe – Wärme, Zuneigung, Lust. Er ist nicht der arrogante Arsch, für den ich ihn zunächst gehalten habe. Ich mag ihn. Und ich mache mir nicht vor, dass der unglaubliche Kuss gerade eben mit einem x-beliebigen attraktiven Typen passiert wäre. Normalerweise ist der erste Kuss zögernd, unbeholfen oder schlabbrig. Manchmal alles drei. Das hier war leidenschaftliche Perfektion. Das ist selten und besonders und … unmöglich. Wir leben in anderen Welten, gehen bald getrennte Wege, und er ist ein bekannter Playboy. Ich weiß es besser, als mich auf ihn einzulassen, ganz gleich, wie verführerisch er ist.

Er sieht so unglücklich aus, dass ich ihn vom Haken lasse. „Kein Problem. Wir spulen einfach zurück", sage ich nonchalant.

Ich öffne meine Arme und jogge rückwärts in die Mitte der Kajüte, als ob ich ein Video zurückspule.

Er schmunzelt und hebt die Hände. „Ich würde ja gerne sagen, dass das funktioniert hat, aber …"

Ich gehe zum Sofa. „Komm, lass uns fernsehen. Es ist doch okay, wenn wir du sagen, oder? Du solltest wahrscheinlich mit Maya reden, sobald ihr es unter vier Augen tun könnt. Ich bin mir sicher, dass sie eine *es liegt nicht an dir, sondern an mir*-Ansprache nicht gut aufnehmen würde, wenn ich danebenstehe."

Er setzt sich neben mich und nimmt die Fernbedienung aus einem Fach hinter uns. „Ich habe da eher an *wir sind zusammen aufgewachsen, darum habe ich sie immer als kleine Schwester betrachtet* gedacht."

Ich sehe ihn ernst an. „Da musst du dir schon was Besseres einfallen lassen."

„Wie wäre es mit *ich habe einfach keine solchen Gefühle für sie?*"

„Beeeeep. Falsche Antwort."

Mit finsterer Miene schaltet er den Fernseher ein und surft durch die Kanäle. „Was soll ich sagen? Ich dachte, es wäre eine harmlose Schwärmerei gewesen. Mayas Mutter hat als Dienstmädchen für unsere Familie gearbeitet, und Maya hat mit sechzehn zu arbeiten angefangen. Ich war neunzehn. Ich habe sie wirklich immer wie eine kleine Schwester betrachtet."

„Oh wow. Dann geht das also schon so lange?"

„Ich fürchte ja. Damals ist sie andauernd rot geworden, wenn ich in der Nähe war. Wie auch immer. Ich bin jetzt neunundzwanzig. Ich dachte, dass sie inzwischen begriffen hat, dass zwischen uns nichts passieren wird."

Ich erschaudere. Ich fürchte, es gibt keine nette Art, eine unerwiderte Schwärmerei zu beenden. „Dann würde ich doch die kleine Schwester-Erklärung benutzen. Es wird wehtun, ganz egal, was du sagst. Zumindest ist es die behutsamste der Erklärungen."

Ein Fußballspiel erscheint auf dem Bildschirm, und er legt

die Fernbedienung ab. Ich nehme sie, schalte auf eine Moden-
schau um und grinse ihn an.

Er hält mich am Kinn und küsst mich, ein schneller, harter
Kuss, der mich sprachlos macht. Dann holt er sein Handy aus
der Hosentasche und ignoriert den Fernseher.

Wärme stiehlt sich durch mich hindurch. Ich weiß, es ist
dumm. Es ist nur eine Fernsehshow, doch mein Ex hätte mir
nie die Kontrolle über die Fernbedienung überlassen. Es sind
die kleinen Dinge. Ich kann nicht anders. Ich packe ihn und
umarme ihn. Er lächelt auf mich herab, und es fühlt sich an
wie Sonnenschein auf meinem Körper.

Ich lasse ihn los und mache es mir gemütlich, indem ich
herunterrutsche und mich an ihn lehne. Seine Hand wandert
zu mir herüber und hält meine in einem warmen Griff.

Mein dummes Herz schlägt einen Salto.

Ein Lächeln umspielt meine Lippen.

Wir sind noch nicht fertig.

5

Ruby

Jemand hat wohl die Information über unseren Trip nach Nantes durchsickern lassen, denn als wir von Bord gehen, wartet schon eine Menge auf uns. Einheimische halten ihre Handys hoch, um Fotos zu machen, doch es sind auch ein paar Paparazzi da, die ihre riesigen Zoomobjektive auf Phillip richten. Sie wollen den königlichen Hottie.

Die Sicherheitsmänner gehen neben uns her. Phillip legt den Arm um mich und zieht mich an sich. Eine Frau kommt auf uns zu gerannt, schreit seinen Namen und stößt mit Maya zusammen. Phillip nimmt Maya und zieht sie an seine andere Seite. Leute rufen „Prinz Phillip" und „Hottie" und schleudern ihm Fragen auf Englisch und Französisch entgegen. Ich verstehe nicht alles.

„Zwei Frauen? Eine reicht wohl nicht, was?"

„Wer sind die Mädchen?"

„Lana ist wieder Single. Ruf sie an und habt eine Orgie!" Gelächter wallt durch die Menge.

Ich erschaudere. Das ist seine Ex. Ihre Beziehung war überaus öffentlich gewesen. Die Presse hatte sie als „das goldene Paar" bezeichnet. Ich würde es furchtbar finden, wenn meine Beziehung derart überwacht werden würde. Die

Klatschpresse hat über die Trennung und Lanas neuen Liebhaber unerträglich detailliert berichtet.

Phillip reagiert nicht. Seine Miene ist neutral, als er uns hinter den Bodyguards her durch die Menge schiebt. Wir werden zu einer wartenden Limousine gebracht, und Phillip lässt zuerst Maya und mich einsteigen. Ich rutsche durch, um ihnen Platz zu machen. Maya setzt sich neben mich und verschränkt die Hände auf ihrem Schoß. Sobald sich die Tür hinter Phillip schließt, fährt der Wagen los.

Phillip setzt sich auf die Bank neben mir und beugt sich zu Maya vor. „Sind Sie okay?"

Sie starrt ihre Hände an. „Ja, Sir, ich bin okay."

Er sieht mich fragend an.

„Ich auch."

Er lehnt sich zurück und seufzt. „Scheiße. Die werden aus einem simplen Shoppingtrip eine Skandalstory spinnen. Lächerlich. Warum können sie nicht über etwas berichten, das den Bericht auch wert ist?"

„Deine Reise mit Global Sun Water sollte helfen", schlage ich vor.

Seine Augen blitzen. „Genau darauf sollten sie sich konzentrieren. Sauberes Wasser. Leuten helfen. Nicht mein Sozialleben. Wen interessiert's?"

Ich zucke mit den Schultern. „Mich nicht."

Er lacht. „Okay. Genug der Aufregung. Lasst uns Spaß haben." Er blickt in Mayas Richtung. Sie ist still und starrt immer noch auf ihre Hände.

Ich nicke in Richtung der Mittelkonsole, wo eine Flasche Champagner in einem Eiskühler steht.

„Vielleicht sollten wir unseren Trip mit ein bisschen Champagner anfangen", verkündet er. „Gute Idee, Ladys?"

„Absolut", sage ich.

„Maya?"

„Ich arbeite, Sir."

Er hebt die Flasche aus dem Kühler. „Hiermit haben sie offiziell frei. Und wenn Sie etwas anderes als Ihre Uniform anziehen möchten, können Sie sich etwas in einem Laden aussuchen. Mein Geschenk an Sie."

Sie blickt überrascht auf. „Wirklich?"

„Ja, wirklich. Ich habe Sie immer als Teil der Familie betrachtet, wie eine liebenswürdige kleine Schwester, die ich nie hatte." Er hebt seine Hand an seinen Mund und fährt in verschwörerischem Ton fort. „Aber sagen Sie Emma und Silvia nicht, dass ich das gesagt habe." Die beiden sind seine jüngeren Schwestern.

Sie beißt sich auf die Unterlippe und bemüht sich, nicht zu lächeln. „Danke, Sir."

Er öffnet die Champagnerflasche, und Maya lacht angesichts des *Plopp!* Und einfach so hat Phillip sie wieder auf seine Seite gezogen. Er gießt ihr ein Glas ein und reicht es ihr, dann gießt er mir eines ein.

Augenzwinkernd bietet er es mir an. „Für jemanden, der überaus talentiert ist im Herumscharwenzeln."

Ich werde rot beim Gedanken an unseren Kuss. „Na, herzlichen Dank." Ich trinke einen Schluck und bemerke Mayas gerunzelte Stirn, bevor sie sich abwendet und aus dem Fenster blickt.

Phillip

Abgesehen von der anfänglichen Unruhe am Hafen läuft der Rest unseres Ausflugs glatt. Die Angestellten des Palasts funktionieren wie eine gut geölte Maschine. Die Ladenbesitzer werden über unseren Besuch informiert, und jeder Laden schließt solange wir da sind. Sie sind bereit, das zu tun, weil sie wissen, dass ich vermögend bin, und was auch immer ich kaufe, wird sofort zu einem Verkaufsschlager. Die Tatsache, dass es ein Dienstag im September ist, macht es leichter. Wir verlangen nicht von ihnen, ihre Läden an einem gut besuchten Wochenende zu schließen.

Wir fangen in der Passage Pommeraye an, denn Maya möchte ein neues Outfit kaufen und Ruby die historische Shoppingmall sehen. Sie haben die Mall für zwei Stunden für den Publikumsverkehr geschlossen, damit wir in Ruhe einkaufen können. Sobald wir sie betreten, ist Ruby verzaubert. Was einmal ein Durchgang zwischen zwei Straßen war, ist jetzt eine dreistöckige Ladengalerie, mit einer schönen Treppe und Glasdach.

„Oh, schau dir diese Säulen an!", ruft Ruby und holt ihr Handy aus ihrer Handtasche, um Fotos zu machen. „Und der Bogen! Die Uhr! Die Engelchen!" Sie deutet auf die Stuckengel, die die Passage überblicken. „Sind die nicht süß? Selbst die Fenster sind umwerfend!"

Die Mall ist charmant, der Stil typisch Französischer Neoklassizismus. Die Läden waren früher auf die Straße ausgerichtet, darum haben sie originale Fenster mit Stuckverzierungen und schmiedeeisernen Blumenkästen. Der Bogen der Passage ist noch aufwendiger gestaltet, und ihn ziert eine große Uhr. Das Glasdach lässt gedämpftes natürliches Licht herein.

Ich wende mich Ruby zu. „Willst du nur Fotos machen oder wollen wir einkaufen?"

Sie steckt ihr Handy zurück in ihre Tasche. „Geh du mit Maya Klamotten einkaufen, ich gehe mir die Dekogeschäfte ansehen. Diese Mall ist magisch!"

Eine Stunde später ist Ruby immer noch irgendwo unterwegs, und Maya hat ihr neues Outfit gefunden: einen rostroten Blazer über einem T-Shirt zu einer schwarzen Hose und schwarzen hochhackigen Lederstiefeln. Sie trägt ihre Haare jetzt offen. Die Transformation ist erstaunlich. Sie sieht nicht aus wie die kleine Maya, mit der ich aufgewachsen bin. Sie sieht aus wie eine schicke junge Frau, sexy sogar, so, wie ihre dunkelbraunen Haare in weichen Wellen über ihre Schultern fallen.

„Maya, Sie sehen großartig aus. Sie sollten öfter den Palast verlassen und Leute in ihrem Alter treffen." Sie nimmt sich nur selten frei.

„Danke, Sir." Ihre Wangen werden rot. „Und wo soll ich hingehen?"

„Wo immer coole Typen in ihrem Alter hingehen. Vielleicht hierher oder nach Paris."

Sie verschränkt die Hände hinterm Rücken. „Es ist eine lange Bahnfahrt bis nach Paris."

Mir wird bewusst, dass ich durch den permanenten Zugang zu unserer Jacht und zu unserem Jet meine Freiheit als selbstverständlich betrachte. „Na dann auf Villroy."

„Da sind nicht mehr viele junge Männer übrig. Die, die geblieben sind, sind Fischer wie ihre Väter. Sie kennt sie wahrscheinlich schon ihr ganzes Leben und hat keine Gefühle für sie. Plötzlich will ich mehr für sie als eine unerwiderte Schwärmerei für mich. Ich will, dass sie rausgeht und ihr Glück beim Schopf packt. Ich habe nie darüber nachgedacht, wie das Leben auf der Insel für sie ist. Sie ist jung. Sie sollte unterwegs sein, feiern, die falschen Männer daten und dabei Spaß haben.

Ich reibe mir das stoppelige Kinn. „Das ist ein Problem. Ich denke aber, dass wir das Ruder rumreißen werden, sobald die Ideen der Königin Fuß gefasst haben. Das Day Spa und die Beautyproduktlinie bringen Jobs und Besucher auf die Insel."

Sie murmelt etwas Unverständliches. Sie scheint nicht überzeugt zu sein.

„Vielleicht kann einer meiner Brüder Sie ja einem Freund vorstellen, oder–"

Ihre Wangen werden feuerrot. „Bitte machen Sie sich keine Mühe, mir ein Date zu beschaffen, Sir."

Ich klappe den Mund zu. Ich habe nie Zeit mit Maya außerhalb des Palasts verbracht, und es führt mir mein privilegiertes Leben vor Augen. Ich muss dankbar sein und weiter Gutes tun. Das ist die einzige bedeutungsvolle Aufgabe, die ich habe. Vielleicht hat mir Lana einen Gefallen getan, als sie mich abserviert hat. Ich wusste nicht, was ich mit meinem Leben anfangen soll, darum habe ich mich auf jede Ablenkung gestürzt, die ich finden konnte – Frauen, ja, doch ich habe meinen Kalender auch mit Wohltätigkeitsveranstaltungen gefüllt und bin überall hingegangen, wo sie einen Vertreter des Königshauses haben wollten. Damals hat Gabriel das Rampenlicht gemieden. Ich habe schon lange für Global Sun Water gespendet, doch es war ein Meeting mit dem Direktor bei einer Benefizveranstaltung, das zu einer aktiveren Rolle für mich geführt hat.

„Phillip! Maya! Schaut euch diese Schätze an!"

Ich blicke lächelnd zum zweiten Stock hinauf, wo Ruby im Schatten zweier griechischer Säulen steht. Zwei Verkäufer halten die Säulen für sie.

Ruby ruft zu uns herunter: „Die waren nicht einmal zu verkaufen. Nur Deko, aber sind die nicht umwerfend?"

Maya nickt und lächelt.

Die Säulen sehen unecht aus. Ich stelle mir vor, dass sie aus Pressholz sind. „Wow" ist alles, was mir dazu einfällt.

Die Männer folgen Ruby mitsamt der Säulen in Richtung Treppe. Als sie bei uns ankommt, sagt sie leise: „Der Preis ist ein Witz! Ich werde sie abschleifen und sie neu streichen, damit sie weniger griechisch und eher nach einer Adelsfantasie aussehen. Dann passen sie perfekt in die Gästesuite."

Ich habe keine Ahnung, was sie meint, doch sie strahlt vor Begeisterung. Ihre grünen Augen funkeln, ihre Wangen sind rosig, und ich kann ihr nur zustimmen. „Großartige Wahl."

„Danke." Sie wendet sich Maya zu und tut so, als müsste sie zweimal hinsehen. „Du meine Güte! Ich hätte Sie beinahe nicht wiedererkannt in diesem Outfit und mit offenen Haaren. Sie sind heiß, Mädchen!"

Maya fährt sich mit der Hand durchs Haar. Ihre Wangen erröten erneut. „Danke, Ma'am."

Ruby lächelt. „Ich kenne Männer, die würden allein beim Gedanken, Sie auf ein Date einzuladen, über ihre eigene Zunge stolpern." Sie wendet sich mir zu. „Findest du nicht?"

„Ja, sie sieht großartig aus. Möchtest du auch ein Outfit?"

„Ich? Oh, nein. Ich habe nicht viel Zeit, die Suite fertigzubekommen, und ich muss effizient sein." Sie eilt zurück zu den Männern und beschreibt ihnen den Weg. Sie sehen sie ratlos an.

Ich gehe zu ihnen und bitte sie auf Französisch, die Säulen zur Jacht zu bringen, wo die Besatzung ihnen helfen wird, sie an Bord zu bringen. Dann rufe ich die Crew an und warne sie vor. Als ich auflege, sieht Ruby mich an, als wollte sie mir auf den Arm springen und mich um den Verstand küssen. Eine bessere Beschreibung für den so bewundernden wie lustvollen Ausdruck in ihren Augen gibt es nicht.

Sie stellt sich auf Zehenspitzen und flüstert mir ins Ohr: „Du klingst so sexy, wenn du Französisch sprichst."

Ich schmunzele, denn eine Wegbeschreibung ist nicht sexy. Auf Französisch flüstere ich ihr ins Ohr, dass mir die Bibliothek gefällt. Das war einer der ersten Sätze, die mir mein Französischlehrer beigebracht hat.

Ihre Augen leuchten und ihre Stimme ist heiser. „Das ist heiß."

Jetzt weiß ich, wie ich Ruby verführen kann. Mein schlechtes Gewissen meldet sich zu Wort, und ich wende den Blick ab. Anna hat mich gewarnt, dass ich die Finger von Ruby lassen soll, und sie hat recht. Ich bin nicht auf der Suche nach etwas Ernstem, Ruby will nichts Unverbindliches, und wir gehen bald getrennte Wege. Das bedeutet, dass ich in die Freundeszone zurückkehren muss, ganz gleich, wie viel Lust in ihren Augen strahlt.

Oder in meiner Hose wächst.

Ich zwinge meinen Verstand von seinem üblichen lüsternen Pfad weg und konzentriere mich auf die Tatsache, dass Anna mich umbringen würde, wenn ich etwas mit Ruby anfinge. Gabriel würde sich dabei wahrscheinlich auf ihre Seite schlagen. Und mit dem König und der Königin verscherzt man es sich nun einmal nicht.

Ruby
Diese Woche ist wie im Flug vergangen. Ich war so darauf konzentriert, die Gästesuite vor Annas Rückkehr fertigzubekommen, dass ich kaum eine Pause gemacht habe, um zu essen. Zusammen mit Maya und Phillip habe ich viele Stunden gearbeitet, und ich bin stolz auf das Ergebnis. Jetzt ist Sonntagmorgen, die Gäste kommen heute Abend an, und Anna dürfte auch jeden Moment eintreffen.

Ich mache noch eine letzte Begehung der Mastersuite und der danebenliegenden Räume. Mein einziges Bedauern ist, dass ich keine Zeit hatte, einen letzten, majestätischen Schliff zu bestellen: Ein Bleiglasfenster mit dem königlichen Wappen.

Doch ehrlich gesagt ist das nicht nötig, denn die Aussicht über die Insel und das Meer von hier ist fantastisch, wenn auch Licht, das durch ein Bleiglasfenster fällt, etwas ganz Besonderes ist. Vielleicht kann ich das ja noch für die Zukunft vorschlagen.

Ich habe schon Fotos mit meinem Handy und meiner Digitalkamera für mein Portfolio gemacht. Passend zu den antiken Möbeln habe ich überall goldene Wandlampen installiert, die wie Kerzen aussehen. Die antike Tischlampe und das alte Telefon vom Dachboden sind jetzt im Wohnbereich und im Schlafzimmer. Die griechischen Säulen habe ich mit einem Champagnergoldton lackiert und im Schlafzimmer installiert. Auf beiden Säulen thront jetzt eine barocke Engelsfigur, die ich in einem Antiquitätenladen in Nantes gefunden habe. Die goldene Farbe zieht sich weiter durch die Kissen und Decken auf dem Bett und den Sofas.

Und die Deckengemälde erst! Die sind fantastisch geworden. Besser, als ich sie mir vorgestellt habe. Die Fantasiemeereslandschaft im Wohnbereich wird von einem geschwungenen Goldrahmen eingefasst. Clara hat das Blaugrün des Meeres hier perfekt getroffen, und es ist ein wunderbarer Hintergrund für die Meerjungfrauen und Nymphen, die mit Delphinen, Fischen und Meeresvögeln spielen. Die Sternenhimmel in den Bädern sind traumhaft, und die Akustikpaneele dämpfen den Halleffekt der Fliesen. Phillip hat sich persönlich um die Restaurierung und den Anbau der Kaminumrandung gekümmert. Sein Angebot zu helfen hat mich überrascht. Ich habe ihm ein paar Tipps gegeben, was das Abbeizen der Goldfarbe, das Abschleifen und Streichen anging. Jeanne hat dann sorgfältig das königliche Wappen restauriert und eine dünne goldene Linie an den Spitzen der Krone hinzugefügt.

Die Suite und die angrenzenden Räume strahlen Eleganz und königliche Tradition aus. Ich liebe sie so sehr, dass ich am liebsten einziehen würde. Ich setze mich vor die neue Kaminumrandung im Wohnbereich der Mastersuite und warte auf

Anna. Ich bin mir nicht sicher, wie viele Frauen sie zur Ladyswoche eingeladen hat, doch in der Suite und den angrenzenden Räumen ist Platz für acht – vorausgesetzt, sie scheuen sich nicht, ein Doppelbett zu teilen. Jedes Zimmer hat ein großes Doppelbett. Keine Schlafsofas wie in vielen Hotels. Vielleicht war das Absicht, um die Anzahl der Gäste zu begrenzen. Der Palast ist schließlich immer noch eine Privatresidenz.

„Ruby! Ahh! Komm her!"

Ich drehe mich um, als ich Annas Stimme höre, und sie sieht glücklicher aus, als ich sie je gesehen habe. Ihre wilden, dunklen Locken umrahmen ein herzförmiges Gesicht, das vor Aufregung gerötet ist, ihre braunen Augen glitzern und ihr Lächeln strahlt. Sie trägt ein figurbetontes, schwarzes, langärmeliges Kleid, das bis zur Mitte der Oberschenkel reicht, und dazu ihre Leopardenpumps. Immer noch die Anna, die ich kenne. Sie hatte schon immer eine Vorliebe für Leopardenprints. Sie sagt, der Leopard sei ihr Seelentier.

Ich springe auf, um sie zu umarmen, und sie drückt mich fest an ihre Brust. Wie die meisten Leute ist sie größer als ich.

Als sie fertig ist, hält sie mich an den Schultern fest. „Wie schön, dich zu sehen. Danke, dass du zur Rettung herbeigeeilt bist!"

So ist Anna nun einmal. Dabei war es praktisch ein Akt der Nächstenliebe, dass sie mich engagiert hat. Sie hatte bereits eine umwerfende Suite und war so großzügig, mir das Projekt anzubieten, um der Suite meinen persönlichen Touch zu verleihen – ein fantastisches, prestigeträchtiges Projekt für mein Portfolio. „Danke dir für diese Chance. Wirklich. Ich bin dir was schuldig. Und es tut mir so leid, dass ich es nicht zu deiner Hochzeit geschafft habe. Sie war am selben Tag wie die silberne Hochzeit meiner Eltern, und die Party für sie habe ich geplant." Sie weiß, dass ich ihr einziges Kind bin, darum hat sie es verstanden. Doch bald bekomme ich eine kleine Schwester! In fünf Monaten ist es soweit.

„Ich weiß. Ich hab dich vermisst, aber es ist okay."

„Und ganz ehrlich, selbst wenn es nicht ihr Jahrestag gewesen wäre – ich hätte mir nicht leisten können herzukommen. Bevor ich dieses Projekt angefangen habe, war ich wirklich an meinem persönlichen Tiefpunkt angelangt. Pleite, arbeitslos, zurück zu meinen Eltern gezogen mit einem gebrochenen Herzen dank eines Mannes, der mich quasi das ganze Jahr, das wir zusammen gewesen sind, belogen hat. Die Nachricht, dass er verheiratet ist und Drillinge erwartet, hat mir den Boden unter den Füßen weggezogen."

Sie schüttelt den Kopf. „Was für ein Arsch. Du hast so viel Besseres verdient."

„Danke. Und wirklich, es tut mir leid, dass ich deine Hochzeit verpasst habe."

„Jetzt hör schon damit auf. Du musst dich für nichts entschuldigen. Ich verstehe, dass du andere Verpflichtungen hattest, und ich weiß, wie es sich anfühlt, in einer Situation festzustecken und das Gefühl zu haben, dass es keinen Ausweg gibt. Und jetzt lass mich sehen, was du hier gemacht hast." Sie dreht sich langsam um und betrachtet den Wohnbereich der Mastersuite.

Ich halte den Atem an. Ich will, dass es ihr gefällt. Sie hat so viel für mich getan, indem sie mir dieses Projekt gegeben hat.

„Oh wow", haucht sie. „Genau, was gefehlt hat. Das bisschen extra Glitzer. Jetzt fühlt sie sich richtig majestätisch an."

„Phillip hat geholfen, die Kaminumrandung zu restaurieren. Wir haben sie auf dem Dachboden gefunden."

Sie zieht die Augenbrauen hoch. „Phillip weiß, wie man eine Kaminumrandung restauriert?"

„Ich habe es ihm beigebracht. Er hat wirklich sehr geholfen."

„Wirklich?" Sie dehnt das Wort, als ob sie argwöhnisch wäre.

Ich nicke.

„Hm …" Sie blickt zur Decke auf und quietscht. „Ruby! Das ist unglaublich! Wer hat das gemacht?"

„Maya und ich haben zwei Künstlerinnen auf der Insel gefunden. Clara hat das Deckenfresko hier gemacht und Jeanne die Sternenhimmel über den Whirlpoolbadewannen. Die Bilder in den Bädern sind übrigens auf Akustikpaneelen gemalt, darum dämpfen sie den Halleffekt der Fliesen und tun gleichzeitig so, als wären sie Oberlichter."

„O mein Gott." Sie stürmt ins Bad. „Das ist wunderbar! Auf die Idee wäre ich nie gekommen." Sie wendet sich mir zu. „Ruby, du bist ein Genie. Ich kann nicht fassen, dass du nicht in Arbeit erstickst, jetzt, da du selbständig bist."

Ich verlagere mein Gewicht auf die Fußballen, hin und her gerissen zwischen dem Stolz auf meine Arbeit und Schamgefühl, weil ich meine Freelancerkarriere nicht angeschoben bekomme. Ein Teil von mir gibt meiner dauer-gedrückten Stimmung die Schuld, die verhindert, dass ich die so wichtige Mundpropaganda bekomme. „Es ist tough, am Anfang Momentum aufzubauen. Ich hatte ein paar kleine Jobs, doch ich hoffe, dass mir dein Projekt in meinem Portfolio einen Anschub gibt."

Sie wandert ins Schlafzimmer und streicht mit den Fingern über die goldenen Seidenkissen und die weiche goldene Decke. „Mit dem Gold fühlt sich alles noch majestätischer an. Und diese Säulen! Ich liebe sie!" Sie nimmt den Hörer des alten Telefons auf dem Tisch ab. „Funktioniert es?"

„Nein, zur Zeit ist es nur Dekoration. Ich glaube, es muss neu verkabelt werden."

„Das mache ich heute noch." Sofort stelle ich sie mir mit ihrem Werkzeuggürtel vor. Es ist cool, dass sie so handwerklich begabt ist, doch ich weiß, dass sie jetzt andere Verpflichtungen hat.

„Es muss nicht funktionieren. Vielleicht wollen deine Gäste ja mal wirklich abschalten. Du weißt schon, als würden sie vorübergehend in einer längst vergangenen, weniger hektischen Zeit leben."

„Da ist was dran." Sie geht zur Tür zur danebenliegenden Suite – eine kleinere Ausgabe dieser hier – und sieht sich alles an.

Ich folge ihr durch die Räume, während sie aus dem Staunen nicht mehr herauskommt.

„Wie war eure Hochzeitsreise?", frage ich, als sie fertig damit ist, mein gestalterisches Genie zu loben. Sie ist wirklich zu großzügig mit ihrem Lob. Doch wenn jeder meiner Kunden so wäre, wäre ich glücklich.

„Wunderbar." Sie setzt sich in einem der kleineren Schlafzimmer aufs Bett. „Ich habe so viel gelernt." Nicht gerade, was ich zu hören erwartet habe.

Ich setze mich neben sie. „Du hast auf deiner Hochzeitsreise viel gelernt? Dein Ehemann muss sehr erfahren sein."

Wir prusten vor Lachen.

„Natürlich ist er umwerfend", sagt sie. „Doch ich habe auch den Stil der Frauen in Paris, Mailand und Barcelona in mich aufgesaugt." Sie senkt verschwörerisch die Stimme. „Eine Art Recherchereise-Schrägstrich-Hochzeitsreise. Aber erzähl das nicht Gabriel."

„Als ob ich dich an den König verpetzen würde."

Sie lacht. „Hast du schon alle kennengelernt? Ich meine Oscar, Lucas, Adrian und Emma? Ich habe gehört, dass meine Schwiegermutter ihre Gemächer nicht verlassen hat."

„Adrian ist irgendwo unterwegs, aber die anderen habe ich kennengelernt. Phillip hat sie mir vorgestellt, als sie vorbeigekommen sind, um zu sehen, womit er hier so beschäftigt ist. Alle sind sehr herzlich und freundlich zu mir."

Sie spitzt die Lippen. „Wie hat Phillip dich behandelt?"

Meine Wangen werden rot. „Gut."

Als sie nickt, hüpfen ihre Locken. „Gut. Ich habe ihm gesagt, dass er ihn in der Hose lassen soll."

„Anna!"

„Was? Ich weiß, dass er ein Playboy ist, und du hast mit deinem Arschloch von einem Ex die Hölle hinter dir. Außerdem bist du keine Frau für eine belanglose Affäre." Sie drückt meinen Arm. „Dazu kommt, dass du mit deinem neuen Geschäft ausgelastet bist. Du brauchst im Augenblick wirklich keine Ablenkungen."

Ich lasse meine Schultern hängen. „Wie wahr." Warum bin ich so enttäuscht? Sie hat recht. Davon abgesehen haben Phillip und ich uns nur einmal geküsst. Da meine Deadline für die Suite so knapp gewesen ist, haben wir die meiste Zeit gearbeitet. Ein kleiner Teil von mir muss auf ein bisschen mehr gehofft haben. Die Funken fliegen, wenn wir nur nebeneinander stehen.

„Warum klingst du so traurig?", fragt sie. „Wolltest du was mit Phillip anfangen?"

Ich straffe meine Schultern. „Nein, natürlich nicht."

„Er ist heiß."

„Offensichtlich."

„Und er ist eine männliche Schlampe." Sie zuckt mit den Schultern. „Ich liebe ihn, doch es ist nun mal so. Ich empfehle dir, ihn auf Armeslänge zu halten."

„Was ist mit Lana? Er ist vier Jahre mit ihr zusammen gewesen. Vielleicht hofft er irgendwo ganz tief im Inneren, der richtigen Frau zu begegnen."

Sie nimmt mich bei den Schultern und dreht mich zu ihm um. „Ruby, hör mir zu. Glaub *nicht*, dass du ihn reparieren kannst oder diejenige bist, die ihn auf magische Weise dazu bringt, sich zu binden. Ich weiß, er kann charmant sein, doch wenn du darauf eingehst, läufst du Gefahr, verletzt zu werden. Ich sage es, weil ich dich Liebe."

„Ich weiß." Ich schlucke meine Enttäuschung herunter. „Er ist mir irgendwie ans Herz gewachsen. Das ist aber kein Problem. Nächste Woche reisen wir beide ab. Er auf seine Wohltätigkeitstour und dann für die UN, und ich fliege zurück nach Hause, um zu versuchen, genug Arbeit an Land zu ziehen, um aus dem Haus meiner Eltern auszuziehen. Jedoch nicht nur, um mein eigenes Geschäft aufzubauen. Meine Mutter ist im fünften Monat schwanger, sie brauchen mein Zimmer für das Baby."

Sie schlägt sich die Hand vor den Mund. „O mein Gott! Wie alt ist sie?"

„Dreiundvierzig. Das ist ihr Wunderbaby. Wir sind alle so aufgeregt."

„Herzlichen Glückwunsch. Ich weiß, wie sehr du dir immer ein Geschwisterchen gewünscht hast."

Ich nicke. Durch den Kloß in meinem Hals bringe ich kein Wort heraus. Da gibt es so viel, was ich mit meiner kleinen Schwester unternehmen will, so viel, das ich ihr beibringen und zeigen will.

Sie tippt mit ihrem scharlachroten Fingernagel an ihre roten Lippen. „Ich wette, wenn meine Gäste die Suite sehen, werden sie dich beauftragen wollen. Sie sind alle erfolgreich auf ihrem Gebiet und haben ihre eigenen Häuser. Dazu kommt, dass es für dich quasi ein Heimspiel ist. Sie sind alle aus der Gegend um Tampa. Sechzehn Frauen mit jeder Menge Geld zum aus dem Fenster werfen. Ich stelle dich als meine Innenarchitektin vor, sobald sie ankommen."

Eine Welle der Begeisterung bringt mich dazu, ihr um den Hals zu fallen. „Das wäre umwerfend."

Sie lacht. „Ich bin ziemlich umwerfend."

Ich lasse sie los und muss so sehr lächeln, dass mir die Wangen wehtun. Wenn diesen reichen Frauen meine Arbeit gefällt, wäre das nicht nur ein fantastischer Anfang. Nein, ich würde auch endlich die nötige Mundpropaganda bekommen, die ich brauche, um in dieser Branche erfolgreich zu sein. Es würde mir unglaublich viel bedeuten, wenn ich beweisen könnte, dass ich erfolgreich sein kann.

Ich umarme sie erneut. „Danke, danke, danke!"

„Das ist die glückliche Ruby, die ich kenne – und gern geschehen. Deine Arbeit spricht wirklich für sich selbst." Sie macht eine ausladende Geste.

Ich sehe mich mit kritischem Blick um, doch selbst ich bin zufrieden mit dem Ergebnis. Sechzehn potentielle neue Kundinnen. Wow. Aber Moment … „Sechzehn Gäste? Anna, wo sollen die schlafen? Ihr habt nur Betten für die Hälfte!"

Sie schneidet eine Grimasse. „Ich weiß. Ursprünglich sollten es acht sein, doch als sie von der königlichen Junggesellenauktion gehört haben, haben mich mehr meiner Kundinnen um eine Einladung angefleht. Ich konnte nicht nein sagen."

Ich runzele die Stirn. „Was war das gerade? Eine königliche Junggesellenauktion?"

„Phillip hat dir nicht davon erzählt?"

„Nein."

„Er ist der Star. Seine jüngeren Brüder sind auch dabei. Du solltest auf Adrian bieten. Er ist der einzige, dem ich vertrauen würde, wenn ich sage, dass er keinen Versuch starten soll, dich zu verführen. Er ist ein echter Gentleman."

Ich rümpfe die Nase. „Erstens bin ich pleite und zweitens … *Ewww.* Ich werde nicht auf einem Mann bieten, als wäre er eine Art Trophäe." Dann begreife ich. Darum hatte Phillip bei unserer ersten Begegnung gesagt, dass er für keinen Preis der Welt mit mir auf ein Date gehen würde. Er muss gedacht haben, dass ich eine von Annas Kundinnen bin, die der Junggesellenauktion entgegenschmachten. Warum hat er das nicht einfach erklärt? Ich hätte es verstanden. Der Arme muss sich unter Druck gesetzt fühlen, für Anna an der Auktion teilzunehmen. Kein Wunder, dass er so gereizt war, als wir uns das erste Mal begegnet sind.

Anna fährt fort. „Es ist nicht so, als wären sie Trophäen. Es ist eine Benefizveranstaltung zugunsten der nächsten Phase meines Planes – für das Spa. Ich will, dass sie das Gefühl haben, einen Anteil daran zu haben, damit sie wiederkommen und davon schwärmen, wie toll es ist. Sie können auf ein Date mit einem Prinzen bieten – nur ein Date – da war ich ganz klar. Wie auch immer. Phillip und seine Brüder nehmen an der Auktion teil, doch Phillip ist der, der die größte Anziehung ausübt. Er ist bekannt als der *königliche Hottie.* Meine Kundinnen sind außer sich, wer ein Date mit ihm ersteigern wird."

Ich presse meine Lippen aufeinander und versuche, die brennende Eifersucht in meinem Herzen zu ignorieren. Phillip gehört nicht mir.

„Würde es dir etwas ausmachen, die Auktion mit dem ersten Gebot zu eröffnen?", fragt sie. „Adrian ist der erste. Das Eröffnungsgebot sind fünfzig Euro."

Alle wollen Phillip, den berühmten Playboyprinzen. Das muss ich mir vor Augen führen, ganz gleich, wie bodenständig und nett er in der vergangenen Woche gewesen ist. Er gehört in die Welt glamouröser, reicher Frauen. Und das bin definitiv nicht ich. Davon abgesehen ist es besser, keine Affäre ohne Zukunft anzufangen. Das Letzte, was ich will, ist, hier mit gebrochenem Herzen abzureisen. Das habe ich gerade erst hinter mir.

Ob er was mit einer von Annas reichen Kundinnen anfängt? Mein Magen dreht sich um bei dem Gedanken daran.

„Ruby?"

Ich blinzele. „Ja?"

„Träumst du? Würde es dir was ausmachen, auf Adrian zu bieten? Fünfzig Euro?"

„Klar, mache ich." Ich nehme an, dass ihre Kundinnen mich schnell überbieten werden, darum ist das Geld kein Problem.

„Großartig! Vorher gibt es Cocktails und dann gibt es Essen, mehr Drinks und einen DJ für das Event und danach Disko. Es wird eine Hammerparty."

Ich setze ein Lächeln auf. „Ich komme." Party ist immer gut, doch irgendwelchen reichen Hühnern dabei zuzusehen, wie sie Phillip anschmachten, während er mit ihnen flirtet, nicht so sehr. Es stört mich, dass es mich stört.

Sie steht auf. „Ich sollte nach den Gästezimmern im dritten Stock sehen. Die ursprünglichen acht bekommen die Suite und die Zimmer daneben. Ich wollte nicht, dass du die anderen Zimmer auch dekorierst, weil wir die Anzahl der Gäste in Zukunft nicht ausweiten wollen. Natürlich bekommen alle ihre Beautybehandlung von mir, das ist Teil des Pakets. Gabriel sagt, dass ich das nicht tun sollte, weil ich jetzt ja Königin bin. Protokoll und so weiter. Doch ich sage, in unseren vier Wänden kann ich tun und lassen, was ich will."

Ich stehe ebenfalls auf. „Klingt gut. Wann ist die Auktion?"

„Morgen abend. Oh, und ich habe ganz niedliche G-Strings für sie besorgt, die sie unter ihren …" – sie greift sich an die Hosenbeine – „Stripperhosen tragen werden."

Sofort stelle ich mir Phillip beim Strippen und ihre Gäste dabei vor, wie sie ihn begrabschen. „Mein Gott."

„War nur ein Witz." Sie drückt meinen Arm. „Entspann dich, es wird lustig!"

6

Phillip

„Sieh an, wen haben wir denn da?", sagt Lucas gedehnt. „Mr. Das-ist-unter-meiner-Würde."

„Schnauze", blaffe ich meinen jüngeren Bruder an. Wir stehen hinter der Bühne für die königliche Junggesellenversteigerung. Wie bin ich bloß hier gelandet, als Hauptact der Junggesellenversteigerung, wo ich mich doch so sehr dagegen gewehrt habe? Ein Wort – Ruby. Anna auch. Okay, zwei Worte."

„Ruby kommt zur Versteigerung", hat Anna heute morgen beim Frühstück gesagt, als ich ihr gesagt habe, sie soll ihren Gästen erklären, dass sie mich in Ruhe lassen sollen. Gestern Nacht hat mir eine von ihnen die Gesäßtasche meiner Hose abgerissen, um sie als Souvenir mit nach Hause zu nehmen! Wenn sich der Sicherheitsdienst nicht eingemischt hätte, hätten sie mir wahrscheinlich auch noch das Hemd vom Leib gerissen!

„Mm-hm." Ich bemühe mich um einen neutralen Gesichtsausdruck, während Anna mich mit Argusaugen beobachtet. Wir sitzen allein beim Frühstück, denn es ist schon spät. Ich bin mir nicht sicher, ob Ruby Anna erzählt hat, dass wir uns geküsst haben. Ruby und ich haben ganze

Arbeit geleistet, so zu tun, als wäre der Kuss nie passiert. Die elektrische Anziehung ist jedoch schwerer zu ignorieren.

Ich habe meine Hände bei mir behalten, und sie hat ihren Teil unserer stillschweigenden Vereinbarung erfüllt und ist nicht in meine Arme gesprungen. Ich unterdrücke ein Lächeln beim Gedanken an ihr Flirten.

„Sie hat vor, auf Adrian zu bieten." Anna legt die Hand auf ihr Herz. „Es ist so süß von ihr, dass sie mir hilft, selbst wenn sie pleite ist. Sie kann sich nicht mehr als die 50 Euro Startgebot leisten."

Adrian? Er ist heute Morgen erst aus Monte Carlo angekommen. Ruby ist ihm einmal begegnet und ist bereit, ihre letzten Euro für ihn auszugeben, während ich immer noch Spreißel in den Fingern und Blasen an den Händen habe, nachdem ich ihr die ganze Woche geholfen habe? Die alte Kaminumrandung und ihre Pressholzsäulen haben sich nicht von allein in einen ansehnlichen Zustand gebracht!

Anna trinkt einen Schluck Tee und lächelt süß. „Ich weiß so dermaßen zu schätzen, dass du bei der Versteigerung mitmachst. Nicht nur, um meine Kundinnen für das Projekt zu begeistern. Mit dem Geld, das wir einnehmen, hoffe ich, das Bodengutachten und die Planung für das Day Spa in Auftrag geben zu können, damit ich meinen Kundinnen etwas zeigen kann. Dann ist Forschung und Entwicklung der Pflegeproduktlinie angesagt."

Ich bin irritiert, dass sie annimmt, dass ich an der Versteigerung teilnehme, da ich ihr bereits gesagt habe, dass ich es nicht tun werde, und ich bin furchtbar eifersüchtig, dass Ruby Adrian will – dabei werde ich nie eifersüchtig. Das ist dämlich. Ich weiß, dass Ruby ihn nicht ersteigern kann, da sie pleite ist. Doch es erscheint mir wichtig, dass ich da bin, um sicherzugehen, dass sie nicht irgendwas, ganz gleich was, mit Adrian anstellt. Es ist ja nicht nur die Versteigerung. Danach gibt es eine Party mit DJ, Tanzen und jeder Menge Alkohol. Ich kann es mir nur allzu gut vorstellen – Ruby beim Tanzen mit Adrian, Ruby, die sich an Adrian reibt, Ruby, die ihm betrunken lachend nach oben folgt. Nein, so ist sie nicht. Doch wenn sie auf ihn bieten will, nachdem sie ihm gerade erst begegnet ist – Gott allein weiß, was da alles passieren könnte. Handgreiflichkeiten kann ich mir definitiv vorstellen.

Ich beiße entschlossen in meinen Toast und kaue.

Anna isst ihr Omelett, scheinbar ohne meinen Gemütszustand zu bemerken.

Irrationale Eifersucht obsiegt, und ich höre mich sagen: „Okay, ich bin dabei, doch ich werde als anonymer Bieter selbst auf mich bieten."

Sie runzelt die Stirn und hält die Gabel auf halbem Weg zum Mund an. „Du willst ein Date mit dir selbst ersteigern?"

„Mit einer Frau meiner Wahl." Ruby. Sie würde mich nie als Objekt betrachten, jemanden, von dem man ein Stückchen als Souvenir mit nach Hause nimmt. Sie würde niemals damit angeben, dass sie ein Date mit dem königlichen Hottie hatte, weil sie mich, Phillip Rourke, sieht, den Mann, der sich nicht scheut, eine Kaminumrandung zu restaurieren, sexy Französisch spricht und sauberes Wasser in bedürftige Regionen bringt. „Wenn ich das schon tue, muss ich die Kontrolle darüber haben."

Sie legt ihre Gabel ab und lächelt angespannt. „Und hast du an jemanden Bestimmtes gedacht?"

„Ich entscheide mich, wenn es soweit ist. Auf jeden Fall keine männerhungrigen Furien, die mir die Hose zerreißen. Mit denen will ich nicht allein sein."

„Eine von ihnen wird mit dir allein auf das Date gehen. „Ruby, nicht wahr? Sie hat mir erzählt, dass du ihr letzte Woche bei der Arbeit in der Suite geholfen hast. Seit wann arbeitest du denn mit deinen Händen?"

„Ich habe viele Talente." Okay, Ruby hat mir genau gezeigt, was ich tun muss. „Ruby und ich, wir sind Freunde. Ein Date wäre rein platonisch."

„*Phillip.*"

Sie zweifelt an meinen Absichten, wahrscheinlich aus gutem Grund, doch die Notwendigkeit, diese Ruby-Adrian Verbindung zu unterbinden, wiegt das Risiko zehnmal auf. Ich straffe meine Schultern und sage mit meiner gebieterischsten Stimme: „Anna, entweder so oder gar nicht."

. . .

Sie hat nachgegeben. Ihre Freundinnen wollen mich in der Auktion sehen, und Anna will sie nicht enttäuschen. Ich habe auch nachgegeben, doch zu meinen Bedingungen und aus gutem Grund.

Darum stehe ich jetzt hier im Ballsaal zusammen mit meinen jüngeren Brüdern hinter einem roten Samtvorhang. Anna hat eine kleine Bühne und einen Catwalk aufbauen lassen, der zwischen Stuhlreihen hindurchführt, wo Annas durchgeknallte Freundinnen sitzen. Ich habe eines meiner Club-Outfits angezogen – schwarzes Hemd, schwarze Lederhose und schwarze Motorradstiefel.

Lucas versetzt mir einen Hüftstoß. Er ist ein Jahr jünger als ich und sieht mir sehr ähnlich. Dieselben dunkelbraunen Haare und blaugrünen Augen, nur, dass sein Bart seine ähnlich scharf geschnittenen Wangenknochen und das Kinn verbirgt. „Ich wette, ich bringe mehr ein als du."

Ich schnaube. Ich bin der Topact hier.

„Ich will mitmachen, wenn ihr wettet", sagt Oscar und tritt zu uns. „Ich wette, dass Lucas für mehr als Phillip geht, und dass ich mehr als ihr beide zusammen einbringe." Mit sechsundzwanzig Jahren ist er drei Jahre jünger als ich, mit denselben dunklen Haaren und blaugrünen Augen, doch aus einer Laune der genetischen Lotterie heraus hat er Merkmale unserer beider Eltern geerbt und sieht von uns allen am besten aus. Sein Gesicht ist so perfekt symmetrisch, wie man es normalerweise bei Models und Filmstars sieht. Wenn er nicht so diskret wäre, wäre er wahrscheinlich derjenige, dem die Klatschpresse den Namen *königlicher Hottie* verpasst hätte.

„Ich setze Hundert auf Phillip", sagt Adrian und klatscht mir die Hand auf die Schulter. Jetzt, da ich die potentiellen Versuche seinerseits, was Ruby angeht, schon vorab neutralisiert habe, kann ich mich über seine Unterstützung freuen. Mit dreiundzwanzig Jahren ist er mein jüngster Bruder, dasselbe dunkle, dicke Haar, allerdings mit haselnussbraunen Augen wie unsere Mutter.

„Danke", sage ich zu ihm. Er ist ein Spieler und liebt ein gutes Pokerspiel mit hohen Einsätzen, doch er ist schlau, was seine Wetten angeht. Er muss wirklich davon überzeugt sein, dass ich das höchste Gebot erzielen werde.

„Warum das?", fragt Lucas Adrian.

Adrian zuckt mit den Schultern. „Er ist der *königliche Hottie*. Annas Freundinnen sind hauptsächlich seinetwegen hier."

Lucas wirft mir einen Seitenblick zu. „Vielleicht sollte ich dann besser eine gute Show abliefern."

Oscar reibt sich das bärtige Kinn. „Nur, weil von uns nicht zahllose Memes im Internet kursieren, bedeutet das nicht, dass wir nicht mehr einbringen können. Wieviel wollt ihr wetten?"

Ich ignoriere sie, während sie tuscheln und einander die Hände schütteln, als sie sich über ihre Wetten einig sind. Ich weiß bereits, dass ich gewinnen werde. Ich biete auf mich selbst, und die Frauen sind verrückt genug auf mich, dass sie meine Gebote sicher in die Höhe treiben werden.

Wo wir gerade von Frauen reden. Ihr Gelächter hallt durch den Saal. Sechzehn männerhungrige Weiber, die alle ein Stückchen von mir haben wollen. Mir stellen sich die Nackenhaare auf, als Schreckensbilder vor meinem inneren Auge aufsteigen – ich, wie ich auf dem Boden auf dem Rücken liege und sie mir die Kleider vom Leib und ganze Haarsträhnen vom Kopf reißen. Mir kommen Zweifel.

„Da sind sie ja", sagt Lucas und reibt sich die Hände. „Das wird ein Spaß!"

Spaß? Nein. Folter trifft es da schon eher. Und nach der Versteigerung geht die Folter weiter. Da nur vier Prinzen zur Versteigerung stehen, bedeutet das, dass viele von Annas Freundinnen enttäuscht sein werden, darum hat Anna uns gebeten, Zeit mit ihnen zu verbringen, uns unter sie zu mischen und mit ihnen zu tanzen.

Anna kommt durch den schweren roten Samtvorhang, der uns von der Bühne trennt, geschossen und lässt ihn einen Spalt weit offen. Die Frauen sehen uns und johlen. Ich lasse kurz den Blick über die Menge schweifen, um Ruby zu finden, bevor ich außer Sicht trete. Ich habe sie nicht gesehen.

Lucas und Oscar deuten auf ein paar der Frauen, als hätten sie die Wahl. Adrian wirft ihnen eine Kusshand zu.

„Der *Hottie* gehört mir!", kreischt das durchgeknallte Huhn, das mir die Gesäßtasche abgerissen hat.

„Nein, mir!", schreit eine andere.

„Ich habe schon die Namen für unsere Kinder ausgesucht!", höre ich eine andere, und alle kreischen vor lachen.

Was, wenn Ruby nicht kommt?

Anna wirft einen Blick in Richtung der Frauen und ruft: „Die Bar ist eröffnet, Ladys! Bedient euch!"

„Woo-hoo!"

„Party!"

„Yeah! Der Palast ist der Hammer!"

Wunderbar, lass uns ihre Hemmschwelle noch weiter absenken.

Anna schließt den Vorhang wieder und sagt leise: „Die sind bereits gut dabei von der Happy Hour gerade. Ich wollte, dass sie keine Hemmungen haben, auf Prinzen zu bieten, die normalerweise Models und Filmstars daten."

Meine Brüder grinsen. Ich suche verzweifelt nach einem Fluchtweg.

Anna wirft ihre dunklen Locken über ihre Schultern. Sie trägt ein äußerst figurbetontes, ärmelloses rotes Kleid und schwarze High Heels dazu. Viel offenherziger als jede Königin vor ihr je gekleidet war, doch ihr Mann, der König – mein Bruder –, lässt es zu, weil er verrückt nach ihr ist. „Wie geht's euch, Jungs? Alles gut bei euch?"

„Bestens!", versichern ihr meine Brüder beinahe einstimmig.

Sie dreht sich zu mir um. „Ich kann nicht abwarten zu sehen, wie hoch die Gebote für dich gehen werden. Die Mädels sind schon ganz aufgeregt. Du kommst als letzter dran, um die Spannung aufzubauen."

Ich nicke kurz und bemühe mich um einen freundlichen Gesichtsausdruck trotz meiner grimmigen Entschlossenheit, das durchzuziehen. *Bitte, lass Ruby kommen.*

„Wir werden die Gebote für dich in den Himmel treiben, Anna", sagt Lucas.

Oscar beugt sich vor und sagt in verschwörerischem Ton: „Wir haben ein paar Wetten laufen."

„Phillip wird alles schlagen", sagt Adrian.

„Eure Einstellung gefällt mir", strahlt Anna uns an. Dann umarmt sie uns alle und küsst uns auf die Wangen. „Ich hab euch lieb. Ihr seid die großen Brüder, die ich mir immer gewünscht habe – okay, du nicht, Adrian, wir sind ja gleichalt. Du könntest mein Zwilling sein oder eher Drilling, da Silvia ja schon dein Zwilling ist." Sie atmet tief durch. „Oooookay. Und jetzt Hals- und Beinbruch!"

Meine Brüder lächeln und nicken, doch ich versuche mir nicht vorzustellen, von dem hungrigen Mob da draußen in Stücke gerissen zu werden.

„Kommt Gabriel eigentlich?", fragt Lucas Anna beiläufig, und ich weiß genau warum. Er will wissen, wie weit er gehen kann, um seine Wette zu gewinnen.

„Selbstverständlich!", antwortet Anna. „Wir sind ein Team. Er ist gerade bei eurer Mutter und erklärt ihr, warum diese Versteigerung eine so gute Idee ist. Ich muss vergessen haben, sie ihr gegenüber zu erwähnen."

Vergessen. Natürlich. Genau, wie sie bis zur letzten Minute vergessen hat, mir von der Versteigerung zu erzählen. Reichlich hinterlistig, diese Frau. Doch sehr effizient, das muss ich ihr lassen.

Sie stürmt zurück auf die Bühne und ruft ihren Freundinnen zu: „Wollen wir loslegen?"

Die Frauen jubeln begeistert. Musik dröhnt aus den Lautsprechern auf beiden Seiten der Bühne. Oscar und Lucas fangen an, zur Musik zu tanzen, ein paar Beckenstöße probieren sie auch dabei. Adrian bemerkt das Entsetzen in meinem Gesicht und lacht.

Plötzlich wird mir bewusst, dass Anna vielleicht Rubys Namen ganz bewusst fallengelassen hat, um mich hierher zu locken, weil sie weiß, dass wir uns angefreundet haben. Hat sie womöglich die Sache mit Rubys Gebot auf Adrian erfunden? Hat sie mich etwa überlistet?

Ruby

Diese Mädels haben so viel Spaß! Ich habe das Gefühl, in eine Party gestolpert zu sein, die bereits in vollem Gang war, bevor auch nur der erste Cocktail ausgeschenkt war. Ich bin so froh, dass Anna mich eingeladen hat, eine Woche länger zu bleiben, um mit ihr rumzuhängen. So konnte ich nicht nur Zeit mit ihr verbringen und endlich ihren Mann treffen, sondern auch ihre Freundinnen kennenlernen. Alle wollten meine Nummer und schworen, dass ich mir ihre Häuser ansehen solle, sobald ich nach Hause komme. Ich hätte fast geweint. Sechzehn potentielle Kundinnen auf einmal! Was mir zuvor hoffnungslos vorgekommen war, scheint plötzlich echtes Karrierepotential zu haben. Sie wollen mich, die Unternehmerin, die Innenarchitektin. Das ist ein wunderbares Gefühl, nachdem ich mich wie eine Versagerin gefühlt habe. Vor diesem Trip war ich an einem echten Tief angekommen und habe mich zu Hause in Selbstmitleid gesuhlt, da ich absolut nichts in Aussicht gehabt habe. Jetzt bin ich voller Hoffnung. Alles fühlt sich richtig an, als wäre die Sonne nach einer langen Regenzeit endlich wieder zum Vorschein gekommen. Langsam fange ich wieder an, mich wie mein energiegeladenes frühes Selbst zu fühlen.

Genauer gesagt, habe ich angefangen, mich wieder wie ich selbst zu fühlen, seit ich hier angekommen bin. Vielleicht war es gut, dass mich die knappe Deadline dazu gezwungen hat, mich auf die Arbeit zu konzentrieren, und mich dadurch von den deprimierenden Gedanken an die Vergangenheit abgelenkt hat. Vielleicht liegt es aber auch an Phillip. Trotz seines Rufs, ein Playboy zu sein – was ehrlich gesagt ein ziemlicher Abtörner ist – habe ich ihn liebgewonnen. Alle meine Nervenenden erwachen zum Leben, sobald er in der Nähe ist. Wem versuche ich eigentlich, hier etwas vorzumachen? Ich bin heiß auf ihn.

„Können wir Plätze tauschen?", fragt Ashley, eine Frau mit honigblonden Haaren, und beugt sich dabei zu mir vor. Ich kann den Alkohol in ihrem Atem riechen. Sie ist Anwältin für Gesellschaftsrecht. Ich habe mir so viele Informationen wie möglich über meine potentiellen neuen Kundinnen eingeprägt. „Ich will nah genug sein, um jemanden anfassen zu können", kichert sie.

Ich starre sie an. „Ähm, ich denke nicht, dass wir sie anfassen sollen."

Sie lacht. „Vielleicht wollen sie mich ja anfassen. Ich könnte ihnen meine Titten zeigen." Sie macht Anstalten, zur Demonstration ihre Bluse hochzuziehen, doch ich lege meine Hände auf ihre Arme, um sie daran zu hindern. Ich denke an Phillip, der dort oben zur Schau gestellt werden wird, und es nervt mich einfach. „Bei der Versteigerung geht es um ein Date, *nicht mehr.*"

„Du meine Güte, mach dich locker, Süße!" Sie wirft ihre Haare über ihre Schultern, steht auf und geht auf die andere Seite des Catwalks, um sich dort auf einen freien Stuhl am Ende niederzulassen.

Verdammt, damit habe ich jetzt vielleicht eine potentielle Kundin vergrätzt. Diese Sorge ist jedoch nicht halb so belastend wie meine Empörung um Phillips und seiner Brüder willen. Sie tun das, um Geld zu sammeln, und sollten sich dabei keine Sorgen machen müssen, betatscht zu werden. Ich weiß, dass Phillip das nicht gefallen würde. Sein Verhalten zeugt in der Regel von einer gewissen prinzlichen Würde.

Was seine Brüder angeht, bin ich mir nicht sicher. Lucas und Oscar scheinen gerne zu flirten. Natürlich läuft auch heute Abend nichts ohne Sicherheitsdienst. Insgesamt zwölf Männer habe ich gezählt. Jeweils zwei für die Prinzen, den König und die Königin. Anna hat mir anvertraut, dass sie nicht wirklich so viel Sicherheit für ein privates Event im Palast brauchten, doch als die Bodyguards gehört hatten, was sie geplant hatte, *wollten* sie dabei sein. Zu ihrem eigenen Amüsement. *Männer.*

Langsam nehmen die anderen Frauen ihre Plätze ein. Alle halten einen Drink in ihren Händen. Kellner laufen herum und nehmen Bestellungen für neue Cocktails auf. Ich ziehe mich ganz nach hinten zurück – immer noch mit demselben Glas Sauvignon Blanc von der Happy Hour vorhin in der Hand. Ich trinke nicht viel, weil ich nicht viel vertrage.

Die Türen des Ballsaals schwingen auf, und jemand verkündet: „König Gabriel und Königin Anna."

Alle verstummen. Etwas daran, wie sie vor dem Betreten des Saals angekündigt werden, macht mir erst jetzt die Wichtigkeit von Annas neuer Rolle bewusst. Vorhin habe ich mich noch mit ihr unterhalten, und da war sie einfach nur meine Freundin Anna aus Tampa. Sie hat den Ballsaal vor einer Weile verlassen, um ihre Schwiegermutter gnädig zu stimmen, die viel konservativer ist als Anna und der die Versteigerung scheinbar gar nicht gefällt.

Anna winkt und lächelt. Gabriels Miene ist versteinert, seine Haltung steif und stolz. Er trägt einen anthrazitfarbenen Anzug mit weißem Hemd ohne Krawatte. Ich nehme mal an, dass das lässig für ihn ist. Er legt eine Hand an ihren unteren Rücken und begleitet sie zu einem Rednerpult auf der Seite der Bühne, von dem aus sie die Versteigerung leiten wird. Sie wendet sich ihm zu, stellt sich auf Zehenspitzen und gibt ihm einen kurzen Kuss auf die Lippen. Er lächelt, als er ganz vorn Platz nimmt, und wirkt jetzt viel wärmer als vorhin, als ich ihm begegnet bin. Das muss wohl an Anna liegen.

Anna gibt dem DJ an der Seitenwand zu verstehen, die Musik herunterzudrehen, und nimmt ein kabelloses Mikrofon in die Hand. „Könnt ihr mich alle hören?"

„Ja!", jubeln wir ihr zu. Ein paar der Frauen pfeifen.

„Okay, dann lasst uns mal loslegen!" Anna nickt einem Bediensteten zu, der prompt das Licht dimmt. „Der erste Junggeselle, den ihr heute ersteigern könnt, ist Prinz Adrian Rourke! Einen Applaus für diesen Hottie, bitte!"

Adrian kommt hinter dem Vorhang hervor und hebt die Hand. Er trägt ein weißes Hemd und schwarze Jeans mit schwarzen High-top Sneakers.

Anna erzählt uns über ihn, während er den Catwalk hinunter schlendert. Ich höre nur Bruchstücke ihrer Vorstellung, da die Frauen seinen Namen schreien.

„Einsdreiundachtzig purer …"

„Er hat eine Zwillingsschwester, darum versteht er Frauen …"

„Abschluss mit Prädikat …"

„Spielt gerne Poker, einschließlich Strip-Poker …"

Die Frauen flippen aus, und Anna gibt auf. Er lächelt selbstgefällig und sieht aus, als ob ihn die Aufmerksamkeit nicht stört. Er macht kehrt und geht wieder in Richtung Bühne, wo er Anna zunickt.

„Sollen wir mit den Geboten anfangen?", fragt sie.

Adrian hebt beide Arme, um uns anzufeuern. Der Lärm ist ohrenbetäubend – Kreischen, Pfiffe, Getrampel.

„Die Gebote fangen bei Fünfzig Euro an!", ruft Anna über den Lärm.

Ich hebe die Hand. „Fünfzig!" Mein eines und einziges Gebot. Ich habe Anna zuliebe zugestimmt, diejenige zu sein, die den Ball ins Rollen bringt.

Anna strahlt mich an. „Wir haben fünfzig!"

„Ich biete tausend!", ruft jemand.

„Zweitausend!"

So geht es weiter, und die Gebote schießen schnell in die Höhe. Wow, das wird ein Vermögen einbringen. Vor allem, wenn der letzte Prinz drankommt – der königliche Hottie. Die Frauen werden schäumen vor Begeisterung. Ich erschaudere, wenn ich mir Phillip mit einer dieser Frauen auf einem Date vorstelle. Ich habe keinerlei Besitzansprüche an ihn, doch nachdem ich ihn diese Woche ein bisschen näher kennengelernt habe, habe ich den einen oder anderen Blick auf seine sanfte Seite erhascht. Er hat kein Interesse daran, von einer aggressiven Frau verspeist zu werden.

Bei fünftausend Euro werden die Gebote langsamer, und Anna geht zu Adrian und stachelt sie an. „Kommt schon, Ladys! Das ist ein Prinz, der alles bietet: Er ist intelligent, sieht gut aus und ist ein guter Tänzer!"

Der DJ dreht die Musik laut, und Adrian und Anna fangen an, miteinander zu tanzen. Es ist *heiß*. Beide bewegen sich sinnlich, ganz nah und doch, ohne einander zu berühren. Gabriel blafft etwas von seinem Platz aus, und Anna dreht sich um und wirft ihm einen Kuss zu, dann ruft sie: „Go Adrian!", bevor sie wieder ihren Platz am Rednerpult einnimmt.

Er tanzt allein weiter, hebt die Arme und lässt suggestiv die Hüfte kreisen. Dann kommt er an den Rand der Bühne und stellt Blickkontakt mit einer Frau in der ersten Reihe her, während er langsam sein Hemd hochschiebt und den Blick auf einen stahlharten Sixpack freigibt. Verdammt, ein feines Exemplar. Sie müssen einen Personal Trainer hier im Palast haben. Phillip ist genauso definiert.

Die Frau, die er angesehen hat, springt auf. „Sechstausend!"

Adrian lässt sein Hemd sinken und geht erneut den Catwalk hinunter. Die Gebote sind der Wahnsinn. Ashley – die Möchtegerngrabscherin von vorhin – springt auf und greift nach Adrians Wade. Zwei Sicherheitsmänner bewegen sich sofort in Richtung Catwalk, doch Adrian schüttelt den Kopf. Er geht vor ihr in die Hocke, nimmt ihre Hand und küsst ihren Handrücken. Dann flüstert er ihr etwas zu, und sie nimmt lächelnd wieder Platz.

Dann bietet sie zehntausend Euro.

Damit enden die Gebote für Adrian. Ashley bekommt den Zuschlag bei Zehntausend Euro. Er wirft uns allen Kusshände zu und kehrt hinter den Vorhang zurück.

„Woo-hoo!", jubelt Anna. „Noch einen Applaus für Adrian bitte!"

Alle klatschen begeistert, während er hinter der Bühne verschwindet. Wieder erscheinen Kellner aus dem Nichts, um uns mit frischen Drinks zu versorgen. Sie haben sich unsere Bestellungen von vorhin gemerkt und bringen allen, was sie schon zuvor hatten. Ich habe mein erstes Weinglas kaum angerührt und lehne das zweite dankend ab. Der Wein ist gut, doch ich halte mich zurück.

Nach einer Weile hebt Anna die Hand, um alle zum Schweigen zu bringen, und kündet den nächsten Kandidaten an. „Als nächstes kommt Oscar, von dem viele sagen, dass *er* den Titel *königlicher Hottie* verdient hat. Was glaubt ihr?"

Oscar reißt den Vorhang auf und streckt die Arme aus. Er trägt ein dunkelblaues Hemd, eine graue Anzughose und schwarze Lederschuhe. Modern, schick und kultiviert.

„Hallo Ladys!", ruft er. „Seid ihr alle gut drauf?"

Vielleicht doch nicht so kultiviert. Doch es wirkt. Die

Frauen drehen durch. Keine sitzt mehr, alle johlen und werfen die Hände in die Höhe.

„Und wie!"

„Ich bin auch gut drunter!"

„Du bist so heiß!"

Mit eindringlichem, sexy Blick deutet er auf einzelne Frauen und drückt seine Hand auf sein Herz als hätten die Komplimente ihn gerührt. Er ist wirklich gut und spielt mit dem Publikum.

Oskar lächelt, und ein beinahe einstimmiges Seufzen ist zu hören. Seine Augen funkeln, als er sie ansieht. „Ich liebe euch, Ladys! Ihr seid fantastisch, jede einzelne von euch. Danke, dass ihr für diesen guten Zweck bietet!" Er wirft allen ein sexy Grinsen zu und fängt an, sein Hemd aufzuknöpfen.

Die Frauen pfeifen und johlen mit jedem Knopf lauter, als er dann mit offenem Hemd den Catwalk hinuntergeht, wobei seine unverschämt definierten Bauchmuskeln Kuckuck spielen.

Die Frauen drehen vollkommen durch. Meine Ohren klingeln von all dem Gekreische.

Anna ruft über den Lärm hinweg: „Lasst uns mit den Geboten anfangen. Höre ich eintausend?"

Oh ja, die Gebote fliegen nur so – eintausend, drei, fünf, sieben.

Dann legt Oscar so richtig los, hebt die Arme und lässt die Hüfte sexy kreisen, während er der jeweils Höchstbietenden in die Augen sieht. Die Frauen sind außer sich. Ich kann nicht wegsehen. Er weiß, wie man eine Menge unterhält. Es ist zwar schon ziemlich übertrieben, doch gleichzeitig ist es fesselnd. Er hat Spaß und lädt uns ein, daran teilzuhaben.

Bei zwölftausend Euro gibt Anna den Zuschlag. Heilige Scheiße. Wissen die eigentlich, dass sie in Euro bieten? Das ist viel mehr in US Dollar. Vielleicht spielt Geld keine Rolle für sie. Anna hat gesagt, dass sie alle erfolgreiche Geschäftsfrauen sind.

Eine weitere Runde Drinks schwebt herbei, und die Frauen unterhalten sich gut gelaunt und lachen. Ich kann den Spaß nicht wirklich genießen, wenn ich daran denke, dass

Phillip bald da oben stehen wird und die Frauen ihm hinterhersabbern werden, bis eine von ihnen ein Date mit ihm kauft. Ja, kauft. Eifersucht ist etwas Hässliches, und ich will darüberstehen.

Als nächstes ist Lucas mit seinem sexy Bart dran. Er steht seinen jüngeren Brüdern in nichts nach, als er in dunklen Jeans, einem Blazer und einem weißen Hemd auf die Bühne kommt. Den Blazer zieht er natürlich sofort aus, schwingt ihn über dem Kopf und lässt ihn in die Menge fliegen.

Eine Frau springt auf und fängt den Blazer. „Fünftausend!", ruft sie und drückt den Blazer an ihre Brust.

Wow. Anna hat noch nicht einmal angefangen, ihn vorzustellen.

Lucas gestikuliert ihr zu, mit den Geboten anzufangen, dann macht er eine große Show daraus, sein Hemd aufzuknöpfen. Er öffnet den obersten Knopf, dann beugt er sich vor und schnurrt: „Soll ich weitermachen?"

„Ja!"

„Ausziehen, ausziehen!"

Anna legt los. „Höre ich sechstausend?"

Langsam knöpft er den nächsten Knopf auf, während ein Gebot dem nächsten folgt, dann stolziert er den Catwalk hinunter und bleibt ein paarmal stehen, um die tastenden Hände der Frauen zu drücken. Jetzt sitzt niemand mehr. Ich stehe jedoch nur, weil ich wegen meiner Zwergengröße sonst nichts sehen könnte. Okay. Er ist unglaublich heiß. Liegt es am Bart? Seinem sexy Selbstbewusstsein? Egal.

„Wir haben nur noch zwei Prinzen übrig", sagt Anna. „Wer wird die Glückliche sein?"

Lucas kehrt auf die Bühne zurück, wandert zum nächsten Knopf und hält inne. „Mehr?"

„Ja!", kreischen die Frauen.

„Dann lasst uns zwölftausend hören", sagt er mit einem Grinsen.

„Zwölftausend! Ja!", schreit eine Frau.

Er reißt sein Hemd auf, und die übrigen Knöpfe fliegen davon. Definierte, gebräunte Muskeln von der Brust bis zum Waschbrettbauch. Wow.

Sofort schießen die Gebote in die Höhe, immer weiter. Schneller und immer schneller zu wahnsinnigen Beträgen.

Er zieht sein Hemd zu, dann zeigt er einen Brustmuskel. Jemand schreit wie ein Teenager bei einem Rockkonzert. Die Frauen sind verrückt nach ihm und schreien wild Gebote durcheinander.

Er feuert sie an, und als sie weiterbieten, gewährt er ihnen einen Blick auf seine Bauchmuskeln.

Wieder zieht er sein Hemd zu und wirft uns eine Kusshand zu. Dann wandern seine Hände an seine Gürtelschnalle. Die Frauen keuchen, bevor die Gebote explodieren. Er hat sie gut konditioniert. Ein Gebot bedeutet ein Blick. Aber die Hose wird er nicht wirklich fallen lassen, oder? Ich kann den Blick nicht abwenden.

Jemand schreit: „Zwanzigtausend!" Und dann stürzt die Verrückte auf die Bühne, um sich ihre „Ware" abzuholen.

Der Rest der Frauen folgt ihr und schleudert weitere Gebote in Lucas' Richtung. Während die Sicherheitsmänner eilig vor die Bühne treten, steht Lucas einfach nur grinsend da.

7

Phillip

Nachdem die Prahler-Nummer meines Bruders einen Aufruhr ausgelöst hat, wurde eine kurze Unterbrechung nötig. Unsere Bodyguards haben Lucas sofort hinter die Bühne geschleift, während sechzehn sturzbesoffene, notgeile Frauen zurück zu ihren Plätzen eskortiert wurden. Ruby ist sitzengeblieben und hat sich aus dem peinlichen Getümmel rausgehalten. Gott sei Dank ist sie hier. Gabriel ist auch hinter die Bühne gestürmt, ganz, wie ich erwartet habe. Er hat ein Problem damit, wenn sich jemand zum Affen macht, und Lucas hat es eindeutig zu weit getrieben. Anna hat die Frauen ans andere Ende des Saals gebeten, wo Snacks auf einem langen Tisch warten. Sie spricht mit lauter Stimme mit ihnen, doch ich kann sie nicht verstehen. Ich hoffe, sie macht ihnen unmissverständlich klar, dass ich keinen Fuß auf die Bühne setzen werde, wenn sie sich nicht zivilisiert benehmen können.

Lucas zeigt keinerlei Reue, während Gabriel ihm den Arsch aufreißt. Es ist nicht dasselbe, wie wenn man von seinem Vater zurechtgewiesen wird, aber Gabriel ist immer noch der große Bruder, der ihn sein ganzes Leben lang vor der harten Realität beschützt hat.

Wie auch immer, ich weiß, dass Lucas eine Einzelwette gewonnen hat, und wenn ich nicht mehr als zwanzigtausend einbringe, dann gewinnt er den ganzen Wettpool. Meine Brüder haben nicht einmal viel eingesetzt, jeder zweihundert Euro, doch es geht ums Prinzip. Rivalität unter Geschwistern liegt bei uns in der Familie, zumindest unter den Männern. Meine Schwestern sind überaus gesittet und vernünftig, doch das liegt daran, dass unsere Mutter sie an der kurzen Leine gehalten hat. Mein Vater hat uns Jungs gegenüber (abgesehen von Gabriel natürlich) in der Regel Nachsicht walten lassen, da er sich selbst in uns gesehen hat. Doch wenn unsere Mutter den Schlussstrich gezogen und ihm die Leviten gelesen hat, haben uns seine strengen Ansprachen nach so viel Nachsicht besonders hart getroffen. Wenn Vater ernst wurde, standen wir alle stramm.

Ich bezweifele, dass ich Lucas' Gebote überbieten kann. Ich habe nicht vor zu strippen. Was auch immer das höchste Gebot sein wird, ich werde Anna das Zeichen geben und sie es ein Stück überbieten lassen, damit Ruby mich gewinnen kann.

Gabriel verlässt kopfschüttelnd den Backstagebereich und brummt etwas von unzivilisierten Proleten.

Die Musik dröhnt aus den Lautsprechern, und die Frauen werden wieder lauter. Schnell scheint die kleine Episode vergessen.

Adrian kommt zu mir. „Du solltest da oben vielleicht ein bisschen Haut zeigen." Er hat auf mich gesetzt und hofft scheinbar immer noch, den Pool zu gewinnen.

„Prinzen strippen nicht, um andere zu unterhalten."

Adrian zeigt auf mich. „Als der königliche Hottie bist du auch so schon Unterhaltung. Gib ihnen etwas, das sie verrückt nach dir macht."

Ich fange an, diesen dümmlichen Spitznamen zu hassen. Ich bin mehr als das. „Ich stehe nicht zum Verkauf. Zu keinem Preis."

Er lächelt schief. „Heute schon. Vergiss nicht, es ist für einen guten Zweck. Gib alles. Ich glaub an dich."

„Du hast auf mich gesetzt. Das ist was anderes."

„Semantik."

„Memme", mischt Lucas sich ein.

„Lass ihn doch verlieren", sagt Oscar.

„Kannst du zumindest ein bisschen die Hüften kreisen lassen?", fragt Adrian. „Ich weiß, dass du gewinnen kannst, wenn du es versuchst."

Mein kleiner Bruder drängt mich, die Hüften kreisen zu lassen. Bizarr. „Nein."

Anna kommt hinter die Bühne. „Okay, Jungs. Gabriel ist nicht glücklich." Sie holt tief Luft. „Und das ist milde ausgedrückt. Lucas, ich kann nicht fassen, dass du im Begriff warst, die Hose auszuziehen!"

Lucas antwortet sachlich: „Ich wollte sie begeistern, damit sie die Gebote in die Höhe treiben. Und ich habe sie nicht ausgezogen, ich habe es nur angedeutet. Hat doch funktioniert, oder nicht?"

Anna gestikuliert wild. „Ich habe euch gestern gesagt, dass ich will, dass es niveauvoll abläuft! Wenn ich gewollt hätte, dass ihr eure nackten Hintern zeigt, hätte ich euch G-Strings ausgeteilt!"

Meine Brüder lachen.

„Ich habe meinen nackten Hintern nicht gezeigt", sagt Lucas ernst.

Meine Brüder lachen laut.

Anna ist nicht glücklich. Sie runzelt die Stirn. „Gabriel hat gedroht, die Sache abzublasen und meine Gäste aus dem Palast zu werfen, wenn ich sie nicht unter Kontrolle bringe. Phillip muss immer noch raus auf die Bühne, und ihr wisst, dass er der Hauptact ist. Wir brauchen seinen Auftritt."

Ich wende mich ihr zu. „Keine Sorge, Gabriel weiß, dass mein Auftritt jugendfrei sein wird. Er hat nur Dampf abgelassen."

Meine Brüder nicken.

Anna streicht sich über die Haare. „Da hast du wahrscheinlich recht. Ich habe ihn nur noch nie so wütend gesehen. Ich musste ihn beruhigen, um zu verhindern, dass er meine Gäste anschreit."

Sie ist noch nicht lange mit Gabriel verheiratet und hat seine kriegerischen Tendenzen offensichtlich noch nicht in vollem Umfang erlebt. „Du weißt schon, dass du einen Dinosaurier geheiratet hast, oder?", frage ich.

Sie runzelt die Stirn. „Einen Dinosaurier? Er ist doch erst dreißig."

„Er ist ein Relikt aus der Zeit unserer Wikingervorfahren. Er hätte ein Kriegerkönig werden sollen. Frag ihn. Das hat er immer selbst gesagt. Tief drin ist er einfach ein Krieger, und alles sonst, das höfische Protokoll und die Sitte und die Gebräuche – sich daran zu halten, erfordert all seine Willensstärke." Ich habe immer geglaubt, dass es ihm leichtfällt, seinen Verpflichtungen nachzukommen, bis er mir vor nicht allzu langer Zeit erklärt hat, wie es wäre, wenn ich seinen Platz auf dem Thron einnähme (für den Fall, dass er hätte abdanken müssen, um Anna, eine Bürgerliche, zu heiraten). Meine Eltern haben nachgegeben und die Hochzeit erlaubt, weil Gabriel sein Leben lang darauf vorbereitet worden ist, König zu werden. Keiner von uns anderen war darauf vorbereitet, und sie wussten, was Liebe ist, denn sie hatten selbst eine starke Ehe.

Anna blickt nachdenklich drein. „Ein Kriegerkönig … das erklärt so Einiges." Sie geht auf Zehenspitzen und küsst mich auf die Wange. „Danke, Phillip. Und jetzt raus da. Mach da draußen, was du willst. Ich vertraue dir."

Ich nicke. „Und das solltest du auch. Könntest du allerdings die Sicherheitsmänner bitten, sich näher an den Catwalk zu stellen?"

„Absolut." Sie nickt und verschwindet durch die Vorhänge.

„Du hast allen Ernstes Angst vor einem Haufen Frauen?", fragt Oscar.

„Die sind harmlos", versichert Adrian mir. „Sie wollen uns nur kennenlernen. Wir sind exotisch für sie."

Ich verschränke die Arme. „Ich habe keine Angst. Ich habe nur kein Interesse daran, zerfleischt zu werden. Eine von ihnen hat mir bereits als Souvenir eine Gesäßtasche von der

Hose gerissen. Ich traue ihnen durchaus zu, mir das Hemd zu zerfetzen oder mir die Haare auszureißen."

„Und er hat so hübsche Haare", feixt Lucas und zerzaust sie mir.

Ich stoße seine Hand weg. „Verpiss dich. Wenn du nicht so ein Aufschneider wärst, müsste ich jetzt nicht vor einen Haufen notgeiler Hühner treten."

„Oh bitte", sagt Lucas. „Das sind sechzehn Frauen."

„Siebzehn. Ruby ist hier."

Lucas grinst. „Ah, ich verstehe." Er wendet sich Oscar und Adrian zu. „Habt ihr gehört, wie er ihren Namen gesagt hat?"

Adrian beugt sich vor. „Glaubst du, sie hat das Geld, dich zu ersteigern?" Seine Gedanken kreisen immer noch um seinen möglichen Gewinn des Wettpools.

Ich zucke mit der Schulter, da ich nicht will, dass er weiß, wie sie gewinnen wird. „Vielleicht."

Adrian geht plötzlich. Was hat er denn jetzt vor? Er wird Ruby doch nicht bequatschen wollen, oder? Der Grund meines Hierseins ist, Adrian von ihr fernzuhalten.

Annas Stimme hallt aus den Lautsprechern. „Alle bitte zurück auf ihre Plätze! Wir sind bereit für den *königlichen Hottie–*"

Sie wird unterbrochen von schmerzhaftem Gekreische und hektischem Klappern von Highheels auf dem Weg zurück zu den Stühlen. Der DJ dreht die Musik leiser, doch im Hintergrund pocht weiter ein sexy Beat. Ich fange an zu schwitzen und fahre mir mit der Hand durchs Haar. Das fühlt sich zu sehr wie Show an, und ich bin noch nie ein Showman gewesen. Mit Freunden in einen Club gehen oder auf eine Party, okay. Aber auf einer Bühne stehen, selbst vor einem kleinen Publikum? Nein danke.

Ich werfe einen Blick in Richtung Ausgang, die Muskeln in meinen Beinen angespannt, bereit zur Flucht.

Nein, es ist für einen guten Zweck. Für Anna. Für Villroy. Für meine unfassbare Eifersucht.

„Sollen wir ihn rausbitten?", ruft Anna.

„Ja!", kreischen die Frauen.

Ich hole tief Luft, um mich zu beruhigen.

Anna senkt die Stimme. „Lasst ihn wissen, wie sehr ihr ihn sehen wollt. *Hottie, Hottie …*"

Die Frauen skandieren meinen lächerlichen Spitznamen. Das Gekreische wird mich bis in alle Ewigkeit in meinen Alpträumen verfolgen. Sie werden immer lauter.

Ich wische mir mit dem Ärmel den Schweiß vom Gesicht.

Anna muss schreien, um sich über das Skandieren Gehör zu verschaffen. „Hier ist er, der eine, der einzige, der Mann der Stunde, der *königliche Hottie!*"

Ich kann mich nicht bewegen.

Jemand versetzt mir einen Stoß. Ich drehe mich um und stoße Lucas zurück. Oscar kommt dazu, und beide schieben mich vor sich her. Ich stemme mich mit aller Kraft dagegen. Ich bin wütend genug, mich mit ihnen anzulegen. Plötzlich lassen sie mich los und alles verstummt. *Oh-oh.*

Ich werfe einen Blick über meine Schulter. Anna hat den Vorhang zurückgefahren – und unsere kurze Auseinandersetzung war für alle zu sehen.

„Komm raus, Phillip", sagt Anna. „Wir beißen nicht."

Die Frauen lachen.

Auf hölzernen Beinen trete ich vor, und der Vorhang schließt sich hinter mir. Ich bin mir sicher, dass ich mehr Wut ausstrahle als sexy Nahbarkeit, doch ich kann nichts daran ändern. Ich kann es nicht ab, mich von meinen kleinen Brüdern herumstoßen zu lassen. Und mir ist egal, dass sie nicht mehr klein sind. Ich bin der Ältere und habe ihren Respekt verdient.

Anna bedeutet dem DJ, die Musik noch leiser zu drehen. „Und jetzt, bevor wir mit dem Bieten anfangen, will ich, dass ihr wisst, was für eine Ehre es ist, dass Phillip hier ist. Er war sich zunächst nicht sicher, was meine Idee anging, doch ich habe ihn auf die dunkle Seite gezogen."

Die Frauen johlen und pfeifen.

Sie lächelt mich an. Ich kann mich nicht dazu bringen, ihr Lächeln zu erwidern. Nicht, solange ich auf einer Bühne vor einem Haufen lauter, männerhungriger Weiber stehe. Sie wendet sich wieder dem Publikum zu. „Er ist ein Volltreffer, Ladys. Er liebt Frauen–"

„Wir lieben dich, Phillip!"

„Ich liebe dich!"

„Liebe mich!"

Anna fährt fort. „Er ist überaus engagiert in einer Wohltätigkeitsorganisation, die es sich zum Ziel gesetzt hat, sauberes Wasser in arme Gemeinden zu bringen. Nicht nur, indem er sie repräsentiert, nein, er ist auch vor Ort aktiv, geht in die Dörfer, trifft sich mit Stammesführern, verbringt Zeit mit den Leuten und hilft, den Weg zu ebnen. Er ist großzügig und tut Gutes um des Guten willen. Darum lasst ihn uns nennen, wie er wirklich ist, ein Prinz unter Männern, ein Traumprinz."

Totenstille.

Und dann höre ich eine Stimme. „Ja!"

Mein Blick fällt auf Ruby, die ganz hinten in der Nähe des Catwalks sitzt. Sie lehnt sich in Richtung Gang, und ich kann ihr hübsches Gesicht sehen. „Danke, Ruby."

Sie lächelt und zeigt mir „Daumen hoch."

Anna dirigiert mich mit einer Geste in Richtung Catwalk. „Höre ich fünfzig?" Wow, das ist ein wirklich tiefes Gebot nach Lucas' verrückt hohem Zuschlagpreis. Vielleicht glaubt sie, dass das Publikum das Interesse an mir, ich meine an meinem echten Ich verloren hat. Ich bin ein Traumprinz. Und das ist so viel besser, als dieser objektivierende Stempel, den mir die Klatschpresse aufgedrückt hat.

Ruby hebt die Hand. „Einhundert." Sie bietet auf mich. Meine Brust schwillt vor Stolz. Es ist mehr, als sie auf Adrian geboten hat, und das, obwohl sie pleite ist. Sie will mich.

„Wie wäre es mit zweihundert?", fragt Anna.

Mein Blick ist allein auf Ruby gerichtet, als ich den Catwalk in meinem zugeknöpften Hemd, Lederhose und Stiefeln hinunter gehe. Angezogener Traumprinz hier. Es fällt mir definitiv leichter, den Catwalk hinunterzulaufen, während ich mich auf die vertrauten blonden Haare, die offen über die Schultern ihres rosa V-Ausschnittpullovers fallen, konzentriere. Der anderen Frauen, die mir zurufen, bin ich mir nur vage bewusst.

Tausende.

Als ich bei ihr ankomme, gehe ich vor ihr in die Hocke. „Danke für dein großzügiges Gebot."

Ihre Wangen werden rot. „Ähm, klar. Aber so leid es mir tut, kann ich nicht mehr bieten."

Ich beuge mich vor und flüstere: „Der Gedanke zählt."

Wir lächeln einander an, und Wärme breitet sich in mir aus und beruhigt meine Nerven.

Ich richte mich auf und breite meine Arme aus. „Ihr Ladys rockt! Was für ein fantastischer Anlass! Wie sehr können wir Anna bei ihrer Arbeit unter die Arme greifen?"

Anna greift die Gelegenheit sofort beim Schopf. „Höre ich zehntausend?"

Ich drehe mich um und kehre zurück auf die Bühne, froh, dass wir fast fertig sind. Ich begegne Annas Blick und überkreuze die Finger meiner rechten Hand. Sie nickt und hebt ihr Handy an ihr Ohr. „Ich habe hier ein Gebot von einer anonymen Bieterin. Elftausend."

„Elftausendeinhundert", sagt eine Frau mit glatten schwarzen Haaren.

Ich halte meine Finger gekreuzt, was bedeutet, dass Anna weitermachen soll.

„Elftausendzweihundert von unserer anonymen Bieterin", sagt Anna.

„Zwölftausend", sagt die Schwarzhaarige.

So geht es weiter. Ich halte weiter die Finger gekreuzt, auch wenn es langsam schmerzhaft wird.

„Fünfzigtausend", sagt Anna.

Stille.

„Fünfzigtausend. Der Zuschlag geht an die anonyme Bieterin!", ruft Anna. „Woohoo! Gute Arbeit, Ladys. Vielen Dank, Phillip!"

Ich verneige mich. Ich habe ihrer Sache gerade fünfzigtausend Dollar aus meinem privaten Vermögen gespendet, aber das ist okay. Es ist eine Investition in Villroy. Ich habe mich entschlossen, noch mehr zu spenden – und heute habe ich bekommen, was ich wollte – Ruby.

„Okay, und jetzt lasst uns die Stühle beiseite räumen und tanzen!", ruft Anna.

Die Musik dröhnt, die Scheinwerfer werden abgeschaltet, und ich gehe hinter die Bühne. Niemand ist da. Meine Brüder sind schon gegangen, um sich unter Annas Gäste zu mischen. Ich gehe die Treppe hinunter in den Saal, um meinen Teil der Abmachung einzuhalten. Unten erwarten mich meine Bodyguards. Ich sehe mich nach Ruby um, und dann fällt mein Blick auf sie. Sie kommt auf mich zu.

„Du hast es geschafft, ohne einen Aufruhr auszulösen", sagt sie und lächelt mich an. „Gut gemacht."

Ich lache. „Danke."

Sie wird ernst. „Dann … weißt du, wer die Bieterin ist, die das Date mit dir gewonnen hat?"

Ich lächele sie verschwörerisch an. „Anonym."

„Du weißt es nicht?"

Ich beuge mich zu ihr hinunter. „Ich habe durch Anna geboten. *Du* hast mich gewonnen." Ich richte mich auf, um ihre Reaktion einzuschätzen. Sie sieht überrascht aus, die grünen Augen weit, der Mund offen. Ich verspanne mich. Scheiße. Vielleicht will sie ja gar kein Date mit mir.

Ich will gerade erklären, dass es natürlich rein platonisch wäre, kein Druck, als sie herausplatzt: „Phillip, du hast fünfzigtausend Euro geboten! Das sollte eine Sammlung von externen Geldern sein."

Ich atme aus, und meine Muskeln entspannen sich. Sie macht sich nur Sorgen wegen des Geldes. „Villroy ist mein Erbe. Natürlich will ich zu seiner Entwicklung beitragen."

Sie reibt sich den Hals und wirft mir einen Seitenblick zu. „Du musst wirklich ein Date mit mir wollen. Du weißt schon, dass du mich hättest fragen können."

Ich senke die Stimme. „Um ehrlich zu sein, wollte ich auch die männerhungrige Horde vermeiden. Diese Hühner sind verrückt." *Und ich wollte dich von Adrian fernhalten,* füge ich im Kopf hinzu.

Sie lacht. „Die Mädels sind lustig. Ich glaube aber, dass Anna ihnen zu viel zu trinken gegeben hat, bevor sie das Buffet eröffnet hat. Puff! Hemmungen dahin!"

„Das ist gelinde gesagt …"

Jemand klopft mir auf den Rücken. Adrian. Er strahlt. Ich wusste, dass es jemand aus der Familie sein musste, denn die Bodyguards würden nicht zulassen, dass mich sonst jemand anfasst. Als gierige Hände meine Gesäßtasche von meiner Hose gerissen haben, hatte ich sie zuvor weggeschickt. Eindeutig ein Fehler.

„Du hast alle geschlagen", johlt er. Er hat den Pool gewonnen. Nichts begeistert ihn mehr als zu gewinnen.

Ich kneife die Augen zusammen. „Wo bist du hin verschwunden? Hast du irgendwie die Gebote in die Höhe getrieben?"

Er zwinkert mir zu. „Wer, ich?"

„Adrian!"

„Entspann dich. Ist für einen guten Zweck." Er hat wahrscheinlich die Schwarzhaarige beim Bieten angestachelt.

Ich versetze ihm einen Stoß mit der Schulter. „Du solltest dich auch beteiligen."

„Das werde ich. Das haben wir alle vor." Er blickt zwischen Ruby und mir hin und her. „Phillip, du schlauer Hund, du warst der anonyme Bieter, nicht wahr?"

Hitze kriecht meinen Hals empor. Es ist eine Sache, dass Ruby es weiß, doch es ist eine ganz andere, wenn meine Brüder es wissen und mich damit aufziehen können. „Es war ein anonymes Gebot."

Er grinst. „Phillip, Phillip, Phillip. Ich hatte keine Ahnung, dass du ein solcher Romantiker bist." Er wendet sich Ruby zu. „Was denkst du? Ist er fünfzigtausend für ein lausiges Date wert?"

„Lausig!", protestiere ich.

Ruby lächelt spitzbübisch. „Es gibt einen Weg, das herauszufinden." Dann umarmt sie mich. Ich lege einen Arm um ihre Schultern und ziehe sie an mich.

Adrian schüttelt den Kopf. „Ich schätze, die Rourkes verlieben sich traditionell in Amerikanerinnen. Erst gibt unser Onkel den Thron für eine auf, dann droht Gabriel, dasselbe zu tun. Was habt ihr nur an euch?"

Jetzt hat die Hitze von meinem Hals meine Ohrenspitzen

erreicht, und mein Herz pocht. Ich kann nicht leugnen, dass ich auf sie stehe, auch wenn ich bisher Distanz gewahrt habe. Doch da, Adrian hat es ausgesprochen.

Ruby spielt den Ball gekonnt zurück. „Ich schätze, wir Amerikanerinnen sind einfach toll."

Er lacht. „Das seid ihr." Er verabschiedet sich, und als er zur Bar geht, wird er sofort von einem Schwarm Frauen verschluckt.

Ich wende mich Ruby zu. „Ich sollte mich auch unters Volk mischen. Bleib an meiner Seite."

„Oh, ich habe mich wie einer deiner Bodyguards gefühlt, nur eher à la *fasst ihn nicht an, er gehört mir*." Sie lacht. „Ich habe dich gewonnen."

Ich kann nicht anders, ich muss lächeln. Vielleicht war es gut, dass Adrian es ausgesprochen hat. Vielleicht wollen wir dasselbe. „Das ist genau die Strenge, die ich brauche." Ich nehme sie bei der Hand und gehe mit ihr an die Bar.

Sofort umschwärmen die Frauen mich. „Wo gehst du mit deinem Date hin?", fragt die Schwarzhaarige, die auf mich geboten hat.

„Paris", sage ich.

Ruby quietscht.

„Verdammt, ich hätte weiterbieten sollen", sagt die Schwarzhaarige. „Adrian hat mir fünfundzwanzigtausend gegeben."

Heilige Scheiße. Das bedeutet, dass sie selbst bereit gewesen ist, fünfundzwanzigtausend zu zahlen. Das ist weit mehr als das, was Lucas eingestrichen hat, und alles, was ich tun musste, war *angezogen* einmal den Catwalk hinauf und hinunter zu gehen. Ich bin der Held.

„Er gehört jetzt mir", sagt Ruby, legt den Arm um meine Taille und lehnt sich an mich. „Ich war die anonyme Bieterin."

„Warum anonym?", fragt die Frau. „Du warst doch hier."

Ruby dreht sich zu mir um.

„Sie ist schüchtern." Mir fällt nichts Besseres ein. Ich hätte ihr wahrscheinlich sagen sollen, dass sie niemandem sagen soll, dass sie mich gewonnen hat, auch wenn es schwer gewesen wäre, das Rätsel der anonymen Bieterin als Gesprächsthema zu vermeiden.

„Um ehrlich zu sein ...", sagt Ruby. „Die Wahrheit ist, dass es mir ein bisschen peinlich ist, wie sehr ich in ihn verknallt bin."

Ich starre sie an, doch ihr Blick ist den neugierigen Frauen zugewandt.

Sie fährt fort. „Wir haben uns vor ein paar Minuten unterhalten, und er war so liebenswürdig, dass es mir nicht mehr peinlich ist. Ich meine, ich habe jahrelang alles über ihn gelesen, was es online zu lesen gab–"

„Ich auch!", sagt die Schwarzhaarige.

Andere kommen dazu und gestehen ohne jede Scham, dass sie mich online gestalkt haben.

„Er ist mein Screensaver", sagt eine. „Ihr wisst schon, das Foto von ihm am Strand in St. Bart's?"

Ich erschaudere innerlich. Sie unterhalten sich weiter, als wäre ich nicht da.

„Welches? Das mit der roten Badehose oder mit der schwarzen?"

„Schwarz. Nass und hauteng."

„Mmm-hmm. Nicht schlecht."

„Oh, das ist ein gutes Foto!"

„Man kann den Umriss erkennen ..."

Sie kichern und starren mir auf den Schritt. Ich ziehe Ruby vor mich und schlinge meine Arme um ihre Taille. Sie legt eine Hand auf meinen Unterarm und drückt sanft zu.

„Was haltet ihr von Lucas' Auftritt?", fragt Ruby, um das Thema zu wechseln. „Meint ihr, er hätte mehr ausgezogen, wenn wir Abstand gehalten hätten?" Sie ist clever. Sie sagt wir, anstatt ihr, um sie zum Reden zu bringen. Dabei ist sie die ganze Zeit hinten sitzengeblieben.

Die Frauen tun sofort ihre Meinung über einen potentiellen Strip und was er womöglich enthüllt hätte kund. Das Gespräch wird viel anzüglicher als vorhin, als sie über mich gesprochen haben.

Als ich den Kopf senke und Ruby auf die Wange küsse, spüre ich sie lächeln. Sie fühlt sich richtig in meinen Armen an, und ich fühle mich in dieser bizarren Situation weniger unwohl, als ich befürchtet habe. Ich hätte die Zeichen schon viel früher sehen sollen – die Chemie, mein Bedürfnis, in ihrer Nähe zu sein, meine untypische Eifersucht. Ich bin dabei, mich in sie zu verlieben, auch wenn ich weiß, dass nichts daraus werden kann. Ich kann es nicht verhindern wie ein langsames Schlittern auf Eis. Sie ist unwiderstehlich.

8

Ruby

Ich bin aufgedreht, rot und begeistert, vollkommen von den Socken durch die Ereignisse. Erstens darüber, dass Phillip mich genug will, um bereit zu sein, himmelhoch zu bieten, um mit mir auf ein Date zu gehen. Und zweitens von der Tatsache, dass Adrian gesagt hat, dass Phillip dabei ist, sich in mich zu verlieben, und Phillip mehr oder weniger seiner Meinung zu sein scheint. So viele Gefühle strömen aus mir heraus – Wärme, Zuneigung, nein, mehr als das. Wir sind jetzt schon eine Stunde an der Bar und unterhalten uns mit den Gästen und Phillips Brüdern, und jedes Mal, wenn er mich ansieht und mich anlächelt, flattern Schmetterlinge in meinem Bauch. Und nicht nur in meinem Bauch, auch weiter südlich. Ich will ihn so sehr.

Anna nimmt meine Hand und zieht mich mit sich. „Das ist mein Song! Auf die Tanzfläche, Ladys! Ihr auch, Jungs!"

Ich lache und folge ihr. Der Song ist Justin Timberlakes „Can't Stop the Feeling!" und könnte nicht besser zu ihr passen. Alle tanzen – natürlich abgesehen von den Sicherheitsmännern und Gabriel. Phillip schiebt sich an meine Seite. Er ist ein guter Tänzer. Ich habe Bilder von ihm beim Tanzen in Clubs gesehen. Ich wende mich ihm zu, und er tanzt ganz nahe an mich heran und bewegt die Hände in der Luft um meinen Körper herum. Sie ist elektrisch, die Hitze, die zwischen uns flimmert.

Ich hebe meine Hände über den Kopf und tanze einfach. Ich bewege meinen Körper sinnlich und fühle mich zum ersten Mal seit meiner hässlichen Trennung und dem damit verbundenen Zusammenbruch sexy. Ich bin von den Toten auferstanden und bereit, mich ins Leben zu stürzen, auf ihn.

Langsam, langsam. Es ist ein Tanz, ein Date, eine Woche.

Er schiebt den Arm um meine Taille und zieht mich an sich, sein Bein zwischen meinen, während wir unsere Körper aneinander reiben. Oh fuck, ja. Seine aquamarinblauen Augen sind allein auf mich gerichtet. Lodernd und sicher.

„Hallo?", höre ich Anna neben uns. „Wollt ihr vielleicht oben weitermachen?"

Phillip löst sich sofort von mir, und ich werfe Anna einen finsteren Blick zu.

Sie sieht mich an. Eine Warnung. *Du kannst eine männliche Schlampe nicht ändern. Er wird dir nur wehtun.* Ich wende den Blick ab. Ich will es nicht wahrhaben, denn in diesem Moment fühle ich mich fantastisch mit Phillip.

Anna winkt Gabriel, der vom Rand der Tanzfläche zusieht, mit einer vehementen Geste herbei. „Majestät, beweg deinen süßen Hintern hierher!"

Phillip und ich tauschen amüsierte Blicke aus. Anna hat mir erzählt, dass sie jetzt, da sie Königin von Villroy ist, gewisse Worte nicht mehr in der Öffentlichkeit benutzen soll. So wie ich sie kenne, hätte sie normalerweise Arsch gesagt.

Ich sehe Gabriel an. Ein Lächeln umspielt seine Lippen, und er sieht Anna liebevoll an, doch er regt sich nicht.

Sie tanzt zu ihm hinüber, und einen Moment später tanzt sie einen Walzer mit ihm, der gar nicht auf den Rhythmus der Musik passt, doch das scheint ihr egal zu sein.

Ich tanze weiter mit Phillip. Andere Frauen haben sich um ihn geschart, da auf der Tanzfläche mehr Platz ist als an der Bar. Doch sein Blick kehrt zu mir zurück, und ich kann einfach nicht eifersüchtig sein. Er will mich so sehr wie ich ihn will.

Der Song endet und ein langsamerer beginnt. Phillip und

ich sehen einander an. Er zieht mich an sich und tanzt weiter. Er fragt nicht einmal, ob ich weiter tanzen will, und das muss er auch nicht.

Ich sehe mich um. Seine Brüder tanzen auch. Ein paar der Frauen tanzen miteinander und lachen dabei, andere kehren an die Bar zurück.

Er schiebt uns langsam an den Rand der Tanzenden. Alle meine Nervenenden stehen vor Erwartung in Flammen. Er will wahrscheinlich diskret die Flucht ergreifen und irgendwo mit mir allein sein, doch dann tanzt er in gewissem Abstand von der Gruppe weiter.

„Gehen wir nachher nach oben?", platze ich heraus.

„Nein."

„Oh." Ich bin verwirrt. Er hat dafür gesorgt, dass wir ein Date haben, und ist die ganze Zeit seit der Versteigerung so liebevoll mit mir umgegangen.

Seine Stimme ist ein heiseres Knurren in meinen Ohren. „Ruby, ich mag dich sehr, aber ich reise in einer Woche ab und du auch. Ich werde lange unterwegs sein. Und um ehrlich zu sein, Beziehungen sind nichts für mich. Ich finde dich verführerisch, so verdammt verführerisch, aber ich will das Richtige tun und dich nicht ausnutzen. Ich will besser sein als mein Ruf."

Mein Hals schnürt sich zu, und ich schlucke. Selbst, wenn er mir eine Abfuhr erteilt, tut er das aus edlen Absichten heraus. Ich weiß, ich sollte seinen durchaus wohlverdienten Ruf nicht einfach so ignorieren, doch es ist wirklich schwer, wenn er so aufrichtig ist. Er nutzt mich nicht aus. Er beschützt meine Gefühle. „Vielleicht will ich ja gar keine Beziehung."

Er zieht mich an sich. „Du würdest es bereuen. So gut kenne ich dich zwischenzeitlich."

Ich kann es nicht auf sich beruhen lassen. „Vielleicht will ich ja nur ein bisschen Spaß in der kurzen Zeit, die ich hier habe. Sobald ich nach Hause komme, werde ich mit meinem Innenarchitekturbüro beschäftigt sein. Ich will mich in die Arbeit stürzen, damit ich mir meine eigene Wohnung leisten kann. Seit ich meinen Job verloren habe, lebe ich bei meinen

Eltern. Bald kommt meine kleine Schwester zur Welt, und meine Eltern brauchen mein Zimmer."

Er sieht mich an. „Eine kleine Schwester? Das ist ein ziemlicher Altersunterschied."

„Ich weiß. Sie ist ein Wunder. Wir freuen uns alle so, und ich will es um nichts auf der Welt verpassen. Sie ist die kleine Schwester, die ich mir immer gewünscht habe." Ich atme tief durch. „Darum … vielleicht nur für heute Nacht."

„Unsere Wege werden sich wahrscheinlich nicht wieder kreuzen, und ich will dir nicht wehtun."

Meine Stimme klingt kleinlaut. „Dann also nur ein Date."

Er blickt über meine Schulter. „Wir können Zeit zusammen verbringen, solange du hier bist. Rein freundschaftlich."

Ich schaffe es nicht, die Frustration in meiner Stimme zu unterdrücken. „Dein Verhalten heute Abend war mehr als freundschaftlich."

„Ich konnte nicht anders, aber ich weiß, wann es Zeit ist, das Richtige zu tun." Er weicht einen Schritt zurück und sieht mir in die Augen. „Ich möchte, dass du deine Zeit hier in guter Erinnerung behältst."

Ich seufze übertrieben. „Du bist wirklich ein Prinz."

Er lacht und zieht mich in seine Arme. „Wohl wahr." Er legt die Hände auf meine Schultern und sieht mich an. „Willst du trotzdem noch auf ein Date mit mir gehen?"

Ich zwinge mich zu einem Lächeln, auch wenn meine Augen brennen. „Nach Paris? Selbstverständlich will ich nach Paris."

Er tanzt weiter. „Gut."

„Bekomme ich auf dem Date dann einen Gutenachtkuss?"

Er zögert. „Sicher."

„Was ist mit Fummeln?"

Er sieht mich argwöhnisch an. „Oh, Ruby, du balancierst auf einem dünnen Seil."

„Keine Angst. Ich werde behutsam sein."

Er schmunzelt. „Das ist mein Spruch."

Wir tanzen schweigend, die Körper aneinandergeschmiegt, erhitzt, und spüren die gegenseitige Anziehung, auch wenn er Grenzen gesetzt hat. Ich glaube nicht, dass ich der Versuchung widerstehen kann, die von ihm ausgeht. Er ist zu meinem Traumprinzen geworden, und ich will die Gelegenheit nicht verpassen. Die Tatsache, dass er in einer Woche abreist, macht die Sache nur umso dringlicher. Ich will ihn haben, solange die Chance besteht.

Ich stelle mich auf Zehenspitzen und flüstere in sein Ohr: „Was, wenn ich dir sage, dass es nur gute Erinnerungen gibt, ganz egal, was passiert? Dass ich unsere gemeinsame Zeit für immer zu schätzen wissen werde als das, was es ist – etwas Temporäres."

Er hält inne, und Hoffnung steigt in mir auf. Dann lässt er die Arme sinken und tritt zurück. „So einfach wäre das nicht."

„Warum nicht? Wenn wir uns von Anfang an darüber einig sind?"

Wir starren einander an, und der geringe Abstand zwischen uns fühlt sich an wie eine gigantische, unüberwindbare Kluft.

Lucas taucht neben mir auf. „Hey, edle Spenderin. Ich habe gehört, dass du diejenige bist, die Phillip ersteigert hat. Wie wäre es mit einem Tanz? Oder tanzt ihr zwei noch?" Er sieht Phillip an, der einen Schritt weit entfernt steht.

„Macht nur", sagt Phillip und geht in Richtung Bar.

Mir wird kalt.

Lucas nimmt mich bei der Hand und tanzt einen Walzer mit mir. Er ist ein guter Tänzer und hält einen angemessenen Abstand. Doch ich amüsiere mich nicht, kann den Blick nicht von Phillip an der Bar abwenden. Sofort hat sich ein Schwarm Frauen um ihn versammelt, und er unterhält sich mit ihnen. Wie kann er leugnen, was zwischen uns ist? Was, wenn das, was wir haben – unsere intensive gegenseitige Anziehung, unsere herzliche Freundschaft –, etwas ist, das sich so schnell nicht wieder findet? Was, wenn es einzigartig ist? Und werde ich ihn wirklich einfach so ziehen lassen? Wäre es eine intelligente Entscheidung oder ein dummer Fehler?

„Er mag dich", sagt Lucas, als könnte er meine Gedanken

lesen. Oder vielleicht sind meine sehnsüchtigen Blicke in Richtung seines Bruders einfach so offensichtlich.

„Ich mag ihn auch."

„Seine Ex hat ihm arg zugesetzt", sagt er. „Er schleppt seitdem ziemlichen Ballast mit sich herum." Ist das der Grund, warum Phillip gesagt hat, dass es nicht so einfach wäre? Weil er echte Gefühle für mich hat und er derjenige ist, der nicht verletzt werden will?

„Das verstehe ich. Ich habe Ähnliches hinter mir."

Er pfeift leise durch die Zähne. „Das klingt gefährlich. Zwei Leute mit ernsthaftem Ballast. Klingt wie ein Minenfeld."

„Was, wenn es das Risiko wert ist?"

„Manchmal ist es das, manchmal sind die Konsequenzen brutal."

„Sprichst du da aus Erfahrung?"

Er tritt zurück und verneigt sich kurz. „Danke für den Tanz." Dann geht er zu einer anderen Frau, die am Rand der Tanzfläche steht, um sie zum Tanzen aufzufordern.

Ich seufze. Jetzt weiß ich nicht, was ich tun soll. Soll ich zu Phillip gehen? Ihn ignorieren? Doch dann kommt er von seinen Bodyguards flankiert auf mich zu, und ich weiß, dass es da nichts zu entscheiden gibt. Ich muss mit ihm zusammen sein.

~

Phillip

Ich habe versucht, mich um Rubys willen zurückzuhalten, okay, auch um meinetwillen, doch ich habe mich nur gegen das Unvermeidliche zur Wehr gesetzt. Was auch immer es ist, ich kann mich nicht die kurze Zeit, die mir mit ihr geschenkt worden ist, von ihr fernhalten. In dem Augenblick, als Lucas sie auf der Tanzfläche verlassen hat, bin ich zu ihr gegangen. Jetzt führe ich sie durch den Ostflügel hinauf zu dem privaten Dachgarten, der nur unserer Familie vorbehalten ist. Das ist mein Lieblingsort im Palast.

„Oh, wow, was für eine Aussicht!", ruft sie und eilt ans

Ende des Dachs, von wo aus man in der Ferne die Wellen an den Strand laufen sehen kann.

„In einer klaren Nacht kann man die ganze Insel von hier oben sehen." Ich blicke auf, als sich gerade eine Wolke vor den Mond schiebt. „Es ist ein bisschen wolkig heute, doch die Sicht ist trotzdem gut."

Sie sieht sich um, dann wendet sie sich mir zu. „Was macht ihr hier oben?"

„Normalerweise feiern."

Zwei Dienstboten kommen aus dem Gebäude, William und John. Ich habe sie gebeten, ein paar Sachen zu bringen. William hält eine gekühlte Flasche desselben Sauvignon Blanc, den Ruby vorhin hatte, und zwei Gläser. John bringt ein paar Decken gegen die Kühle der Spätseptembernacht.

Ich ziehe eine der Chaise Longues so, dass wir einen Meeresblick von hier haben, und nehme John die Decken ab, bevor er eine weitere Chaise Longue neben meine zieht und einen kleinen Holztisch bringt, auf dem William die Gläser und den Wein abstellt.

Ich lade Ruby ein, Platz zu nehmen. Sie sieht begeistert aus, und nachdem sie sich auf das Polster niedergelassen hat, breite ich eine der Decken auf ihrem Schoß aus.

„Danke", sagt sie. „Das ist perfekt."

Ich setze mich neben sie und breite eine zweite Decke über meine Beine aus. William öffnet den Wein und gießt uns zwei Gläser ein.

„Kann ich sonst noch etwas für Sie tun, Hoheit?", fragt er.

„Nein, vielen Dank."

Beide Männer verneigen sich und gehen.

Ruby trinkt einen Schluck Wein. „Ah, was für ein Leben."

„Ich liebe den Dachgarten. So friedlich. Soll ich die Boden-lampen einschalten?"

„Nein. Die Sterne und der Mond sind perfekt. Erzähl mir, was wir auf unserem Date machen werden."

„Ich dachte, wir könnten den Jet nach Paris nehmen ..." Ich verstumme, aufgeschreckt von ihrem Hustenanfall. „Bist du okay?"

Sie beugt sich mit Tränen in den Augen vor. „Ich habe

mich nur gerade verschluckt. Wir fliegen in einem Privatjet nach Paris?"

„Warum nicht? Hast du nicht gewusst, dass wir einen haben?"

„Ich habe nie darüber nachgedacht. Ihr habt wirklich einen Privatjet?"

„Ja. Anna hat diese Versteigerung nicht arrangiert, weil wir kein Geld haben. Sie hatte die zugegebenermaßen clevere Idee, genau die Frauen teilnehmen zu lassen, die später Kundinnen des Spas sein werden. Sie erhofft sich rege Mundpropaganda daraus."

Sie lächelt. „Sie ist ziemlich clever, findest du nicht?"

„Ja, eine geborene Geschäftsfrau, und mein Bruder steht hinter ihr und benutzt seinen Einfluss und seine Beziehungen, um ihr den Weg zu ebnen."

Sie trinkt einen Schluck Wein und seufzt. „Es ist so schön für sie, dass sie jetzt die Königin ist und euch alle hat. Sie hatte eine harte Kindheit, und ich weiß, dass sie sich immer eine Familie gewünscht hat."

„Sie wird wahrscheinlich bald ihre eigene Familie mit Gabriel gründen. Sie sind schon fleißig dabei."

„Oh, wie schön! Sie wird eine tolle Mutter sein."

„Das glaube ich auch."

„Okay, also erst jetten wir nach Paris, und dann …"

„Essen wir bei L'Ambroisie und dann–"

„Warte, erzähl mir von dem Restaurant."

„Der Küchenchef ist ein Freund der Familie. Ich kenne ihn schon, solange ich denken kann. Das Restaurant hat drei Michelinsterne. Für Foodies ist das das höchste Lob. Es liegt am Place des Vosges, und man betritt es durch einen Säulengang aus dem siebzehnten Jahrhundert. Es wird dir gefallen." Als sie mich ein wenig irritiert ansieht, erkläre ich weiter: „Der Place des Vosges ist ein quadratischer Park, der auf vier Seiten von Backsteinbauten mit Läden und Restaurants im Erdgeschoss und Wohnungen darüber umgeben ist. Und auf Straßenniveau haben die Gebäude diese großen Bögen, die Säulengänge bilden. Da dir die historische Shoppingmall in Nantes so gut gefallen hat, dachte ich mir, dass dir das auch gefallen könnte. Und drinnen ist auch alles im Stil des Grand Siècle gehalten."

„Beschreib es mir."

Ich versuche, es mir vorzustellen, um es ihr zu beschreiben. „Stell dir altweiße Wandvertäfelungen und Seidentapisserien vor. Marmorfußboden, goldene Kronleuchter, weiß eingedeckte Tische und samtbezogene Stühle. Aber meine Beschreibung wird ihm einfach nicht gerecht. Du musst es mit eigenen Augen sehen."

„Klingt, als hättest du das Restaurant für mich ausgesucht. Was, wenn eine andere gewonnen hätte?"

„Dann hätten wir ein Dinner bei Kerzenlicht im Speisesaal des Schlosses gehabt, und ich hätte alle dazu eingeladen – meine Brüder, meine Schwester und die anderen Gäste. So wenig Zeit allein mit ihr wie möglich."

Sie lächelt zufrieden und trinkt einen Schluck Wein.

Ich trinke ebenfalls einen Schluck. Es macht mir nichts aus, dass ich meine Karten auf den Tisch gelegt habe, denn sie weiß, dass ich sie mag. Ich will, dass sie es weiß. Ich will sie besonders behandeln. „Und danach können wir entweder in einen Club tanzen gehen, oder wir könnten hierher zurückkommen und hier oben entspannen. Oder am Strand spazieren gehen. Das ist deine Entscheidung. Ich möchte, dass du alles erlebst, was dich als Neuankömmling hier interessieren könnte."

Sie lächelt. „Das ist eine nette Art zu sagen, dass ich ein Tourist bin. Abendessen, Tanzen und dann Dachgarten wäre perfekt." Sie blickt in die Ferne und seufzt. „Du bist nicht wie die Männer, die ich sonst kennenlerne."

„Ich nehme an, dass ich dein erster Adliger bin?"

Sie lacht. „Ja, aber ich meine, du bist direkter und ausdrucksstärker als die meisten Männer."

Ich blicke in die Ferne, bevor ich mich ihr anvertraue. „Ich bin nicht immer ein Playboy gewesen. Ich hatte eine feste Beziehung, die sehr öffentlich endete. Vielleicht war ich danach mit meinem Ruf als Playboyprinz zufrieden, weil so meine Ex sehen konnte, dass es mir ohne sie gut ging." Ich wende mich ihr zu. „Doch in letzter Zeit hasse ich diesen Ruf.

Mit meinem wohltätigen Engagement wollte ich meinen Ruf für meine Familie sanieren, doch jetzt will ich ihn auch für mich ändern."

Sie sieht mich mitfühlend an. „Ich habe von der Sache mit Lana gehört."

Ich trinke einen Schluck Wein, um den Kloß in meinem Hals hinunterzuspülen. „Ja, alle haben das."

Meine Trennung von Lana war extrem öffentlich. Jede Klatschzeitung hat darüber berichtet. Das Internet war voll davon, darum war mir klar, dass Ruby auch darüber gelesen hat. Lana und ich waren fünf Jahre lang das perfekte Paar, und dann hat sie *per SMS* wegen eines griechischen Milliardärs mit mir Schluss gemacht. Sie hat behauptet, dass sie ihn lieben würde. Danach hat jede Klatschzeitung und Webseite über die beiden berichtet. Jetzt, etwas mehr als ein Jahr später, habe ich gehört, dass sie wieder Single ist, und empfinde eine ungesunde Befriedigung deswegen. Ich hoffe, dass er sie genauso eiskalt abserviert hat wie sie mich ... Ich schätze, dass ich immer noch nicht ganz über sie hinweg bin, wenn ich immer noch so bitter bin. So erwachsen scheine ich dann doch noch nicht zu sein.

Wir schweigen ein paar Minuten, doch es ist nicht unbehaglich. Die Gedanken an Lana verblassen, und ich finde wieder meinen Frieden, neben Ruby, gemütlich und warm, mit Blick hinaus aufs Meer.

„Ich fühle mich wie ein anderer Mensch hier auf dieser friedlichen Insel", sagt sie plötzlich. „Als würde ich nicht von Einflüssen jenseits meiner Kontrolle hin und her geworfen. Als hätte ich die Kontrolle. Vielleicht ist es, weil ich hier mein erstes großes Soloprojekt hatte. Es gefällt mir, mein eigener Boss zu sein."

„Du bist großartig in deinem Job."

„Danke. Anna hat mir einen riesigen Gefallen getan, als sie mich dafür hergeholt hat. Und sie hat mich in höchsten Tönen bei ihren Freundinnen gelobt, als sie sie herumgeführt hat. Sie wollen mich jetzt alle buchen, wenn ich wieder in Tampa bin. Damit kann ich mein Büro wirklich etablieren."

„Das ist großartig."

„Ja, das ist es. Endlich geht es bergauf."

Ich sehe zu ihr hinüber, und unsere Blicke begegnen sich einen geladenen Moment lang.

Sie wendet den Blick ab und trinkt einen großen Schluck von ihrem Wein. „Wie war es, hier aufzuwachsen?"

Ich trinke einen Schluck Wein und stelle mein Glas wieder ab. Niemand will einen Prinzen über Pflichten und den dauernden prüfenden Blick der Öffentlichkeit klagen hören. „Es war großartig. Ich weiß, dass ich mich glücklich schätzen kann."

Sie beugt sich vor. „Das klingt wie ein vorbereitetes Statement für die Presse. Erzähl mir, wie es wirklich war."

„Ich weiß zu schätzen, was ich habe. Meine Brüder und ich hatten viel Spaß dabei, auf der Insel herumzurennen, die Dünen und Höhlen zu erkunden, zu schwimmen und zu surfen."

„Die königliche Jacht nicht zu vergessen."

Ich lächele. „Die war eher unser Sprungbrett, um ins Meer zu hüpfen. Natürlich hatten wir die Jetskis auch an Bord."

„Natürlich."

„Siehst du, es klingt nach Luxus. Das war es auch. Wie schon gesagt–"

„Ich weiß, ich weiß, du weißt zu schätzen, was du hast. Aber wie fühlt es sich an, keinerlei Privatsphäre zu haben? Wenn jede Bewegung dokumentiert und kommentiert wird?"

„Ich habe es akzeptieren gelernt. Ich bin ein geselliger Mensch, und auch wenn es manchmal stört, macht es mir meistens nichts aus."

„Selbst mit deiner Ex?"

„Ich habe es genossen, Teil des *goldenen Paars* zu sein. Jeder hat uns so sehr zusammen geliebt wie ich selbst. Ich dachte, dass wir heiraten würden, und dann war es aus." Meine Stimme versagt. „Ich neige dazu, schöne, selbstgefällige Frauen ohne Tiefgang auszuwählen. Wahrscheinlich, damit ich gar nicht erst in Versuchung komme, mich zu binden." Ich halte inne, denn die Erkenntnis überrascht mich selbst. Ich habe Lana nie einen Antrag gemacht und mehr als ein Jahr lang meine Beziehungen mit anderen Frauen sabotiert. Ich presse meine Lippen aufeinander, bevor ich die Wahrheit zugeben kann. „Vielleicht bin ich einfach nicht für Beziehungen gemacht."

Sie drückt meine Hand. „Jeder würde sich Zeit nehmen, bevor er sich nach ihr wieder bindet. Ich weiß, dass sie für einen alten Sack mit dir Schluss gemacht hat, darum ... weißt du was? Es war besser so. Für mich hört sie sich an wie eine Goldgräberin, und vielleicht hat sie mitbekommen, dass es deinem Königreich wirtschaftlich nicht so gut geht."

„Das hat sie gewusst. Und ich freue mich, dass sie sich getrennt haben."

„Ha-ha. Süße Genugtuung. Ich habe meinem Ex auch alles Schlechte gewünscht, auch wenn ich schon ein schlechtes Gewissen habe, weil seine Frau bald Drillinge zur Welt bringen wird."

Ich richte mich auf. „Seine Frau?"

„Jupp. Ich war *die andere,* doch ich habe es nicht gewusst. Wir haben ein ganzes Jahr zusammengewohnt. Ein ganzes Jahr, Phillip. Ich habe nichts gewusst und war glücklich."

„Tut mir leid."

„Ja, mir auch." Sie setzt sich auf und sagt verbittert: „Als er mir gesagt hat, dass er mich verlässt, weil seine Frau Drillinge erwartet, wollte er, dass ich mich für ihn freue! Ich stand sprachlos da, und dann sagte er: *Ach ja, Und du musst bis Ende des Monats ausziehen. Das ist die Ferienwohnung meiner Eltern, und sie kommen wegen der Drillinge her. Wir sind alle so aufgeregt.*" Sie trinkt einen langen Schluck von ihrem Wein. „Also *ich* war nicht aufgeregt. Ich war am Boden zerstört."

Mein Herz schmerzt für sie. Ich kann ihren Schmerz nachvollziehen. Ich kenne diesen Schmerz. „Scheiße. Das hört sich furchtbar an."

Sie seufzt und lehnt sich wieder zurück. „Ja, das war es auch. Und dann habe ich meinen Job verloren, weil ich einfach nicht funktionieren konnte. Ich bin zurück zu meinen Eltern gezogen und habe mich bemüht, mich selbständig zu machen, während ich mich von dem Schlag erholt habe – und jetzt, zwei Monate später, bin ich hier, und mein Kopf ist frei. Endlich haben sich die Wolken verzogen. Ich habe eine echte Chance auf eine coole Karriere zu meinen Bedingungen. Ich kann mir eine Wohnung nehmen, und meine Eltern können mein Zimmer für das Baby haben. Alles entwickelt sich so, wie ich es mir erhofft habe."

Ich hole tief Luft. „Scheint, als wären wir uns zur falschen Zeit begegnet."

Sie sieht mich lange an, und ich habe das ungute Gefühl, dass sie im Begriff ist, auf meinem Herz herumzutrampeln. „Ich mag dich wirklich."

„Ich dich auch."

„Aber ich glaube, du hattest vorhin recht. Keiner von uns hat Lust auf mehr Herzschmerz. Wir sind immer noch dabei, uns zu erholen. Also ich zumindest. Und ich weiß, dass ich vorhin gesagt habe, lass uns einfach eine schöne einwöchige Erinnerung anpeilen, aber da hat die Lust aus mir gesprochen." Ihr Blick sucht meinen. „Wir sind schlauer als das. Ich meine, du erholst dich immer noch von der Sache mit Lana, oder?"

„Ja." Muss wohl so sein, wenn ich mich so darüber freue, dass der Typ sie abserviert hat.

„Und bald gehen wir sowieso getrennte Wege."

Ich atme scharf aus. Warum bin ich Ruby nicht vor einem Jahr begegnet? Doch ich mache mir etwas vor. Ich hätte mich vor einem Jahr genauso wenig binden können, wie ich es jetzt kann. Ich würde die Beziehung auf irgendeine Art und Weise sabotieren und ihr am Ende wehtun. Vielleicht fühle ich mich nur zu ihr hingezogen, weil wir keine Zukunft haben.

Wir schweigen und blicken aufs Meer hinaus. Es gibt nichts mehr zu sagen. Es gibt kein *Wir*, und es wird auch nie eines geben.

Ich wende mich ihr zu. „Erzähl mir, wie es war, in Tampa aufzuwachsen."

Sie lächelt und nimmt meine Hand, während sie mir von Orangenbäumen, dem warmen Wasser des Golfs und ihren Besuchen des glücklichsten Ortes der Erde erzählt, was ihre Liebe zur Innenarchitektur inspiriert hat.

Wir haben uns die ganze Nacht unterhalten, während wir

Seite an Seite im Mondlicht gesessen und uns bei den Händen gehalten haben.

Schließlich beobachten wir den Sonnenaufgang, und ich weiß, es ist die beste Nacht meines Lebens.

Sie steht auf und streckt sich, als die Sonne am Himmel steht. „Ich kann nicht fassen, dass wir die ganze Nacht geredet haben! Du hättest mir sagen sollen, dass ich die Klappe halten soll."

Ich stehe auf und falte die Decken zusammen. „Niemals. Es war schön, deine Geschichten zu hören."

„Danke. Deine auch. Aber jetzt muss ich dringend schlafen."

Ich halte ihr die Tür auf und bringe sie zu ihrem Zimmer. Vor ihrer Tür bleibt sie stehen, hebt den Kopf und lächelt mich an. „Danke für diese wunderschöne Nacht."

Ich kann kaum atmen, so verzaubert bin ich von ihr. „Danke *dir*." Ich beuge mich hinunter, um ihre Wange zu küssen, doch sie dreht den Kopf, und ihre Lippen begegnen meinen zu einem zärtlichen Kuss.

Überrascht sehe ich sie an. Wir waren uns einig, dass wir nur Freunde sind.

Sie packt meinen Kopf und küsst mich erneut. Das Blut rauscht durch meine Adern, und ich dränge sie gegen die Tür, als die Anspannung, die sich in mir aufgebaut hat, endlich ein Ventil findet. Ihre Lippen sind so weich. Sie schmeckt nach Wein und purer Erotik – eine mächtige Kombination. Sie gräbt ihre Finger in meine Haare und ihre Nägel in meine Schultern, während ihre Zunge mit meiner tanzt.

„Walk of Shame, was?", ruft eine Frauenstimme mit feixendem Unterton.

Ich unterbreche den Kuss und werfe einer von Annas Freundinnen, die in Yogahosen, Sneakers und einer Jacke auf dem Flur steht, einen Blick zu.

„Schön wär's", lacht Ruby.

Mein Herz donnert in meiner Brust und pumpt das Adrenalin durch meinen Körper. Ich bin mehr als bereit, weiterzumachen und zu vergessen, was wir zuvor gesagt haben. Ich will sie. *Auf der Stelle.*

Die Frau lacht und geht weiter.

Ruby hält eine Hand hoch. „Gute Nacht und guten Morgen." Dann verschwindet sie in ihrem Zimmer und schließt die Tür hinter sich.

Ich überlege, ob ich ihr folgen soll. Ich glaube nicht, dass sie sich wehren würde, wenn ich sie noch einmal küssen würde. Wir würden ganz natürlich im Bett landen. Und dann? Wir ficken uns eine Woche lang um den Verstand, verstricken uns tiefer und tiefer und dann verabschieden wir uns?

Ich wende mich ab und gehe zu meiner Suite. Keiner von uns will ein gebrochenes Herz. Da hat sie recht. Ich reibe mir die schmerzende Brust. Vielleicht ist es schon zu spät dafür. Mein Körper hat nicht bekommen, was er wollte, doch mein Herz ist immer noch da draußen, immer noch bei Ruby.

9

Ruby

Phillip ist ein Traum. Nach unserer nächtlichen Unterhaltung auf dem Dach haben wir den Rest der Woche zusammen verbracht, die Insel erkundet und geredet, geredet, geredet. Es war nicht wirklich intim. Er hat immer zwei Bodyguards dabei, nicht weil er es will, sondern auf Geheiß des Königs, auch wenn er sagt, dass die Inselbewohner ihm nie etwas zuleide tun würden. Ich habe mich an Henry und Rafe gewöhnt, nachdem Phillip mir versichert hat, dass sie nie etwas von dem, was sie uns sagen hören, weitergeben würden, es sei denn, unser Leben wäre in Gefahr. Nach einer Weile habe ich vergessen, dass sie da waren, und mich mit ihm unterhalten, als wären wir unter uns. Zeit mit Phillip zu verbringen ist, als verbrächte man Zeit mit einem engen Freund, mit einer Garnitur sexueller Spannung. Sie war immer da, ein subtiles Knistern zwischen uns.

Jetzt sitzen wir im Jet auf dem Weg nach Paris für das Date, das ich während der Junggesellenauktion *gewonnen* habe. Phillip unterhält sich mit der Stewardess und fragt nach ihrer Familie. Ich beobachte durch das Fenster, wie die Insel in der Ferne verschwindet. Sie ist schön, ein Juwel aus violetter Heide, Dünen, sanften, grünen Hügeln und schroffen Klippen in einer Fassung aus saphirblauem Meer.

Der Amalienpalast sieht bezaubernd aus – Sandstein mit Kupferdächern, diversen Türmen und Türmchen – auf einem Hügel im Herzen der Insel. Niedliche Häuschen säumen eine lange, gewundene Straße vom Hafen zum Palast. Bald wird das alles nicht mehr als ein Traum sein. In zwei Tagen reise ich ab, Phillip einen Tag später.

Er wendet sich mir zu, seine blaugrünen Augen warm auf meinen. „Es ist ein kurzer Flug. Nicht ganz eine Stunde. Der Fahrer erwartet uns schon. Wir essen, gehen tanzen und danach fliegen wir zurück. Klingt gut?"

Ich mustere sein Gesicht und kann nicht fassen, wie vertraut er mir nach nur zwei Wochen vorkommt. Seine dichten braunen, sanft gewellten Haare, seine scharf geschnittenen Wangenknochen, seine gerade Nase, seine sinnlichvolle Unterlippe. Gott, er ist ein fantastischer Küsser. Wir haben uns seit jenem Morgen nach der Nacht auf dem Dach nicht mehr geküsst, und ich vermisse es furchtbar. Ich habe es versucht, und er hat behutsam erklärt, dass ich zu verführerisch bin, um es noch einmal zu tun. Mir ist egal, was die Presse oder sonst wer sagt. Er ist keine männliche Schlampe, die nur auf One-Night-Stands aus ist. Nicht mit mir. Sein Ruf ist eine direkte Folge der harten Trennung und spiegelt nicht wider, wer er wirklich ist. Er hat sogar gesagt, dass er diesen Ruf langsam hasst. Tief in seinem Herzen ist er ein Romantiker. Da muss man sich nur das Date ansehen, das er um meine Vorlieben herum geplant hat. Er ist so herzlich und aufmerksam mir gegenüber. Das kann keine Nummer sein, um mich zu verführen. Er hat nicht auf irgendetwas Körperliches gedrängt. Im Gegenteil. Und ich weiß, dass unser Leben in unterschiedliche Richtungen verläuft, doch ich kann meine Gefühle nicht länger leugnen.

Er beugt sich zu mir herüber. „Was ist?"

Ich kaue auf meiner Unterlippe herum. „Was, wenn wir das Tanzen auslassen würden?"

„Oh, okay. Dann muss ich den Club anrufen. Ich habe einen privaten Bereich für uns gebucht." Er holt sein Handy aus der Tasche. „Willst du stattdessen was anderes?"

Ich nicke.

Er tippt auf seinem Display herum. „Und das wäre?"

„Dich."

Er blickt abrupt auf. „Du willst …" Dann begreift er und schüttelt schmunzelnd den Kopf. „Ruby, ich dachte, wir–"

„Ist mir egal", flüstere ich. „Ich reise in zwei Tagen ab. Ich kann nicht gehen, ohne zu wissen, wie es ist, mit dir zusammen zu sein."

Er lächelt mich selbstbewusst an. „Fantastisch natürlich."

Ich lache. „Daran zweifele ich keinen Moment."

Er blickt mir in die Augen. „Du musst dir sicher sein. Ich will nicht, dass du etwas bereust."

„Ich bereue nichts. Paris ist unsere kleine Seifenblase. Wir können tun, was immer wir wollen, und wenn wir wieder gehen, dann nur mit guten Erinnerungen."

„Uns bleibt immer Paris."

„Extrapunkte für das *Casablanca*-Zitat."

Er streicht mir eine Haarsträhne hinters Ohr. „Wenn ich gewusst hätte, dass wir eine Seifenblase in Paris haben werden, hätte ich dich vor Tagen hierhergebracht, anstatt auf Villroy den Touristenführer zu spielen."

„Eine Nacht. Das macht es zur Seifenblase. Eine einmalige Sache."

„Eine Nacht, nicht eine Sache." Er hält mich am Kinn fest und küsst mich zärtlich, bevor er mir in die Unterlippe beißt. „Deal." Dann nimmt er wieder sein Handy, wählt eine Nummer und führt ein rasches Gespräch auf Französisch, wahrscheinlich, um ein Zimmer in einem Tophotel zu buchen. Doch alles, was mich interessiert, ist, endlich mit ihm loszulassen. Nichts mehr zurückzuhalten.

～

Das Restaurant ist genauso, wie Phillip es beschrieben hat, angefangen bei der eleganten Tür hinter dem Säulengang am Place des Vosges. Es ist, als wäre ich in der Zeit zurückgereist, um mit der feinen Gesellschaft im Salon zu parlieren. Ich bin so froh, dass ich mein Kleines Schwarzes mitgebracht habe. Das Restaurant ist erstklassig. Kein Detail wurde übersehen, und ich versuche, alles auf mich wirken zu lassen, ohne zu gaffen – goldgerahmte Seidentapisserien, vergoldete Spiegel und Kronleuchter, Marmorböden mit kunstvollen Perserteppichen. Jeder Tisch ist elegant eingedeckt mit weißen Tischdecken, Kristallweingläsern, Porzellangeschirr, viel zu viel Besteck und einer kleinen Vase mit frischen Blumen. Ich folge Phillips Beispiel, welches Besteck er für welches Gericht benutzt. Er ist in diese Welt hineingeboren worden. Ich bin nur sein Gast.

Was Phillip nicht gesagt hat, als er mir das Restaurant beschrieben hat, ist, dass jedes Gericht ein Kunstwerk ist! Ich wusste nicht, dass man Essen so elegant präsentieren kann. Es ist fast zu schön, um es zu essen. Meine Vorspeise sind Jakobsmuscheln, die in einem Kreis angeordnet auf Frühlingsplatterbsensuppe mit frischen Kräutern und einer violetten Blüte in der Mitte serviert werden. Ich mache ein Foto, bevor ich das hübsche Arrangement ruiniere, was Phillip zum Lachen bringt.

Ich liebe alles, und Phillip ist so nett, mich seine Speisen kosten zu lassen. Er hat die Lammkrone bestellt und ich die Seezunge. Und wie süß ist das? Unter meinem Kartoffelpuffer spitzen winzige Babyspargelspitzen hervor! Doch mein absoluter Favorit ist die Nachspeise. Meine sieht aus wie ein Windbeutel, doch drinnen ist ein zweischichtiger Schokoladenkuchen mit einer süßen Mangocreme dazwischen. Phillips Schokoladenlavakuchen ist auch göttlich. Ich könnte wahrscheinlich beide Desserts allein wegputzen, denn so toll die Speisen auch sind, die Portionen sind nicht groß. Das ist Essen zum Genießen.

Der Koch, ein Mann um die siebzig, ist sogar aus der Küche gekommen, um uns zu begrüßen und zu sehen, ob wir zufrieden sind. Phillip und er haben sich ein bisschen auf Französisch unterhalten. Ich wünschte, ich könnte mehr sagen außer *bonjour* und *merci beaucoup*.

Nach dem Essen machen wir einen Spaziergang durch die Stadt, wie immer begleitet von seinen Bodyguards. Ich bin noch nie in Paris gewesen, und es gibt viel zu sehen, doch meine Gedanken sind schon bei später – dem Hotel, dem Bett, einem nackten Phillip. Ich bin nicht nervös wie sonst, wenn ich das erste Mal mit einem Typen ins Bett gehe. Ich bin aufgeregt. Wir haben einander in den letzten zwei Wochen ziemlich gut kennengelernt. Er ist ein guter Mann, und mein Bauchgefühl sagt mir, dass ich ihm vertrauen kann.

Auch jetzt spielt er wieder den Touristenführer, und ich bemühe mich, regelmäßig „cool" oder „oh, wirklich?" einzuwerfen.

Plötzlich bleibt er stehen, packt mich an den Oberarmen und dreht mich zu sich um. „Ruby, wo bist du mit deinen Gedanken? Langweile ich dich etwa mit der Tour?"

Ich werfe einen Blick in Richtung seiner Bodyguards, die sich diskret abgewendet haben.

Ich stelle mich auf Zehenspitzen und flüstere ihm ins Ohr: „Ich muss immer wieder an das Hotel denken. Kommen Henry und Rafe auch mit dahin?"

Er grinst. „Ja, aber nicht im Zimmer. Sie bleiben vor der Tür."

„Können sie uns da hören?", frage ich leise weiter.

Seine Augen glitzern amüsiert. „Hängt davon ab, wie laut du bist."

„Ich? Was ist mit dir?"

„Sie sind mich gewöhnt."

Ich stemme eine Hand in meine Hüfte. „Dann ist das nichts Ungewöhnliches für dich?"

Er neigt den Kopf. „Das ist eine komplizierte Frage. Wenn ich ja sage, verärgert es dich. Wenn ich nein sage, würde ich dich anlügen. Ich will dich nicht anlügen, Ruby."

Ich presse irritiert meine Lippen aufeinander, doch dann muss ich lachen. „Ich kenne deinen Ruf."

Er hebt mein Kinn und küsst mich auf die Nasenspitze. „Und du weißt, dass ich ihn nicht mehr will."

„Okay. Aber jetzt lass uns einfach ins Hotel gehen."

Er dreht sich zu Henry um. „Der Wagen ist schon unterwegs", nickt er.

Ich schüttele den Kopf in Henrys und Rafes Richtung. „Wie viel Sie wissen müssen. Sie sind wirklich sehr diskret."

„Danke, Ma'am", sagt Henry unbewegt.

„Das ist unser Job, Ma'am", fügt Rafe hinzu.

„Na dann." Ich drehe mich zu Phillip um und flüstere: „Falls ich zu laut werde, halt mir ruhig den Mund zu."

Er lacht, nimmt mich in den Arm und hebt mich hoch. „Das ist unsere Seifenblase, Ruby. Du kannst tun, was immer du willst."

Wenig später fahren wir vor dem Ritz vor. Natürlich. Diese Paris-Seifenblase wird im Nu vorbei sein. Es fühlt sich an wie ein Traum. So anders als mein Leben zu Hause, dass ich es gar nicht fassen kann.

Phillip nimmt mich an die Hand und führt mich zur Rezeption. Der Concierge erkennt ihn, checkt ihn mit ein paar Mausklicks ein und reicht ihm den Schlüssel.

„Sie wissen schon, was du willst?", flüstere ich.

„Ich habe vorhin angerufen und die Suite Imperiale gebucht. Ich dachte, dir würde das historische Interieur gefallen, nachdem du Innenarchitektin bist und den Amalienpalast so magst."

Ich vibriere quasi vor Begeisterung. So etwas bekomme ich zu Hause nicht zu sehen. Historische europäische Inneneinrichtung ist viel älter und eleganter als unser ältester Kram. Im Vergleich zu Europa sind wir als Land noch ziemlich jung.

„Dürfen wir Ihnen mit Ihrem Gepäck helfen, Hoheit?", fragt der Concierge in akzentfreiem Englisch.

Philipp antwortet freundlich. „Danke, wir sind ohne Gepäck da." Es scheint ihm nicht peinlich zu sein, dass er das Hotel für Sex benutzt, darum stört es mich auch nicht.

Ich gehe mit ihm zur Suite, wie immer dicht gefolgt von seinen Bodyguards. Als er mir die Tür aufhält, trete ich ein, und mir bleibt der Mund offen stehen. Das ist kein Hotelzimmer, das ist eine Wohnung! Und sie ist riesig!

Er schließt die Tür hinter uns, und die beiden Bodyguards bleiben tatsächlich auf dem Flur.

Von hinten legt er den Arm um meine Taille. „Und?"

„Fantastisch!"

„Sieh dir das Schlafzimmer an. Es ist eine Kopie von

Marie-Antoinettes Zimmer in Versailles. Wahnsinnig viel Gold."

Ich fege durch das Wohnzimmer mit den zwei Sitzbereichen auf ein Schlafzimmer zu. Das muss es sein. Alles hier drin ist Seide und vergoldet, die üppige Eleganz des achtzehnten Jahrhunderts. Die Suite ist quasi ein Museum voller antiker Möbel und Ölgemälde. Das Bett ist unglaublich mit einem geschnitzten Kopfbrett, mit seidenen Bezügen hinter einer Art von Balustrade am Fußende und gekrönt von einem goldenen Baldachin. Ich hole mein Handy aus der Tasche und fange an zu fotografieren. Der typische Tourist.

Ich drehe mich langsam im Kreis. Da sind auch ein Divan und zwei Sessel, diverse antike Tische und ein riesiger Kamin mit dem Gemälde eines dunkelhaarigen Mannes – wahrscheinlich Marie-Antoinettes Ehemann, der König. Ich habe keine Ahnung von französischer Geschichte. Ich blicke auf. Ein Kristallkronleuchter, aufwendiger Stuckdekor an den Decken und Wänden, und alles mit Gold abgesetzt. Es ist der Wahnsinn. Ich kann es kaum fassen. Wenn ich das gesehen hätte, bevor ich der Gästesuite im Palast meinen letzten Schliff verpasst habe, wäre ich wahrscheinlich verzweifelt, da ich jetzt weiß, wie weit meine Ideen von echter königlicher Eleganz entfernt sind.

Ich wende mich Phillip zu, der mir in das Zimmer gefolgt ist. „Unglaublich. Ist es seltsam, dass ich Fotos knipse, anstatt mich auszuziehen?"

Er lacht. „Mach so viele Fotos, wie du willst. Du sabberst ja geradezu. Ich wusste, dass das Zimmer eine gute Wahl für dich ist. Sieh dich in Ruhe um, ich gehe nirgendwohin."

Ich kehre zurück ins Wohnzimmer und wandere langsam durch die Suite. Zwei tiefrote Sofas mit Troddeln am Sockel bilden zwei Sitzbereiche, die von einem langen, geschnitzten Holztisch abgegrenzt werden. Glastüren führen auf einen Balkon mit Blick auf die Stadt. Ich gehe weiter zu einer Doppeltür, die in ein weiteres Schlafzimmer führt, das nicht so aufwendig ist wie das andere, aber immer noch wunderschön, ganz in blassblau gehalten. Auch hier reichlich Seide und Goldverzierungen. Das marmorne Badezimmer en Suite ist schön, was für mich die Frage aufwirft, wie viel prunkvoller dann das Badezimmer des anderen Schlafzimmers sein muss. Ich gehe zurück zu Marie-Antoinettes Zimmer.

Phillip ist gerade dabei, sein Jackett in einen Schrank zu hängen, und zwinkert mir zu, als ich an ihm vorbeigehe. Es ist so süß von ihm, dass er so geduldig auf mich wartet.

Schließlich öffne ich die Tür zum Badezimmer. „Gott ja", seufze ich. Ich lasse die riesige marmorverkleidete Whirlpoolwanne unter dem Fenster auf mich wirken. Sie ist groß genug für zwei. Auch hier gibt es einen Kamin und auf einem Tischchen warten diverse Luxusbadeöle und Lotionen. Weiße Rosen in einer goldenen Schale auf einem Schminktisch verströmen einen zarten Duft. Aufwendiger Stuck an den Wänden und Decken. Da ist noch eine Tür. Ich spähe hinein und finde, was sonst noch in ein Badezimmer gehört. Auch hier ist alles in Marmor gehalten und elegant wie erwartet. Ich kehre zu der göttlichen Wanne zurück. Das ist wie ein Spa in einem Museum. Unglaublich.

Ich kann mir vorstellen, wie teuer eine Nacht hier sein muss. Tausende von Dollars. Ich könnte mir das nie leisten. Phillip lebt wirklich in einer anderen Welt. Und Paris ist unsere Seifenblase. Ich habe bereits das Gefühl, mich von außen zu sehen und auf diesen unglaublichen Luxus herabzublicken, den ich mir bisher nicht einmal ansatzweise habe vorstellen können.

„Was willst du als erstes tun?", fragt er hinter mir, und ich zucke zusammen. Er lacht. „Sag jetzt nicht, dass du nervös bist. Das war deine Idee." Ich höre das Lächeln in seiner Stimme, die neckende Wärme.

Ich drehe mich lachend um. „Du hast mich erschreckt. Das Schlafzimmer hat mich umgehauen, ich bin wie in Trance."

„Schön, dass es dir gefällt. Willst du baden?"

„Allein?"

„Wenn du willst. Oder wir könnten zusammen baden, nachdem …"

Ich gehe zu ihm und schlinge meine Arme um seinen Hals. „Du bist so unglaublich geduldig. Du hättest auf mir sein sollen, nachdem du die Tür hinter uns abgeschlossen hattest."

Er schiebt seine warme Hand in meinen Nacken. „Ich will nichts überstürzen. Ich will dich genießen."

Ich seufze. Wen wundert es noch, dass ich dabei bin, mich in ihn zu verlieben?

Er senkt den Kopf, presst seine Lippen auf meine und zieht mich an sich. Der anfangs zärtliche Kuss wird schnell hungrig, und ein vertrautes Gefühl der Dringlichkeit rauscht durch mich hindurch, während ich mich an ihn dränge, doch diesmal muss ich nicht aufhören. Er muss nicht aufhören. Er schiebt mich vor sich her, während er mich küsst, bis wir an die Wand stoßen. Dann schiebt er mein Kleid über meine Taille und hebt mich hoch. *Ja.* Das ist so viel besser. Jetzt ist alles perfekt. Ich schlinge meine Arme und Beine um ihn. Er hat eine Hand an meinem Kiefer, während er meinen Mund verschlingt, die andere gleitet an meinem Hals hinunter, über mein Schlüsselbein zu meiner Brust und meinem harten Nippel. Ich stöhne leise.

Er ändert die Position und verteilt Küsse über meinen Hals. Ich will mehr. Mehr von ihm. Mehr Haut. Ich knöpfe sein weißes Hemd auf und finde darunter ein weißes T-Shirt. „Zu viele Klamotten", protestiere ich. „Zieh das aus."

Er küsst mich, beißt mir in die Unterlippe und lächelt gegen meinen Mund. „Keine Eile, schon vergessen?"

Ich zerre sein Hemd aus dem Bund seiner Hose. „Nerv nicht."

Er schmunzelt und stellt mich auf die Füße. Dann beobachte ich, wie er sein Hemd und sein T-Shirt auszieht und sie auf den Schminktisch wirft. Mein Mund wird trocken angesichts seiner männlichen Schönheit. „Ich liebe deine Schultern", platze ich heraus. „So breit und muskulös."

Er lächelt. „Danke."

Ein Klingeln ertönt, dann klopft es an der Tür. Meine Hand schießt an meinen Hals, mein Herz rast. „Sind das die Wachen? Stimmt was nicht?"

„Entspann dich, ist wahrscheinlich nur der Champagner, den ich bestellt habe."

Er geht hinaus ins Wohnzimmer und öffnet die Tür. Es scheint ihm überhaupt nichts auszumachen, dass er halbnackt ist. Die Tür schließt sich wieder, dann pfeift er. Ich komme ins Wohnzimmer, als er sich gerade umdreht, einen Schrank öffnet und ein paar Knöpfe drückt. Leiser Jazz plätschert aus Lautsprechern, die ich zuvor nicht bemerkt hatte.

Er sieht mich über die Schulter an. „Du bist ein bisschen schreckhaft, darum lass mich ein verführerisches Ambiente erschaffen."

„Oh."

„Mmm-hmm." Er stellt die Musik lauter und sagt irgendetwas, doch ich kann ihn nicht verstehen.

Ich gehe auf ihn zu. „Was?"

„Genau." Er deutet auf einen Marmortisch, auf dem der Champagner und eine goldene Schachtel mit einer rotbraunen Schleife stehen.

„Ein Geschenk für mich?"

Er legt die Arme von hinten um mich und flüstert mir ins Ohr: „Pralinen vom besten Chocolatier in ganz Paris."

Ich schmelze. Er hat nicht vergessen, dass ich Pralinen liebe. Wir haben viel Zeit damit verbracht, uns zu unterhalten und einander kennenzulernen. Ich lege eine Hand auf meinen Bauch. „Wenn ich nur nicht so voll wäre vom Abendessen."

„Du kannst sie sicher später gut gebrauchen, wenn du erschöpft bist, nachdem ich dich so richtig durchgefickt habe."

Mein Magen macht einen Satz, und plötzlich erwacht das Verlangen tief in mir. Es ist das erste Mal, dass er sich so vulgär ausdrückt, und er fühlt sich so viel realer an – viel weniger der perfekte Prinz, von dem man nur träumen kann.

Er streicht mir die Haare aus dem Gesicht und küsst meinen Hals. Ich entspanne mich und lasse das Verlangen in mir zu. Er zupft mit den Zähnen an meinem Ohrläppchen, dann flüstert er: „Dank der Musik müssen wir uns keine Sorgen machen, zu laut zu sein, der Champagner steht auf Eis, und die Jungs sind draußen auf dem Flur weit weg vom Schlafzimmer."

Ich drehe mich in seinen Armen um. „Aber wenn sie laute

Musik hören, dann wissen sie doch, dass es ist, um den Lärm zu übertönen, den wir beim Sex machen.“

„Ich habe ihnen gesagt, dass wir französische Poesie rezitieren wollen“, sagt er mit versteinerter Miene. „Sie waren so angewidert, dass sie Ohrenstöpsel in ihre Ohren gesteckt haben.“

Ich muss lachen, und er grinst. „Benutzen sie wirklich Ohrenstöpsel?“ Ich weiß, es ist unwahrscheinlich, doch ich könnte mich so viel besser entspannen, wenn ich wüsste, dass dem so ist.

Er antwortet nicht. Stattdessen nimmt er mich bei der Hand und führt mich ins Schlafzimmer. Er bleibt neben dem Bett stehen, tritt hinter mich und öffnet langsam den Reißverschluss meines Kleides. Dabei lässt er die Finger über meine Wirbelsäule gleiten und lässt mich erschaudern. Ich starre das elegante Bett mit der blassgelben, natürlich ebenfalls goldverzierten Seidenbrokatdecke an und platze heraus: „Das ist viel zu hübsch, um es zu zerwühlen.“

„Willst du es lieber auf dem Boden machen?“

„Das ist ein Perserteppich!“

Ich nehme die Seidenbrokattagesdecke vom Bett, sodass nur noch die seidenen Laken übrig sind, und sehe mich nach einem Platz um, wo sie durch nichts beschädigt werden kann.

Phillip nimmt sie mir ab und hängt sie über einen Sessel, während er mich schief ansieht. „Langsam glaube ich, ich hätte dich besser ins Holiday Inn bringen sollen.“

Ich lache. „Tut mir leid.“

„Muss es nicht, aber zieh dich endlich aus.“ Er streift mir das Kleid von den Schultern und hilft mir, herauszusteigen. Ich greife nach seiner Gürtelschnalle, doch er weicht zurück.

Seine Stimme ist rau. „Lass mich dich ansehen.“ Ich versuche, nicht herum zu zappeln. Ich weiß, dass ich zierlich bin und nirgendwo wirklich kurvig. Viel weniger dran, als viele Männer es gerne mögen.

Er verzehrt mich mit Blicken, angefangen bei meinem schwarzen Spitzen-BH, hinunter zum passenden Höschen und den schwarzen Pumps. „So schön, Ruby. So verdammt sexy.“

Und bei ihm fühle ich mich tatsächlich schön. Ich werfe mich in seine Arme, dann küssen wir uns leidenschaftlich. Seine Hände sind überall. Ich unterbreche den Kuss und konzentriere mich wieder darauf, ihn auszuziehen. Ich öffne seine Gürtelschnalle, und diesmal lässt er mich gewähren. Dann öffne ich seine Hose und habe ihn endlich in der Hand. Er stöhnt und legt den Kopf in den Nacken. Ich mache weiter und ziehe ihn bis auf die Socken aus. Er ist beeindruckend, so, wie seine dicke Erektion mir entgegenragt. Seine Beine sind stark und muskulös. Er zieht seine Socken aus, während ich aus meinen Pumps schlüpfe.

Wir starren einander einen prickelnden Moment lang an, bevor wir aneinander klatschen, die Münder fordernd, die Hände grabschend, verrückt nacheinander. Die Intensität ist anders als alles, was ich je zuvor gespürt habe. Ich brauche ihn wie meinen nächsten Atemzug. Wir fallen aufs Bett, ein Gewirr aus Armen und Beinen. Er rollt auf mich und stützt sich auf seine Unterarme, während er mich beinahe grob küsst. Ich grabe meine Finger in seine dicken Haare, überwältigt von all meinen Empfindungen. Da ist nichts außer der Hitze seines Körpers, dem Feuer, das zwischen uns lodert, sein Geschmack, sein Duft. Er rutscht an mir herunter, küsst meinen Hals, mein Schlüsselbein, erkundet alles mit der Zunge.

„Jetzt bin ich dran", sage ich und schiebe ihn von mir. „Ich wollte jeden deiner spektakulären Muskeln lecken, seit ich dich das erste Mal gesehen habe."

Er rollt von mir auf den Rücken und streckt die Arme aus. „Dein Wunsch ist mir Befehl."

Ich setze mich rittlings auf ihn, triumphierend, die Hände auf seinen Schultern, und lasse seine beeindruckende Brust auf mich wirken.

„Und?", neckt er. „Willst du mich nur ansehen?"

Ich beuge mich hinunter und küsse ihn, beiße in seine volle Unterlippe und sauge daran. Er stöhnt. Meine Hände wandern von seinem kantigen Kiefer seinen Hals hinunter und über seine Schultern. Seine Hände liegen auf meinen Hüften, bewegen sich jedoch nicht. Ich rutsche tiefer, küsse

und beiße und koste, doch dann halte ich an seinem Nippel
inne, um mit ihm zu spielen. Ich lasse meine Zunge schnal-
zen, und er stöhnt. Ich muss lächeln. Ich mache weiter,
erkunde seine Bauchmuskeln, lecke sie wie Eiscreme und
wandere weiter hinunter, während sein männlicher Duft mich
nur noch mehr erregt. Ich nehme seine Erektion in die Hand
und lecke darüber – von der Wurzel bis zur Kuppe. Er stöhnt
leise. Ich lecke den salzigen Tropfen von der Spitze und sauge
sie in meinen Mund. Seine Finger graben sich in meine Haare,
während er die Hüfte von der Matratze hebt. Ich nehme ihn
so tief in mich auf, wie ich kann, und blicke zu ihm auf. Sein
Mund ist entspannt, seine Augen weich. Er beobachtet mich.
Ich mache weiter, da ich ihm auch etwas geben möchte,
nachdem er mir so viel gegeben hat. Ich bin feucht zwischen
den Beinen, das Verlangen schmerzt geradezu, doch sein
Genuss facht mich nur weiter an.

Er zuckt zusammen und zieht abrupt an meinen Haaren.
„Ruby!"

Widerwillig lasse ich von ihm ab und hebe den Kopf.
„Was ist?"

„Ich bin dran", knurrt er.

Ich reiße die Augen auf angesichts der Schroffheit in
seiner Stimme, die mir neu ist, und dann ist er auf mir, sein
Mund auf meinen gepresst, während er sich auf mir niederlässt. Ich schlinge meine Arme um seinen Nacken und spreize
die Beine.

Er küsst einen Pfad zu meinem Ohr. „Gott, so feucht,
dabei habe ich dich noch nicht einmal angefasst."

„Dir einen zu blasen, hat mich heiß gemacht."

Er senkt den Kopf.

„Phillip?"

Er hebt den Kopf wieder, nimmt mein Gesicht in eine
Hand. „So verdammt sexy." Er küsst mich erneut, lange und
leidenschaftlich. Mit einer Hand liebkost er meine Brust,
dann schließt sich sein Mund darüber und saugt meinen
Nippel tief in seinen Mund. Scharfe Lust schießt bei jeder
Saugbewegung durch mich hindurch. Meine Beine sinken
weit geöffnet auf die Matratze. Ich will ihn dort, genau dort.

Er wendet sich der anderen Brust zu, liebkost sie, küsst sie und saugt an ihr. Als er in meinen Nippel beißt, schnappe ich nach Luft, und mein Rücken biegt sich durch. Dann öffnet er den Mund wieder und leckt und saugt weiter. Mein Atem kommt jetzt stoßweise, das Verlangen hat mich gepackt.

„Phillip, küss mich. Fick mich." Ich will seinen Mund wieder auf meinem, und ich will ihn in mir spüren.

Plötzlich taucht er weiter ab und küsst mich zwischen den Beinen. Ich erschaudere. Er blickt mir in die Augen, während er mich mit trägen Fingern streichelt. „So sensibel", schnurrt er.

„Du hast mich über– Ah!" Meine Hüfte schießt in die Höhe und glühendheiße Lust nimmt mir den Atem. Er hat den Kopf gesenkt und saugt, während er mit den Fingern in mich hineinstößt. Jetzt lässt er sich keine Zeit. Mit einer Hand presst er meine Hüfte auf die Laken, während er mich mit den Fingern der anderen fickt und mich verschlingt. Ich erzittere unter ihm, meine Fingernägel graben sich in seine Schultern, und ich wimmere zusammenhanglos, während mein Verstand nach Erlösung schreit. Ich bringe kein Wort heraus. *Ich brauche … bitte, bitte, bitte.*

Er hebt den Kopf und beobachtet mich, während er mich weiter mit den Fingern fickt. Ich keuche, ich bin rot vor Hitze. Ich kann immer noch nichts sagen. Er grinst, ein selbstzufriedener Blick, und senkt den Kopf wieder. *Ja!* Nur jetzt ist er zärtlich. Süße Küsse, eine langsame Zunge, und auch seine Finger werden zärtlicher.

Ich stöhne und ziehe an seinen Haaren. „Ich bin so verdammt nah dran, hör nicht auf."

„Ich höre nicht auf."

„Mehr, ich will mehr." Ich bin schamlos.

„Forderndes kleines Luder", knurrt er und macht sich wieder daran, mich in den Wahnsinn zu treiben. Er stößt wieder härter zu, und ich bin so dankbar, dass ich nicht aufhören kann zu stöhnen. Ich bin laut, und es ist mir egal. Sein Mund, sein schöner, hungriger Mund verzehrt mich. Seine Finger besitzen mich. Er treibt mich so weit, dass ich innerhalb von Minuten vor Verlangen zittere. Mein Innerstes ist zum Zerreißen gespannt.

„Sieh mich an", sagt er barsch.

Ich reiße die Augen auf und sehe ihn an. Er beobachtet mich, während er den Kopf wieder senkt und sanft saugt, und seine Finger – o Gott, der Druck. Einen Moment wird mir schwarz vor Augen, dann explodiert meine Welt, und meine Hüfte zuckt hilflos unter ihm. Elektrische Gefühle branden durch meinen Körper und strahlen bis in meine Fingerspitzen und Zehen aus. Selbst meine Kopfhaut prickelt. Ich bin ein schimmernder Komet, der durchs All schießt.

Er klettert an mir empor, streicht mir die schweißnassen Haare aus dem Gesicht und küsst mich. Ich lächele an seinen Lippen. Ich bin so matt, schmelze in die Matratze. Ich denke daran, dass ich ihn jetzt einladen sollte, mich zu ficken, doch ich kann nichts sagen, mich nicht bewegen. Es scheint ihn nicht zu stören. Er legt sich neben mir auf die Seite und streichelt mich von den Schultern zu meinem Handgelenk und über meine Hüfte. Selbst das fühlt sich gut an, und eine wunderbare Wärme geht von seinen Berührungen aus.

Endlich finde ich meine Stimme wieder. „Ich will mehr tun, aber ich kann mich nicht bewegen."

„Sch... lass mich dich einfach berühren."

Und das tue ich. Ich liege da, warm und entspannt, während er mich streichelt, bis er mich schließlich in seine Arme zieht und mich einfach festhält. Ich schmiege mich an ihn, sicher, zufrieden und befriedigt. Dann trifft mich die Wahrheit wie eine Dampframme.

Ich bin verliebt.

Fuck. Nein. Das soll unsere eine Nacht sein, hier in Paris. Unsere Seifenblase. Unsere Erinnerung. Tränen brennen in meinen Augen. Verdammt.

Ich packe seinen Kopf und küsse ihn aggressiv, um die Leidenschaft und das ungezügelte Verlangen wiederzufinden. Er ist sofort da, sein Mund fordernd, und dann rollt er auf mich und schiebt sich zwischen meine Beine. Plötzlich hält er inne und wendet sich dem Nachttisch zu. Dort hat er

Kondome deponiert, und ich habe es nicht einmal mitbekommen.

Er rollt eines über und lässt sich wieder zwischen meinen Beinen nieder. Mit seinen großen Händen hält er mein Gesicht und blickt mir in die Augen.

Gefühle schnüren mir den Hals zu, und ich schlucke schwer.

„Bist du okay?", fragt er.

Ich packe seinen Po und ziehe ihn an mich. „Ja, fick mich."

Er stößt hart zu, bis zum Anschlag, presst seinen Mund auf meinen und schluckt meinen Schrei herunter. Er ist so viel größer als ich. Er dehnt mich, dick und hart, und bringt einen süßen Schmerz. Er flüstert in mein Ohr: „Du bist so eng. So gut."

Ich versuche, mich unter ihm zu entspannen. Und dann küsst er mich zärtlich, während er in mich hineinpumpt, langsam und sicher, und ich entspanne mich tatsächlich. Die Lust baut sich langsam auf. Er sieht mich mit solcher Zärtlichkeit an, dass es mir den Atem nimmt. Kein Mann hat mich beim Ficken je so angesehen. Doch das liegt daran, dass er mich nicht fickt. Er macht Liebe mit mir.

Ich kralle meine Nägel in seinen Rücken und beiße ihm in den Hals. Seine Reaktion folgt schnell. Er schiebt eine Hand unter meine Hüfte und kippt sie, um tiefer in mich einzudringen. Während er hart in mich hinein rammt, keucht er mir ins Ohr.

„Komm mit mir", stöhnt er.

„Ja", keuche ich tonlos, und er ist gnadenlos und stößt mich weiter und weiter der Klippe entgegen. Mein Körper zuckt um ihn herum. Ich ringe nach Luft.

Er packt mein Kinn, sieht mir in die Augen, und unser Atem wird eins, während unsere Körper verschmelzen. Seine Stimme ist tief und fordernd. „Jetzt."

Ich explodiere. Der Orgasmus zerreißt mich. Er lässt los und stößt weiter und weiter, bringt mehr und mehr Lust, Welle um Welle, bis wir beide erschöpft sind. Er sinkt auf mich, ein köstliches Gefühl. Ich versuche, mir jedes Detail dieses Augenblicks einzuprägen. Der Geruch nach Sex, unsere erhitzte Haut aneinandergepresst, das Pochen meines Herzens, das euphorische Hoch.

Es ist ein *perfekter* Moment.

Er stützt sich hoch, legt eine Hand an meine Wange und küsst mich. „Ruh dich aus. Ich habe noch Einiges mit dir vor."

Ich bin zu befriedigt, um mich zu bewegen, wie im Traum sage ich: „Sollte ich mir Sorgen machen?"

Er lächelt. „Nur, wenn multiple Orgasmen für dich Grund zur Sorge sind."

Ich lächele und bin mir sicher, dass ich dämlich dabei aussehe. „Ich glaube, ich l–" Ich presse meine Lippen aufeinander.

Er hält inne. Ich starre sein Kinn an, unfähig, ihm in die Augen zu blicken, und wünsche mir verzweifelt, ich könnte es zurücknehmen.

Er rollt von mir und steht auf.

Ich schließe die Augen und schelte mich für die Emotionen, die wahrscheinlich nur hochkommen, weil ich seit meinem Ex mit keinem anderen Mann zusammen gewesen bin. Jetzt habe ich ihn wahrscheinlich verschreckt. *Gut gemacht, Ruby. Du und deine Seifenblase. Oh, sicher, alles unverbindlich, nur eine glückliche Erinnerung.*

Die Musik endet abrupt. Die plötzliche Stille ist krass. *Die Party ist vorbei.* Ich dachte, wir würden die ganze Nacht bleiben, doch ich habe es ruiniert. Jetzt war es einmal und fertig.

Ich setze mich auf. Wahrscheinlich sollte ich mich anziehen. Offensichtlich kann ich unverbindlich nicht. Doch dann–

Phillip kommt zurück. Er ist nackt, köstlich nackt, und hält die Champagnerflasche und zwei Gläser in der einen und die Pralinen in der anderen Hand.

Tränen steigen mir in die Augen, und ich presse meine Lippen aufeinander. Er will nicht gehen. Ich habe es nicht ruiniert.

Er stellt alles auf den Nachttisch. Dann schiebt er mich auf meinen Rücken und deckt mich zu, bevor er ohne ein Wort zu mir ins Bett kommt.

Ich bleibe auf dem Rücken liegen, den Mund geschlossen,

unsicher, was ich sagen soll. Soll ich überhaupt etwas sagen? Soll ich so tun, als hätte ich gerade nicht beinahe das *L*-Wort gesagt? Er rollt sich auf die Seite. „Ruby."

„Hm?"

„Wolltest du den Satz nicht zu Ende sagen?"

Ich schlucke und starre an die Decke. „Welchen Satz?"

Seine warme Hand gleitet auf meinen Bauch. „Du weißt, welchen."

Ich überlege, was ich tun kann – leugnen, gehorchen – und denke über die jeweiligen möglichen Konsequenzen nach. Mein zartes Herz will geschützt werden. Ich bin so ein Idiot, weil ich mir eingebildet habe, dass ich unverbindlich kann. Jetzt hängt mein Herz im Wind. „Warum?"

„Ich will es hören."

Ich kann nicht. Zu riskant. „Das war nur in der Hitze des Moments. Ich habe mir nichts dabei gedacht."

Seine Hände wandern meine Rippen empor. „Dann hat da nur der Orgasmus gesprochen?"

Ich lache leise. „Ja."

„Ich verstehe." Er zieht mich in seine Arme, Brust an Brust, und legt sein Kinn auf meinen Kopf und eine Hand auf meine Wange. Er seufzt. Leise sagt er: „Ich hoffe, er spricht nochmal, denn ich denke … mir geht's genauso."

Ich kann nicht atmen. Er liebt mich auch. Mein Herz rast. Wie ist es so schnell dazu gekommen? Und was soll ich mit diesem unglaublichen Geschenk anfangen?

10

Phillip

Ich liege in der Dunkelheit und halte Ruby, die so perfekt in meine Arme passt. Meine Gedanken kreisen um die nächsten Schritte. Ich kann nicht umhin zu denken – trotz des furchtbar schlechten Timings, trotz des Ballasts, den wir beide mit uns herumschleppen – dass es eine gute Sache ist. Sie hat starke Gefühle für mich, und ich habe versucht, meine zu leugnen, doch es nützt nichts. Ich habe bereits geglaubt, dass wir kompatibel sind, doch jetzt, wo wir endlich die Grenze überschritten haben, weiß ich, dass wir es sind – und das überall, wo es zählt. Sie ist für mich gemacht, meine Seelenverwandte. Mein Titel, mein Reichtum und der bescheuerte *Hottie*-Spitzname sind ihr egal. Sie sieht mich, wie ich wirklich bin. Anders als meine bisherigen Freundinnen ist sie weder eitel noch oberflächlich. Sie ist herzlich, ehrlich, aufgeschlossen, ein strahlendes Energiebündel, das ich in meiner Nähe behalten will. Als ich aufgehört habe, nach der perfekten Frau zu suchen, ist sie in mein Leben gekommen.

Ich inhaliere sie, den zart-blumigen Duft ihres Shampoos und etwas Süßes, das so typisch für Ruby ist. Mit einem leisen Seufzen rollt sie sich auf die andere Seite. Sie schläft. Ich schmiege mich von hinten an sie, angetörnt von dem

Gefühl Haut an Haut, doch auch schläfrig. Meine Gedanken wandern, und meine Augen fallen zu.

Ich muss eingeschlafen sein, doch ich erwache mit einer Hand auf ihrer Brust und der anderen zwischen ihren Beinen. Sie ist heiß und feucht.

„Bist du wach?", frage ich, ein wenig erschrocken, dass ich sie befummelt habe, während sie geschlafen hat.

„Ja", flüstert sie über ihre Schulter. „Ich habe deine Hände genau dahin geschoben, wo ich sie gebraucht habe, und gehofft, dass du aufwachen und den Wink verstehen würdest."

Ich lächele. *Den Wink.* Sie ist definitiv für mich gemacht – verspielt, sexy und amüsant. „Einen Moment." Ich nehme ein weiteres Kondom aus der Schublade, rolle es über und schmiege mich wieder an sie, nur diesmal dringe ich gleichzeitig in sie ein. Ich höre, wie sie scharf Luft holt. Sie ist zierlich, eng und in dieser Position noch enger. Sie fühlt sich unglaublich an. Ich hebe ihr Bein an und schiebe es über meines; dann wandert meine Hand wieder dorthin, wo sie mich haben wollte, und ich massiere sie. Sie biegt sich zurück, als wollte sie meinen Fingern entkommen, doch ich habe sie und treibe sie dem Abgrund entgegen, während ich langsam in sie hineinstoße. Ich habe es vorhin genossen, sie zu quälen, bis sie vollkommen aufgelöst und zitternd gekommen ist und mein innerer Höhlenmensch triumphierend gebrüllt hat. Ich wusste nicht, was ich gebraucht habe, bis sie es mir gegeben hat.

Sie greift nach meiner Schulter, gräbt ihre Nägel hinein, den Rücken durchgebogen, während sie ungehemmt stöhnt, was mich nur noch dicker und härter macht. Ich zwinge mich, langsam zu pumpen, da ich will, dass sie es länger genießt.

„Phillip! Ah!"

Ich halte inne und sie erschlafft, ihre Finger lassen los, ihr Rücken entspannt sich gegen mich. Ihre Reaktionen auf meine Berührungen sind intensiv.

Als ich ihren Hals küsse, ist ihre Samthaut heiß. Sie biegt ihren Hals, um mir besseren Zugang zu gewähren. Ich schiebe meine Hand über ihren flachen Bauch empor zu ihrer weichen Brust, dann zwicke ich ihr in den Nippel. Sie zuckt, und ich lasse los, bevor ich meine Hand wieder zwischen ihre Beine schiebe und wieder anfange, in sie hineinzustoßen, tief und langsam. Dann halte ich meine Hand still und lasse das Gefühl in mir aufbranden. Sie fühlt sich unglaublich an, eng und heiß, und ich brauche jedes Bisschen Willenskraft, um nicht wie ein Wilder in sie hineinzurammen.

Sie presst sich an mich, immer wieder, nimmt mich in sich auf, tiefer und tiefer, während ihr Atem stoßweise kommt. Dann packt sie meine Hand und reibt sich mit meinen Fingern. Ich stoße tief zu, presse sie an mich und beiße ihr in den Hals. „Sag mir, was du willst."

„Deine Finger", keucht sie. „Ich schwöre, du weißt, wenn ich kurz davor bin, und spielst mit mir!"

Ich streichele sie mit dem Daumen, und sie atmet zitternd aus. „Es macht so viel Spaß, mit dir zu spielen, da kann ich einfach nicht anders."

Sie brummt frustriert, und ich gebe ihr ein bisschen mehr. Sie wimmert, und ich gebe ihr noch mehr, meine Berührung fester, meine Stöße heftiger. Sie biegt sich gegen mich und gräbt eine Hand in meine Haare.

„Du kommst, wenn ich dich kommen lasse", flüstere ich ihr ins Ohr. Sie erschauert, und ich halte sie still, mein Schwanz tief in ihr. Sie stöhnt leise und entspannt sich an mich, eine süße Kapitulation. Ich stelle mir vor, sie zu fesseln, und stoße tief zu, immer wieder. *Fuck, fuck, fuck. Reiß dich zusammen.* Ich will, dass sie mit mir kommt.

Ich massiere sie, während ich mir einen weiteren, tiefen Stoß erlaube. Ihr Stöhnen wird zu Klagelauten, die wie ein Brüllen an meine Ohren dringen. Ich pumpe hart und tief, rase auf meinen eigenen Orgasmus zu, angefeuert von ihren Schreien, und als ich schließlich loslasse, bricht der Höhepunkt wie eine Welle über mir zusammen und trifft mich mit voller Wucht. Ich presse sie an mich, während mein Körper zittert und ich immer noch in sie hinein pumpe, weil es sich so unglaublich anfühlt. Schließlich verharre ich und halte sie fest in meinen Armen. Wir atmen beide schwer. Unsere

Körper sind schweißgebadet. Sie erschlafft, was bedeutet, dass ich es richtig gemacht habe.

Ich streiche ihr die Haare aus dem Gesicht und streichele ihre Schulter.

Sie stößt einen glücklichen Laut aus. „Phillip?"

Ich streichele wieder über ihre Haare, die sich so seidig anfühlen. „Was ist? Warte, lass mich raten: Du willst dich bei mir für einen überaus befriedigenden Fick bedanken."

Sie blickt mit schweren Lidern über ihre Schulter. „Das bekommst du zurück." Sie dreht sich auf ihren Bauch. Ich schmunzele und streichele die süße Rundung ihres Pos. „Ich freu mich drauf."

Keine Antwort. Ich glaube, ich habe sie wieder müde gespielt.

~

Ruby

Ist es falsch, dass ich Phillip ins Bad eingeladen und ihn dann gnadenlos gefoppt habe, indem ich mich an ihm gerieben, ihn massiert und ihn dann gebeten habe, mir den Rücken zu waschen, bevor ich mich auf die andere Seite der Wanne zurückgezogen habe? Das nennt man Revanche, und niemand hat das mehr verdient als er. Es macht ihn offensichtlich an, mich in meiner Lust als Geisel zu halten, Millisekunden vom Orgasmus entfernt, und mich dann wieder von vorn anfangen zu lassen. So mache ich das jetzt schon seit fast einer Stunde mit ihm, und ich liebe es. Hm, vielleicht macht es mich auch an. Könnten wir noch besser zusammenpassen? Ein Anflug von Traurigkeit dringt in meine glückliche Seifenblase ein. Ich werde bald nach Hause fliegen, und er geht weiß Gott wie lange auf Tour um den Globus. Ein Jahr oder mehr? Wir sind so verschieden, es macht keinen Sinn, dass wir so gut zusammenpassen.

„Komm her, Ruby", schnurrt er von der anderen Seite der Wanne. „Auf dem Champagner hier steht dein Name."

Ich bewege mich nicht, da ich annehme, dass er dabei ist, zum Gegenangriff überzugehen. Das ist *meine* Party. Seine große Hand schließt sich um meinen Knöchel und zieht daran. Nicht fest genug, um mich unter Wasser zu ziehen, doch deutlich spürbar. Ich ignoriere die Bemerkung und ziehe den Haargummi, den ich in meiner Handtasche gefunden habe, aus meinen Haaren. Seine Hand wandert über meine Wade zu meinem Knie empor und schiebt meine Beine auseinander. Ganz klar ein Zug in unserem sinnlichen Folterspiel.

„Du bist raffiniert", sage ich ihm, während ich schnell meine Haare wieder hochbinde.

Er packt mich an den Oberschenkeln und zieht mich durchs Wasser auf ihn zu, bevor er das Champagnerglas an meine Lippen setzt. Ich trinke einen Schluck, dann trinkt er einen, seine aquamarinblauen Augen auf mich gerichtet. Ich könnte in diesen Augen ertrinken. Alles in mir wird warm, vom Hals zur Brust und bis in meinen Bauch hinein. Alles von einem einzigen Blick.

Ich unterbreche den Blickkontakt und spähe um ihn herum. „Wo ist die Schokolade? Wir sollten die zum Champagner essen." Es ist früh am Morgen, fast vier Uhr. Schokolade hört sich wie ein gutes frühes Frühstück an, und ich habe Hunger.

Er antwortet nicht, stattdessen hält er mir wieder das Glas an die Lippen und kippt es, damit ich einen großen Schluck trinke. Es stört mich nicht. Der Champagner ist köstlich, besser als jeder andere Champagner, den ich je getrunken habe. Er trinkt das Glas aus und stellt es wieder auf den Rand der Wanne.

Er nimmt mein Gesicht in beide Hände. „Ich will dir was sagen, und ich will nicht, dass du wütend wirst."

Ich blinzele. Normalerweise verspanne ich mich, wenn ich schlechte Nachrichten erwarte, doch das ist unmöglich, nach diversen Orgasmen, einem heißen Bad und Champagner auf leeren Magen. „Worum geht's?"

Ein Lächeln umspielt seine Lippen. „Das waren keine Pralinen, die ich habe liefern lassen. Es war eine Packung Kondome."

Ich spritze ihm einen Schwall Wasser ins Gesicht. „Phillip! Ich hab mich so auf die Schokolade gefreut!"

Er lacht und wischt sich den Schaum aus den Augen. „Soll ich dir welche bestellen?"

„Gott, nein, die denken womöglich, wir brauchen mehr Kondome."

„Ich werde ihnen klar und deutlich sagen, was ich will."

Ich werde rot, als ich mir die Konversation vorstelle. *Nein, diesmal keine Kondome. Wir haben noch ein paar übrig. Ja, diesmal will ich wirklich Pralinen in der Schachtel.* „Nein, danke."

„Okay."

Ich presse meine Hände auf meine glühenden Wangen. „Das ist ja so peinlich."

„Du wolltest mich so sehr. Was hätte ich tun sollen? Dich warten lassen, während ich schnell zur Apotheke renne?" Er hält die Hände wie eine Flüstertüte vor den Mund. „Achtung, Achtung. Prinz Phillip Rourke braucht eine Packung Kondome!"

Ich lache.

Er schmunzelt. „Ich musste diskret vorgehen."

„Warum hast du mir nicht gesagt, was in der Schachtel war?"

Er schiebt eine Hand in meinen Nacken und zieht mich an sich für einen schnellen Kuss. „Weil du bereits nervös warst, weil meine Jungs in der Nähe sind, und ich nicht wollte, dass du noch nervöser wirst, weil ich den Concierge um ein Dutzend Kondome in einer Pralinenschachtel gebeten habe. Noch ein Grund, warum es gut ist, dass du kein Französisch verstehst. Ich kann dich mit einem aufmerksamen Kondom-geschenk überraschen."

„Es war aufmerksam von dir." Ich strahle ihn an. Ich kann nicht anders. Seine Rücksicht auf meine Gefühle ist mehr als alles, was ich je einem Mann zugetraut habe. „Warte, du würdest aber meine Unkenntnis der französischen Sprache nicht gegen mich benutzen, oder?"

Er legt eine Hand auf sein Herz. „Das tut weh. Und jetzt bedank dich bei mir für die Kondome."

Ich klettere auf seinen Schoß und schlinge Arme und Beine um ihn. „Danke."

Er schiebt meine Haare hinter mein Ohr und hält mein Gesicht in seinen Händen. „Wenn du mit mir zusammen bist, musst du dich daran gewöhnen, in der Öffentlichkeit zu stehen. Und manche Dinge ein bisschen anders anzugehen."

„Wie zum Beispiel Kondome in einer Pralinenpackung zu ordern."

Er küsst mich und lächelt gegen meinen Mund. „Ganz genau."

Und dann küsse ich ihn leidenschaftlich und lege alles in den Kuss, was ich für diesen wunderbaren Mann empfinde. Es gibt nur Hunger und ein Verlangen, das mit jeder Vereinigung intensiver wird. Ich brauche das. Ich brauche ihn.

Stunden später trete ich aus der Dusche und wickele mich in ein flauschiges weißes Handtuch. Phillip steht unter der Dusche, die Hände an den Fliesen, den Kopf gesenkt, während er immer noch um Atem ringt. Ich bin ziemlich zufrieden mit meiner Arbeit da drin. Das Spiel macht Spaß. Nach unserem Bad sind wir zurück ins Bett gegangen, haben Liebe gemacht, geschlafen, wieder Liebe gemacht, und erst viel später haben wir es dann unter die Dusche geschafft. Ich habe ihm gerade einen Blowjob gegeben, von dem er sich so schnell nicht erholen wird. Es war nur fair, nachdem er mich so höflich gebeten hatte, mich an die Bettpfosten fesseln zu dürfen, und dann die Kontrolle über meine Orgasmen übernommen hatte. Nach dem Fünften bin ich tatsächlich in Ohnmacht gefallen.

Ich nehme ein zweites Handtuch und lasse es gegen seinen Hintern klatschen. Er richtet sich auf und sieht mich mit zusammengekniffenen Augen an.

„Beweg dich, Rourke. Wir müssen uns anziehen, damit wir was essen gehen können."

Er nimmt das Handtuch, wickelt es sich um die Taille und tritt ganz dicht an mich heran. „Powertrip oder was?"

Ich grinse. „Oh ja. Und das ist allein deine Schuld. Du hast mir das Spiel beigebracht."

Er wickelt meine Haare um seine Faust, zieht daran und zwingt mich, zu ihm aufzublicken, bevor er mich küsst. „Ich liebe es." Nur, dass es klingt wie: *Ich liebe dich.* Eindringlich, intensiv, von Herzen.

Ich starre ihn an. Mein Herz pocht in meinen Ohren. Keiner von uns hat es ganz ausgesprochen. Es ist erhebend und beängstigend zugleich.

Er sieht mich ruhig an. „Komm mit mir auf die Global Sun Water Tour."

Ich schlucke den Kloß in meinem Hals hinunter. „Phillip, wir hatten eine wunderbare Nacht, aber wir hatten uns auf ein Limit geeinigt."

„Sie dauert nur fünf Wochen."

„Ich muss nach Hause."

Er lässt meine Haare los, und ich verlasse das dampfige Badezimmer, um meine Kleider zu suchen, die ich nicht getragen habe, seit wir diese Oase von einem Hotelzimmer betreten haben.

Er beobachtet mich einen Moment lang, dann wendet er sich ab und sammelt seine Kleider ein, bevor wir uns schweigend anziehen.

Zurück in die Realität.

Er bestellt Mittagessen beim Zimmerservice. Jetzt ist mir unbehaglich zumute. Ich ringe die Hände, und es tut mir leid, dass es so gekommen ist nach all dem Spaß und, ja, der echten Zuneigung zwischen uns.

„Ich sehe mal nach den Jungs", sagt er und verlässt das Zimmer.

Ich gehe zum Fenster, doch ich sehe nicht wirklich etwas, da ich plötzlich erschöpft bin. Ich habe letzte Nacht nur in kurzen Intervallen geschlafen. Irgendwie weiß ich, dass ausgiebiges Schlafen die Schwere in meinen Gliedern nicht lindern wird. Ich muss nach Hause zurück. Dort wartet eine echte Chance auf eine Karriere auf mich. Meine kleine Schwester wird bald zur Welt kommen. Meine Karriere und meine Familie sind mir wichtig. Und ich mache mir nicht vor, dass es mir leichtfallen würde, Phillip nach fünf gemeinsamen Wochen zurückzulassen. Ich bin dabei, mich in ihn zu verlieben, und es würde nur noch schlimmer werden. Außerdem bedeutet es auch nicht, dass er sich an mich binden würde. Alles, was ich davon hätte, wäre Leid. Und ich bin nicht bereit, schon wieder in eine so dunkle Phase einzutreten.

Ich habe das Richtige getan, als ich seine Bitte abgeschlagen habe. Mein Magen zieht sich zusammen, und ich hole zittrig Luft. Ganz gleich, wie beschissen es sich jetzt anfühlt, die Antwort muss nein sein.

Ein paar Minuten später kommt Phillip zurück. Er nimmt meine Hand, führt mich zum Sofa und setzt sich neben mich. „Bitte hör mich an. Ich bitte dich nur um fünf Wochen deiner Zeit. Komm mit mir nur auf die Tour mit Global Sun Water. Keine Kosten für dich. Keine Verpflichtungen. Danach kannst du nach Hause zurück, und ich fange meine Arbeit für die UN an.“

Ich schließe einen Moment lang die Augen. Die Aufrichtigkeit in seiner Stimme zerreißt mich. Es ist so viel leichter, nein zu sagen, wenn ich ihn dabei nicht ansehen muss. Ich ermahne mich, dass es unmöglich ist, noch mehr Zeit miteinander zu verbringen, ohne unser beider Herzen zu riskieren. Es würde nur die unausweichliche Trennung hinauszögern. Ich riskiere einen Blick. Er sieht mich aufmerksam an. Seine Miene ist hoffnungsvoll.

Ich atme langsam aus. „Phillip, ich bin gerade erst dabei, meine Karriere wieder in die Spur zu bekommen. Ich habe sechzehn von Annas Freundinnen, die eine Beratung von mir wollen. Es ist das erste Mal, seit ich mich selbständig gemacht habe, und ich könnte damit wirklich Erfolg haben. Nach dem Tiefpunkt, an dem ich nach meiner Trennung angekommen bin, würde es mir so viel bedeuten, es mir selbst zu beweisen. Und du weißt, dass ich bald eine kleine Schwester bekomme. Ich will Teil ihres Lebens sein. Ein großer Teil. Ich muss nach Hause zurück.“ Den unvermeidlichen Kummer erwähne ich gar nicht. Mein Herz bricht auch so schon, da ich weiß, dass das der Abschied ist.

„Deine neuen Kundinnen können fünf Wochen warten, und deine Schwester kommt erst in vier Monaten zur Welt. Wir könnten mehr dieser wunderbaren Erlebnisse zusammen haben. Es hat dir doch Spaß gemacht, oder?"

Vielleicht hat er meine Absichten fehlinterpretiert. Hier sitze ich, zutiefst emotional, während er es als eine Verlängerung von Paris betrachtet, als unverbindlichen Spaß. Ich wünschte, ich könnte den Moment so genießen wie er. Doch selbst wenn ich es mir erlauben würde, den Moment zu genießen – fünf weitere Wochen würden mich verändern. Ich würde mich 100% in ihn verlieben, und es wäre unmöglich, mein Herz zu schützen. Das Risiko ist zu groß. Ich kann mir nicht vorstellen, wie es angesichts unseres so verschiedenen Lebens auf lange Sicht zwischen uns funktionieren sollte, vorausgesetzt, er würde eine feste Beziehung wollen. Doch das ist alles andere als sicher.

„Phillip–"

„Beantworte bitte einfach die Frage." Er legt die Hand an meine Wange und streichelt die sensible Stelle unter meinem Ohr, was mich erschaudern lässt. „Hat es dir Spaß gemacht?"

„Ja", hauche ich. Ich kann seiner Berührung nicht widerstehen. Ich kann nicht anders, ich schmelze dahin.

Er lächelt. „Dann lass uns weitermachen. Warum sich von etwas Gutem abwenden?"

Ich schlucke schwer und zwinge mich zu fragen: „Du meinst, das wäre unsere Global Sun Water Seifenblase?" Ich muss wissen, wo er steht – unverbindlicher Spaß oder mehr.

Er kommt mir ganz nah. „Keine Seifenblase mehr. Nur du und ich. Ich weiß, das Timing ist schlecht, da wir beide Pläne haben. Ich weiß, dass du ein Leben zu Hause hast. Aber, Ruby, ich habe Gefühle, tiefe Gefühle, und wenn es dir auch so geht, sollten wir der Sache eine Chance geben. Nur ein bisschen mehr Zeit."

Mein Herz donnert in meiner Brust. Ich habe Angst, doch da ist auch Hoffnung. Ich bin nicht allein auf dem offenen Meer. Vielleicht, ja, vielleicht ist es das ja wert, das Risiko einzugehen. „Und was dann?"

Vorsichtig streicht er eine Haarsträhne hinter mein Ohr.

Die zärtliche Geste macht mich fertig. „Das überlegen wir, wenn es soweit ist. Lass uns einfach den Moment genießen. Kannst du das?"

Ich beiße mir auf die Unterlippe. Ungeweinte Tränen brennen in meinen Augen. Ich will den Moment so sehr genießen, denn das bedeutet, dass ich ihn haben kann. „Ich brauche Zeit." Ich stehe auf. „Ich werde spazieren gehen, um einen klaren Kopf zu bekommen."

„Aber ich habe Mittagessen bestellt."

„Ich kaufe mir etwas unterwegs."

Er holt seinen Geldbeutel aus der Hosentasche und nimmt ein paar Geldscheine heraus. „Ich warte hier. Lass dir so viel Zeit, wie du brauchst. Ruf mich an, falls du nicht weißt, wo du bist."

Ich nehme das Geld, da ich nur Dollar bei mir habe. „Danke."

Ich nehme meine Jacke und meine Handtasche und verlasse eilig die Suite. Die Bodyguards nicken mir zu, doch ansonsten scheint sie mein plötzliches Gehen nicht zu überraschen. Ich weiß nicht, ob sie zugehört haben oder ob Phillips Dates in der Regel nach einer gemeinsamen Nacht verschwinden. *Hör auf, so zu denken. Er hat Gefühle für dich.*

Erst einmal brauche ich etwas zu essen; mit leerem Magen kann ich nicht denken. Ich gehe in eine kleine Bäckerei und kaufe mir ein Schokocroissant und einen Kaffee. Genau, was ich jetzt brauche. Das Croissant ist buttrig und süß, und das Koffein weckt mich auf.

Ich sehe mich um und gehe auf einen Park zu, den ich in der Ferne sehe. Dort angekommen, folge ich jedem Pfad in alle Richtungen, bis ich schließlich Halt mache und mich auf eine Bank setze. Wenn ich nach Hause gehe – zurück zu meiner Familie und meinem Geschäft –, bedeutet das, dass ich Phillip für immer zurücklasse. Mein Hals schnürt sich zu. Es ist bereits weit genug gegangen, um zu wissen, dass das hart sein wird. Ich werde ihn ab und an in den Nachrichten sehen und über seine Wohltätigkeitsarbeit hören, bei der er seinen Namen und seinen herzlichen, persönlichen Touch einer guten Sache leiht. Paris und unsere Zeit in Villroy werden eine kostbare, wenn auch bittersüße Erinnerung sein. Doch selbst, wenn ich fünf Wochen lang mit ihm auf der Global Sun Water Tour reise, Erinnerungen mit ihm sammele, wird es doch nicht anders enden – ich werde ohne ihn nach Hause fahren.

So oder so wird Phillip eine bittersüße Erinnerung sein.

So oder so werde ich allein sein.

So oder so liebe ich ihn.

Es ist nun einmal so. Es ist zu spät, mein Herz zu beschützen. Die einzige Frage ist nur, ob sich in diesen fünf Wochen etwas verändert, das vielleicht zur Folge haben könnte, dass ich am Ende nicht allein bin? Ist es das Risiko wert, wie Phillip gesagt hat? Gibt es eine Chance auf eine gemeinsame Zukunft für uns?

Nach den fünf Wochen wird er UN-Botschafter für sauberes Wasser und hinreisen, wo sie ihn brauchen. Ich habe ein Leben in Tampa. Dort würde er verkümmern. Er gehört auf die Weltbühne, und ich wäre eine Figur im Hintergrund, ein Anhängsel seiner Arbeit. Ich will etwas für mich selbst. Wo ist der gemeinsame Nenner?

Es sind nur fünf Wochen, flüstert eine Stimme in meinem Kopf. *Nimm dir alles Glück, das du kriegen kannst.*

Ich stehe langsam auf. Ich will glücklich sein.

Ich will Phillip.

Das ist alles, was zählt. Was wir haben, ist etwas Besonderes. Ich werde den Moment genießen, denn der Moment ist alles, was wir haben. Nichts im Leben ist sicher, und echte Liebe ist das Risiko wert.

Ich drehe mich um und gehe entschlossenen Schrittes zum Hotel zurück. Mein Herz rast, meine Wangen sind rot und meine Schritte federn. Plötzlich wird mir bewusst, dass ich lächele. Ich eile durch das Foyer zurück zu unserer Suite und klopfe an. „Ich bin's, Ruby." Ich habe keinen Schlüssel.

Rafes Stimme bellt hinter mir. „Ruby für Sie, Sir."

Die Tür schwingt auf, und Phillip sieht mich forschend an.

Ich trete ein und schließe die Tür hinter mir. Ich werfe die Arme in die Höhe, ein strahlendes Lächeln im Gesicht. „Ja!"

„Ruby." So viel liegt in diesem einen Wort – Wärme,

Dankbarkeit, Glück. Er zieht mich in seine Arme, und ich schmelze an ihn, schlinge meine Arme um seine Taille, und als ich meine Wange an seine Brust schmiege, erfüllt mich ein Gefühl tiefer Zufriedenheit. Das ist unser Moment, und er ist perfekt. Ich zweifele nicht daran, dass er genauso viel für mich empfindet wie ich für ihn. Ich werde nicht an die Zukunft denken. Ich muss das Jetzt genießen.

Er küsst mich auf den Kopf. „Ich habe ein gutes Gefühl dabei. Danke."

Ich blicke zu ihm auf und bemühe mich, nicht zu emotional zu wirken. „Dank mir nicht. Du wirst wahrscheinlich bald die Nase voll haben von mir." *Wir werden einander wahrscheinlich die Herzen brechen.* Ich ringe diese Angst nieder. Hier und jetzt ist alles was zählt. Ich kann nicht fassen, dass ich das tue. Es ist wie der Adrenalinrausch, wenn die Achterbahn einen Moment schlingert, wenn sie über die höchste Kuppe fährt und man weiß, dass gleich der Absturz kommt. Ich befinde mich im freien Fall.

„Das könnte mir nie passieren." Er umarmt mich fest, und ich entspanne mich. Wie kann ich Angst haben, wenn es sich so richtig anfühlt, in seinen Armen zu sein?

Er richtet sich auf. „Das Medieninteresse wird riesig sein. Ich kann nicht leugnen, dass es meinem Ruf guttun wird, wenn sie mich fünf Wochen am Stück mit dir sehen nach all dem Klatsch. Würde es dir etwas ausmachen, wenn wir die Leute im Glauben lassen, dass wir in einer festen Beziehung sind?"

Ich schüttele den Kopf, denn mir gefällt, was ich höre. „Ich helfe dir gerne, deinen Ruf zu sanieren. Was soll ich tun? So tun, als wären wir verlobt oder sowas?"

„Nein, du musst nicht lügen. Sieh mich einfach verliebt an, so wie du es jetzt machst." Er zwinkert mir zu, und ich lache. *Ach so? Das tue ich?* Es sollte mir peinlich sein, doch ich genieße es viel zu sehr, mit ihm zusammen zu sein, um etwas anderes zu behaupten. „Die Presse, vor allem die Klatschseiten werden sich ihre eigene Version der Ereignisse zusammenspinnen, doch es macht Eindruck, dass wir auf der Tour gesehen werden, auf der wir quasi fünf Wochen lang Gutes tun."

„Wow, ich auf einer weltweiten Tour. Ziemlich cool."

Er schneidet eine Grimasse. „Es ist allerdings kein Urlaub. Manche Orte sind ziemlich schwer zu verdauen, doch die Leute sind wunderbar."

„Wo geht's hin?"

„Afrika, Südwestasien, Mittlerer Osten und Indien."

Whoa. „Wusstest du eigentlich, dass ich für meinen Trip nach Villroy das erste Mal die USA verlassen habe?"

„Nein. Wie gefällt dir das Reisen mit mir bis jetzt?"

„Ich liebe es!"

Er lächelt, seine Augen sind so warm, dass ich die Liebe spüren kann. Ich strahle, innerlich wie äußerlich, und mein Herz ist zum Platzen voll. Langsam beuge ich mich vor und küsse ihn. Wieder ein perfekter Moment. Ich werde sie wie Perlen an einer Kette sammeln und sie horten wie einen Schatz. Augenblick um Augenblick, Perle um Perle. Das kann mir niemand nehmen.

11
———

Phillip

Am Samstag kehren wir rechtzeitig in den Palast zurück, um Anna, Gabriel und die anderen Gäste zum Dinner im Speisesaal zu treffen. Wir mussten ein bisschen länger in Paris bleiben, um für Ruby einen Arzt zu finden, der sie gegen Gelbfieber impfte und ihr ein Gesundheitszeugnis ausstellte. Ich hoffe, dass sie, wenn sie die wichtige Arbeit sieht, die ich mit Global Sun Water leiste, sich mir anschließen und mich auf der nächsten Reise für die UN begleiten wird. Es wird unsere gemeinsame Berufung werden. Ich weiß, dass sie sich in ihrem Karrierefeld „beweisen" will, doch es gibt einfach keinen Vergleich zwischen dem Dekorieren und Leuten, die zum Überleben sauberes Wasser brauchen und wir es ihnen geben können. Meine Arbeit ist wichtiger, und es kann auch ihre werden. Besuche bei ihrer Familie können wir einschieben. Es wird ihr an nichts fehlen.

Ich atme scharf aus. Ich denke viel zu weit voraus, denn–

Ich liebe sie.

Ich weiß es, und ich bin mir sicher, sie weiß es auch. Ich habe keine Lust mehr, dagegen anzukämpfen, keine Lust mehr, mir den Kopf über die Risiken zu zerbrechen. Das ist einfach Fakt. Irgendwie scheine ich bei ihr kein Problem zu haben, mich zu binden. Sie passt so selbstverständlich zu mir.

Zum ersten Mal seit langer Zeit bin ich wirklich glücklich. Ich bin von ganzem Herzen dabei, und ich werde mein Bestes tun, sie auch an Bord zu holen. Anna wird sich einfach daran gewöhnen müssen. Und ganz ehrlich, als wir Villroy verlassen hatten, war ich zu sehr mit Ruby beschäftigt, um auch nur einen Gedanken an Annas Warnung zu verschwenden, die Finger von Ruby zu lassen. Egal. Ich liebe Ruby und würde ihr nie wehtun.

Ich führe sie zu einem Platz in der Nähe des Kopfes der Tafel, wo Anna mit Gabriel sitzen wird, und rücke ihr den Stuhl zurecht. Anna und Gabriel dürften gleich kommen, und Annas Freundinnen kommen angeregt plappernd herein.

Ruby blickt zu mir auf. Ich muss die Worte nicht hören, die in ihr hübsches Gesicht geschrieben stehen. Sie liebt mich.

„Danke", sagt sie, als sie Platz nimmt. „Die Prinzenschule muss erstklassigen Etiketteunterricht anbieten."

Ich lache und setze mich neben sie. „Und so viel mehr."

Sie beugt sich zu mir herüber und gibt mir einen Kuss. „Das habe ich bereits bemerkt."

„Omeingott!", kreischt eine der Frauen. „Ihr zwei seid zusammen? Das muss ein tolles Date gewesen sein!"

Es ist die Schwarzhaarige, die diesen geradezu obszönen Betrag für mich geboten hat. „Ja, wir sind zusammen", bestätige ich. „Tut mir leid, Ihr Name ist mir entfallen."

„Mindy."

„Danke noch einmal für Ihr Gebot, Mindy. Das war alles für einen wirklich guten Zweck. Ich weiß, dass Anna glücklich ist."

Sie nickt und wendet sich Ruby zu. „Hat er dich wirklich zum Dinner nach Paris ausgeführt?"

Ruby lächelt verkrampft. „Ja, Dinner in Paris. Und Phillip hat den Touristenführer für mich gespielt."

„Wow. Die anderen Prinzen sind auf der Insel geblieben. Picknick am Strand, privates Dinner hier im Speisesaal, sowas in der Art. Du hattest Glück."

„Ja, also …" Ruby wird rot und sieht mich hilfesuchend an.

Ich lächele Mindy an. „Ruby ist früher hergekommen und

hat der Gästesuite den letzten Schliff verpasst. Dabei haben wir uns näher kennengelernt und ihren Aufenthalt verlängert. Darum war ihr Date ein bisschen aufwendiger als die anderen."

Mindy nickt. „Ruby, ich freue mich so sehr auf deine Beratung. Ich habe gerade ein Haus gekauft, und es ist quasi eine weiße Leinwand. Ich kann nicht erwarten zu sehen, welche Wunder du bewirken kannst."

„Ich freue mich drauf", sagt Ruby. „Ich bin Anfang November wieder in Tampa. Das ist in etwa fünf Wochen. Ist das okay?"

Mindy runzelt die Stirn. „Oh, das ist schade. Ich habe gehofft, vor Thanksgiving einzuziehen. Ich veranstalte dieses Jahr das Dinner."

„Ich könnte dir per E-Mail helfen, oder wenn du mir zeigst, was dir gefällt, könnten wir uns vielleicht vor meiner Abreise ein paar Ideen ansehen."

„Bis dahin ist nicht mehr viel Zeit. Ich reise morgen ab."

„Tut mir leid", sagt Ruby. „Dann behalte mich doch bitte für November im Hinterkopf. Ich freue mich wirklich darauf, mit dir zu arbeiten." Da ist ein Anflug von Verzweiflung in ihrer Stimme.

„Sicher", sagt Mindy mit einem angespannten Lächeln.

Sofort steht Ruby auf und unterhält sich mit den anderen Frauen, wahrscheinlich, um sich ihre neuen Kundinnen zu sichern. Sie lächelt, doch ich sehe, wie angespannt sie ist. Sie hat Angst, sie zu verlieren. Wenn sie mit mir zusammen ist, muss sie nicht arbeiten, doch das behalte ich für mich. Sie will sich beweisen, doch es gibt andere, wichtigere Wege, das zu tun.

Als sie an ihren Platz zurückkehrt, flüstere ich ihr zu: „Versuche, nicht verzweifelt zu wirken. Es ist besser, wenn du selbstbewusst wirkst, als wärst du bereits erfolgreich."

Sie fletscht die Zähne und zischt: „Aber ich *bin* verzweifelt. Ich brauche die Arbeit."

Ein Bediensteter öffnet die Tür und verkündet: „Ihre Majestäten König Gabriel und Königin Anna."

Wir stehen auf. Ich neige den Kopf und signalisiere Annas

Freundinnen, die das höfische Protokoll nicht gewohnt sind, dasselbe zu tun. Als Ruby den Kopf senkt und einen Knicks macht, imitieren die anderen Frauen es.

Gabriel trägt einen hellgrauen Anzug und Anna ein enges schwarzes Kleid ohne Ärmel. Als Königin hat sie entschieden, dass nackte Schultern am Hof akzeptabel sind, auch wenn sie auf tiefe Ausschnitte verzichtet, seit die Klatschpresse ihre teils doch recht freizügige Garderobe verbal in der Luft zerrissen hat. Sie kam zu dem Schluss, dass das nicht die Art von Aufmerksamkeit war, die sie für die Monarchie von Villroy will, auch wenn die Reporter allesamt verklemmte alte Säcke waren. Ihr ging es in erster Linie um die Zukunft von Villroy.

Gabriel geht neben ihr her, eine Hand an ihrem unteren Rücken, und führt sie zu ihrem Platz. Als König ist sein Platz am Kopfende des Tisches, und ihr Platz ist an seiner Seite.

Er wartet, bis sie sich gesetzt hat, bevor er sich niederlässt. „Bitte nehmen Sie Platz", sagt Gabriel mit einem herzlichen Lächeln. „Schön, Sie alle zu sehen."

Wow. Vor Anna hat Gabriel nie viel gelächelt. Das ist wirklich schön zu sehen.

Anna strahlt. „Danke euch allen, dass ihr den weiten Weg auf euch genommen habt, um mir und Gabriel bei diesem Projekt zu helfen, das uns so am Herzen liegt. Dank euch können wir die nächste Phase für das Spa und die Produktlinie einleiten. Und ihr seid natürlich alle eingeladen, nach der Eröffnung herzukommen, um das Spa kostenlos auszuprobieren. Ich will, dass ihr meine ersten Gäste seid."

Die Frauen jubeln und plappern durcheinander.

„Danke!"

„Du bist die Beste!"

„Anna, du rockst!"

„Ha!", sagt Anna. „Dankt mir noch nicht. Ihr werdet meine Versuchskaninchen sein, denn ich weiß, dass ich auf eure ehrliche Meinung zählen kann. Und ihr seid natürlich erfahren, was Spa-Behandlungen angeht!"

Die Frauen sind begeistert, nur Ruby nicht. Sie sieht

besorgt aus. Vielleicht denkt sie immer noch über den möglichen Verlust ihrer potentiellen Kundinnen nach.

Die Bediensteten tragen den ersten Gang auf, und die Unterhaltungen werden leiser.

Anna, die mit Ruby über Eck sitzt, beugt sich vor und sieht mich an. „Phillip, Ruby hat mir erzählt, dass du gut zu ihr bist. Bitte mach weiter so."

„Ja, Majestät", antworte ich.

Sie lacht. „Okay, sag es nur. Ich habe dich falsch eingeschätzt. Ich bin glücklich, solange sie glücklich ist. Und Ruby, ich freue mich so für dich, dass du ihn auf dieser Tour begleitest!" Ruby hat Anna aus Paris angerufen und ihr von ihren geänderten Reiseplänen erzählt und scheinbar auch über unsere Beziehung.

Ich habe eine Beziehung, und anders als vor Ruby macht mir der Gedanke keine Angst mehr. Im Gegenteil, es fühlt sich unglaublich gut an.

„Ich freue mich auch darauf." Ruby senkt die Stimme, und ich beuge mich vor, um weiter mithören zu können. „Ich mache mir nur ein bisschen Sorgen, dass ich, wenn ich nach Hause komme, immer noch mit nichts dastehe. Ich war wirklich aufgeregt wegen all der neuen Kundinnen, doch deine Freundinnen sind nicht sonderlich scharf darauf zu warten. Das verstehe ich natürlich. Und wenn ich wieder da bin, stehen die Feiertage vor der Tür – Thanksgiving, Weihnachten, Silvester. Sie wollen nicht, dass es über die Feiertage in ihren Häusern vor Handwerkern wimmelt, das bedeutet, dass sie noch länger warten müssen."

Anna sieht mich eindringlich an. Ich bin mir nicht sicher, was sie mir damit sagen will, darum sage ich, was ich denke. „Du bist das Warten wert, Ruby. Das werden sie schon sehen."

Ruby verdreht die Augen und flüstert mir zu: „So einfach ist das nicht. Amerikaner warten nicht gern. Sie sind augenblickliche Befriedigung gewohnt. Sie werden mich vergessen."

„Dann findest du andere Auftraggeber."

Anna nickt. „Du wirst sicher auf beiden Füßen landen,

Ruby. Ich würde dir gerne ein neues Projekt geben, doch es wird eine Weile dauern, bis ich wieder eine Innenarchitektin brauche."

„Ich helfe dir, Arbeit zu finden", sage ich zu ihr. „Bessere Arbeit."

Sie runzelt die Stirn. „Was meinst du mit bessere Arbeit?"

Ich zögere. Ich will nicht sagen, dass ihre Arbeit nicht wichtig ist, doch wenn man das große Ganze betrachtet, ist sie das nicht. Ich antworte leise: „Niemandes Karriere wird ruiniert, nur weil man fünf Wochen wartet."

Sie öffnet den Mund, schließt ihn dann jedoch wieder. „Das ist nicht der richtige Ort, um darüber zu reden."

„Da hast du recht."

Sie spießt eine Garnele aus ihrem Garnelencocktail auf. „Außerdem bin ich mir nicht sicher, ob du dieses Karriere-ding verstehst, ich meine, als Prinz und so."

Anna macht große Augen und wendet sich Gabriel zu. Ruby *war* ein bisschen schnippisch. Ich werde mich nicht mit ihr streiten. Sie wird den richtigen Pfad bald sehen.

Ich wende mich wichtigeren Angelegenheiten mit Ruby zu. „Morgen sprechen wir den Terminplan mit dem Pressesekretär durch. Er wird uns begleiten, genauso wie meine Bodyguards und mein Butler. Möchtest du deine Zofe mitnehmen?"

„Ich komme gut allein zurecht." Immer noch schnippisch.

Ich bemühe mich um einen scherzhaften Ton. „Liegt es daran, weil deine Zofe von mir schwärmt und du grenzenlos eifersüchtig bist?"

Sie wirft mir einen Seitenblick zu, und ich grinse. Sie schüttelt lächelnd den Kopf. „Großkopf."

„Den brauche ich für diese breiten Schultern."

Anna begegnet meinem Blick und lächelt mich an. Es gibt mir Aufwind zu wissen, dass sie mit der Beziehung einverstanden ist, nachdem sie mir zuvor gesagt hat, dass ich Abstand halten soll. Ruby hat bereits eine enge Freundin am Hof, was ihr den Übergang in das Leben hier leichter machen wird. Alles, was ich tun muss, ist, unsere Beziehung in den nächsten fünf Wochen zu zementieren. Und ich fange sofort damit an.

Ich beuge mich zu Ruby vor und flüstere ihr ins Ohr: „Ab heute wohnst du in meiner Suite im Palast."

„Nur zu deiner Information … Es wäre nett, wenn du deine Wünsche gelegentlich als Fragen formulieren könntest, *Hoheit*. Denn, wenn nicht, klingt es wie ein Befehl, was eine unabhängige Frau wie mich leicht irritieren könnte", flüstert sie scharf. Sie nennt mich nie Hoheit, nicht einmal bei unserer ersten Begegnung, wo es angemessen gewesen wäre. Sie muss wirklich angepisst sein wegen ihrer potentiellen Kundinnen.

„Aber es ist keine Frage", informiere ich sie. „Es ist eine Tatsache."

„Möchtest du vielleicht in mein Zimmer ziehen?", fragt sie.

„Nein, Darling. Du ziehst in meine Suite."

Sie mustert mich. „Ich bin mir nicht sicher, ob du dich absichtlich dumm stellst oder ob du dermaßen gewohnt bist zu bekommen, was du willst, dass du nicht weißt, wie es anders geht."

Ich schiebe mir eine Garnele in den Mund. Beides klingt wenig nett, doch es war Ersteres. Ich kann sehr entgegenkommend sein, doch nicht bei ihr. Nicht, bis ich diese Sache zwischen uns in trockene Tücher gebracht habe. Sobald dem so ist, kann sie alles haben, was sie will, solange sie nur bei mir ist.

Sie beugt sich an mich heran. „Ich will großzügig sein und annehmen, dass du dich absichtlich dumm stellst, weil du so scharf auf mich bist. Hauptsächlich, weil es mir ein gutes Gefühl gibt, das zu denken. Wenn du dich aber als forderndes A-loch herausstellen solltest – also, das kannst du bei mir vergessen."

Ich schüttele den Kopf. „Und schon wieder tust tu mir weh, Ruby. Und jetzt darfst du dich bei mir für das freundliche Angebot bedanken."

Ihr Kopf schnappt in meine Richtung herum. Ich zwinge

mich, nicht zu lachen, und sie fängt an zu kichern. Sie kann mir nicht lange böse sein, weil sie mich liebt.

„Du bietest mir so viel, wofür ich dir danken muss", sagt sie mit einem Lächeln.

„Ich bin nun einmal großzügig."

Sie lehnt sich einen Moment lang an meine Seite und presst ihre Schulter gegen meinen Arm, bevor sie sich wieder aufrichtet und einen Schluck Wein trinkt.

„Ich habe uns wieder eine Schachtel Pralinen besorgt."

Sie verschluckt sich an ihrem Wein, und ich klopfe ihr auf den Rücken. Sie weiß natürlich, was ich meine.

„Genau genommen fünf", füge ich hinzu. „Es ist eine lange Reise."

„Bei euch alles gut?", fragt Anna.

Ich nicke. „Alles gut. Sie hat sich nur verschluckt."

Ruby hebt einen Finger, während sie hustet. Als sie sich wieder beruhigt hat, wischt sie sich die Augen und sagt zu Anna: „Dein Schwager hat einen unartigen Sinn für Humor."

„Ach so?", fragt Anna und stützt ihr Kinn auf ihre Hand. „Was ist so lustig?"

Ruby wendet sich mir zu. Ich sage nichts.

„Oh, es muss schmutzig sein", sagt Anna und dreht sich zu Gabriel um. „Sie haben schmutzige Witze!"

„Gute Stube", sagt Gabriel streng.

Ich bin mir nicht sicher, was er damit meint. Soll sie mit ihm in die gute Stube? Oder meint er gute Manieren?

Anna greift unter den Tisch, und Gabriel zuckt zusammen. „Bist du okay, Honey?", fragt sie. „Hat sich ein Alligator an dich herangeschlichen?"

Ruby lacht. „Wir haben eine Menge Alligatoren in Florida. Man muss immer vorsichtig sein und darf kleine Hunde nicht allein in den Garten lassen, oder man läuft Gefahr, dass sich einer anschleicht und sie frisst."

Gabriel funkelt Anna finster an. Sie erwidert den Blick mit einem süßen Lächeln.

Sie ist perfekt für ihn, genauso wie Ruby. Alles, was ich tun muss, ist, ihr zu demonstrieren, dass unser Leben wunderbar funktionieren wird, wenn wir gemeinsam der Allgemeinheit dienen.

～

Ruby

Unser erster Halt ist Tansania. Wir können uns glücklich schätzen, mit dem Privatjet reisen zu können, denn so ist die Reise nicht anstrengend. Zuerst treffen wir uns mit den Leuten von Global Sun Water aus England. Die NGO ist aus dem Lehrstuhl für Maschinenbau an einer Universität hervorgegangen. Phillip begrüßt sie herzlich und stellt mich als seine „Freundin und Unterstützerin ihres guten Zwecks" vor. Sie heißen mich sofort willkommen – sie brauchen alle Hilfe, die sie bekommen können. Wir werden Dörfer besuchen, in denen sie solarbetriebene Wasserpumpen installiert haben, um sie zu warten und wenn nötig Reparaturen durchzuführen, und auch ein paar Dörfer, die während unseres Besuchs ihre erste Pumpe bekommen werden. Sie erklären, dass sie zwar immer ein paar Einheimische in die Instanthaltung und Reparatur der Anlagen einweisen, doch es ist nicht immer leicht, Ersatzteile zu bekommen. Oft werden diese Lieferungen gestohlen, bevor sie beim Empfänger ankommen.

Vor der Fahrt zum ersten Dorf begleite ich Phillip zu einem Meeting mit dem Präsidenten von Tansania und ein paar wichtigen Leuten aus dessen Regierung. Wir haben ein offizielles Mittagessen, und Phillip ist ganz in seinem Element. Ich gebe mir größte Mühe, nicht negativ aufzufallen, und folge Phillips Beispiel, was Umgangsformen und die angemessene Begrüßung der Regierungsvertreter angeht. Doch erst, als wir nach einer langen Fahrt in einem Jeep durch die heiße Savanne das erste Dorf erreichen, sehe ich Phillip die Rolle des Prinzen abstreifen. Es ist eine Offenbarung.

Kinder kommen bereits auf den Jeep zugerannt, als wir uns dem Dorf nähern, und Phillip lächelt und winkt ihnen zu. Wir parken, und Henry und Rafe, seine Bodyguards, steigen zuerst aus und scheuchen die Kinder zurück. Die Erwachsenen warten in sicherem Abstand und beobachten uns. Mein Blick fällt auf einen wandlosen Unterstand, der nur aus Stützen und einem Grasdach besteht, und ein paar fensterlose Lehmhütten. In der Ferne spiegelt sich die Sonne in den Solarpanelen, die die Pumpe mit Strom versorgen.

Phillip steigt aus und hilft mir aus dem Jeep, dann ruft er mit ein paar leisen Worten Rafe zurück und begrüßt die Kinder. „Hallo! Wie geht's euch allen?" Er breitet die Arme aus, und die Kinder stürmen auf ihn zu, um ihn mit High Fives zu begrüßen. Er war schon früher hier und hat ihnen wahrscheinlich das High Five beigebracht. „Die hübsche Lady, die ich heute mitgebracht habe, heißt Ruby. Wollt ihr Ruby begrüßen?"

„Hi Ruby!", rufen die Kinder im Chor.

„Hi!" Ich lächele und winke ihnen zu. Ich bin bereits vollkommen nassgeschwitzt, auch wenn ich ein Leinenkleid und Sandalen trage. Auch Phillip schwitzt trotz Leinenhemd und Hose.

Er lächelt mich an und blickt dann in Richtung einer kleinen Gestalt im Schatten des Unterstandes. „David!" Er dreht sich zu mir um. „Komm, lass mich dir David vorstellen." Er geht zum Unterstand, wo ein kleiner Junge in einem Rollstuhl wartet. Der Junge lächelt scheu. Er ist nicht älter als fünf oder sechs Jahre. Seine Beine enden an den Knien.

Phillip geht in die Hocke, damit sie auf Augenhöhe sind. „Schön, dich wiederzusehen, David. Ich habe meine Freundin Ruby mitgebracht."

David lächelt mich an und wendet sich Phillip zu. „Ich kann schon ein ganzes Kapitel lesen. Ich habe geübt."

„Dann lass hören. Hast du das Tablet da?"

David nickt und deutet hinter sich.

Phillip steht auf, sieht im Rucksack hinter der Sitzfläche des Rollstuhls nach und zieht ein Tablet heraus. Er reicht es David und geht wieder in die Hocke, um ihm zuzuhören, den Blick zu Boden gesenkt.

David drückt ein paar Knöpfe und beginnt, eine Geschichte über einen frechen Hundewelpen vorzulesen. Er liest unglaublich langsam und bleibt am Anfang ein paarmal hängen. Als David selbstbewusster klingt, hebt Phillip den Kopf und nickt ihm ermutigend zu, während er gebannt lauscht.

Als David fertig ist, lässt er das Tablet auf seinen Schoß sinken.

„Brillant!", ruft Phillip. „Sehr beeindruckend. Ich habe nicht so gut gelesen, als ich sechs war, und du bist gerade mal fünf!"

David strahlt.

„Mach weiter so", sagt Phillip. „Vergiss nicht das, worüber wir uns unterhalten haben. Bildung ist eine Chance. Erinnerst du dich, auf was?"

„Einen guten Job", sagt David.

„Vollkommen richtig. Willst du die Innereien der Pumpe sehen? Wir sind gekommen, um damit herumzuspielen."

„Oh ja!", ruft David.

Phillip steckt das Tablet wieder in den Rucksack und schiebt den Rollstuhl zur Pumpe, doch nicht, ohne mir mit einem Kopfnicken zu bedeuten, ihm zu folgen. Andere Kinder kommen dazu, um zuzusehen, und jedes hat sein eigenes Tablet mitgebracht und erzählt Phillip, was es damit gerade lernt.

Ich halte mich im Hintergrund und beobachte, wie Phillip sich mit den Kindern und den Erwachsenen unterhält, die bei der Wartung der Pumpe helfen. Er gibt jedem Kind das Gefühl, etwas Besonderes zu sein. Meine Eierstöcke wollen platzen. Er kennt viele von ihnen beim Namen und sorgt kaum merklich dafür, dass sie den Arbeitern nicht im Weg stehen. Der Pressesekretär macht ein paar Fotos und bittet mich, zu Phillip zu gehen.

Ich bahne mir den Weg durch die neugierige Menge. Phillip wendet sich mir zu. „Schau dir an, was Emmanuel online lernt. Er ist schon bei Algebra angekommen, dabei ist er erst zehn!"

„Wow, das ist toll! Dann lernt ihr alle online? Oder geht ihr zur Schule?"

„Beides", sagt eine Frau. „Hi, ich bin Irene. Ich leite die Schule, und dank der Tablets und Computer, die seine Hoheit

Prinz Phillip uns zur Verfügung gestellt hat, können wir jetzt auch online lernen."

„Das ist großartig." Ich wende mich Phillip zu. Er lächelt bescheiden. Er hat nie etwas davon erwähnt, dass er auch Technologie im Unterricht fördert.

„Das ist es", sagt Irene begeistert. „Und sogar die Mädchen besuchen jetzt die Schule."

Ich mache große Augen. „Vorher nicht?"

Sie senkt die Stimme. „Vorher mussten sie Wasser holen", sagt sie und deutet in Richtung Pumpe. „Jetzt macht das die Maschine, und sie können zur Schule gehen."

„Ich bin so froh, das zu hören", sage ich, auch wenn ich immer noch ein bisschen sprachlos bin. Es wäre mir nie in den Sinn gekommen, dass Mädchen nicht zur Schule gehen können, weil sie Wasser für ihr Dorf holen müssen. Es ist sexistisch und unfair, und das macht mich als Frau wütend. Andererseits geht es ums Überleben, und ich musste mir in meinem ganzen Leben nie Sorgen um den nächsten Schluck Wasser machen. Wahrscheinlich hat jeder im Dorf eine bestimmte Rolle, damit alle überleben können. Ich dagegen habe mein ganzes Leben lang Essen, Wasser, ein Dach über dem Kopf und sogar die Schule als selbstverständlich betrachtet. Meine Welt hat sich gerade verändert. Zum ersten Mal sind mir die Augen geöffnet worden gegenüber den Realitäten eines ganz anderen Lebens.

Eine Stunde später fahren wir weiter zu einem anderen Dorf, das heute seine erste Wasserpumpe bekommt.

Ich steige nach Phillip in den Jeep. Er winkt den Kindern, die dem Jeep ein Stück weit hinterher rennen, zum Abschied zu.

„Ich wusste nicht, dass die Ausbildung der Mädchen im direkten Zusammenhang mit dem Wasser steht", sage ich zu ihm. „Ich kann es immer noch nicht fassen."

Er nickt. „Das ist einer der größten Nutzen, abgesehen natürlich von der zuverlässigen Versorgung mit Wasser. Ohne Pumpe hängt die Wasserversorgung des Dorfes von den Mädchen und Frauen ab, die jeden Tag weite Strecken zurücklegen müssen, um in großen, schweren Behältern

Wasser von der oder den anderen Quellen ins Dorf zu schleppen, und das mehrmals am Tag, um genug Wasser für alle zu haben. Das bedeutet natürlich, dass sie keine Zeit für die Schule haben. Ein weiterer wichtiger Vorteil ist der Rückgang von durch Wasser übertragener Krankheiten."

„Und das mit der Technologie im Klassenzimmer, war das deine Idee?"

Er nimmt meine Hand. „Das war eine natürliche Konsequenz, als mir bewusst geworden ist, dass Wasserversorgung und Schulbildung in direktem Zusammenhang stehen."

„Und wer finanziert das?"

„Zuerst ich, doch ich habe Fördermittelanträge gestellt, die jetzt diese Bemühungen durch Global Sun Water finanzieren."

„Tut mir leid, dass ich dich beim Dinner mit den anderen als Großkopf bezeichnet habe."

Er lächelt. „Vielleicht bin ich ja einer."

„Mach keine Witze darüber. Ich meine es ernst. Die Arbeit, die du tust, ist unglaublich, und deine Rolle ist beeindruckend. Respekt."

Er schüttelt den Kopf. „Ich helfe nur ein bisschen. Aber jetzt verstehst du, warum mir diese Arbeit so wichtig ist. Sie ist für mich zur Berufung geworden."

„Das kann ich sehen."

„Gut."

„Übernachtest du in einem Zelt oder als Gast im Haus eines der Dorfbewohner?"

Sein Lächeln lässt sein Gesicht strahlen. „Hast du dir das wirklich so vorgestellt und warst trotzdem bereit, so fünf Wochen mit mir zu verbringen? Wow. Und nein. Wir übernachten in einem Hotel in der nächstgelegenen Stadt. Wir sind Besucher in ihrer Welt. Ich will nicht, dass sie ihre Ressourcen für mich verwenden müssen. Sie würden sich verpflichtet fühlen, uns zu bewirten, was bedeuten könnte, dass andere im Dorf hungern müssten."

Insgeheim bin ich froh, dass wir in Hotels übernachten werden, doch gleichzeitig habe ich ein furchtbar schlechtes

Gewissen, da unser Leben so ganz anders ist als ihres, in dem es oft ums nackte Überleben geht.

„Außerdem brauche ich die Sicherheit eines Hotels, sonst flippen die Jungs aus", sagt er. „Im Fall einer Entführung würde ich ein hübsches Lösegeld einbringen."

„Dann bin ich froh, dass wir im Hotel übernachten."

Er sieht mich eindringlich an. „Schon das erste Dorf hat deine Perspektive verändert, nicht wahr? Man weiß plötzlich Dinge zu schätzen, die man vorher für selbstverständlich gehalten hat."

„Oh ja."

„Ich bin so froh, dass du hier bist, Ruby."

„Ich auch."

Er hebt meine Hand und küsst meine Fingerknöchel, ohne mich aus den Augen zu lassen. Seine Begeisterung hat mich gepackt, und ich fühle mich ihm näher als je zuvor. So weit von allem, was ich kenne, entfernt zu sein und Phillips vertraute Nähe an meiner Seite zu wissen, schafft eine tiefe Intimität. Ich weiß nicht, wie ich mich je von ihm verabschieden soll. Ich bin mir nicht sicher, ob ich das kann.

12

Ruby

Vier Wochen mit Phillip auf Tour sind wie im Flug vergangen. Ein Wirbelwind von Orten und Menschen. Diese Zeit hat mir auf mehr als nur eine Weise die Augen geöffnet – Armut aus nächster Nähe zu erleben, von der ich nicht einmal gewusst habe, dass sie existiert, die Belastbarkeit und die überraschende Lebensfreude der Menschen, denen wir begegnet sind, der krasse Kontrast des Reichtums der Führer eines Landes und der Armut der Bevölkerung. In jedem Land haben wir uns mit Regierungsvertretern, Diplomaten und Politikern getroffen und sind zu Abendessen oder Tees eingeladen worden. Sind in abgelegenen Dörfern, Slums und weit draußen auf dem Land mit offenen Armen empfangen worden. Es hat mich überrascht, mit welcher Leichtigkeit sich Phillip in diesen unterschiedlichen Umfeldern bewegt. Es hat mir gezeigt, was für ein Mensch er wirklich ist, ein herzlicher, charismatischer Mann, der Menschen – alle Menschen – liebt, ganz gleich, welchen gesellschaftlichen Rang sie innehaben.

Mir gegenüber ist er nach wie vor liebevoll und ausgesprochen aufmerksam und versichert sich immer wieder, dass ich mich wohlfühle, wo auch immer wir gerade sind. Ganz gleich, wo wir am Tag sind, am Abend fahren wir ins beste Hotel der Gegend. Ich beschwere mich nicht. Wir hatten viele sexy Nächte. Ich habe mich sogar daran gewöhnt, mit ihm im Bett zu schlafen. Er steht auf Löffelchenstellung zum Schlafen. Ich will ihm sagen, dass ich ihn liebe, doch ich bringe die Worte einfach nicht über die Lippen. Er hat sie auch nicht ausgesprochen, auch wenn ich es spüre. Die Liebe zwischen uns wird jeden Tag stärker.

In sechs Tagen kehren wir nach Villroy zurück, und am nächsten Tag fliege ich von dort aus nach Hause. Das war's dann zwischen uns, es sei denn, wir versuchen es mit einer Fernbeziehung. Ich fürchte ein Jahr oder mehr Abstand würden uns unglücklicher machen als ein sauberer Schnitt. Ich bin mir nicht sicher, was ich tun soll. Wir werden uns bald ernsthaft darüber unterhalten müssen.

Jetzt sind wir auf dem Weg zu unserem Hotel in Neu-Delhi in Indien, begleitet von unseren permanenten Schatten Henry und Rafe. Es fühlt sich immer noch seltsam an, mich mit Phillip zu unterhalten, wenn die zwei Bodyguards in Hörweite sitzen, einer auf dem Rücksitz des Mercedes bei uns, der andere auf dem Beifahrersitz. Es ist leichter, sie zu vergessen, wenn ich sie nicht sehe.

Phillip hält sein Handy hoch und zeigt mir ein Foto von uns bei der Global Sun Water Charitygala gestern Abend. Es war ein Black Tie Event, und Phillip hat mir ein elegantes Abendkleid dafür geschenkt. Er ist ein bisschen wie die gute Fee zu meinem Aschenputtel, nicht, dass ich ihm das sagen würde. Ich glaube nicht, dass es ihm gefallen würde, wenn ich ihn mit einer glitzernden Fee vergleiche.

„Sie lieben uns zusammen", sagt er. „Sie bezeichnen uns als ein Powerpaar."

Mein Magen rebelliert. Ich bin weder berühmt noch reich noch mächtig. Das ist alles Phillip. Meine Eltern sind außer sich, mich mit Phillip in der Klatschpresse zu sehen. Ich habe mich in den letzten Wochen natürlich regelmäßig bei ihnen gemeldet und ihnen versichert, dass ich nie um meine Sicherheit gefürchtet habe. Meine Mutter brennt darauf, Phillip kennenzulernen. Sie und ich, wir beide sind schon lange Fans, doch da war er eher eine Fantasie als ein realer Mensch.

Wie anders es doch ist, wenn man sich selbst im Sog des

Wirbelwindes, der Phillips Leben ist, bewegt. Ich fühle mich wie ein Anhängsel, verloren in seinem großen Schatten, und irgendwie passt mir die Bezeichnung Powerpaar nicht. Für mich ist es zu nah an Phillip und Lanas *goldenes Paar* angelehnt, eine Bezeichnung, die ihm so gefallen hat. Ich will nicht, dass andere unsere Beziehung kommentieren. Er scheint es zu genießen.

Ich wende mich ihm zu. „Ich bin nicht wirklich *Power*, aber ich bin froh, dass du jetzt bessere Presse bekommst."

„Bessere Presse? Die Berichte sind fantastisch! Den *königlichen Hottie* haben sie vielleicht endlich begraben. Ruby, das ist eine Riesensache, und du bist genauso *Power* wie ich. Sie nennen uns Powerpaar wegen unserer humanitären Bemühungen und Erfolge. Besser geht es nicht. Es lenkt die Aufmerksamkeit genau dahin, wo sie am dringendsten gebraucht wird." Er drückt meinen Oberschenkel. „Wir sind ein fantastisches Team."

„Ich weiß nicht, wieviel davon ich mir zuschreiben kann. Ich habe das Gefühl, nur dabei zu sein. Das ist deine Show."

Er nimmt meine Hand, hebt sie an seinen Mund und küsst meine Fingerknöchel. Aus aquamarinblauen Augen sieht er mich warm und zärtlich an. Ich schmelze wie immer. „Es ist unsere. Gemeinsam."

Mein Hals schnürt sich zu, und ich presse die Lippen aufeinander. „Wir müssen reden."

Ein erschrockener Ausdruck huscht über sein Gesicht, bevor er ihn mit einer neutralen Miene überspielt. „Sobald wir in unserem Zimmer sind."

Ich nicke und beobachte durch das Fenster, wie die Innenstadt von Neu-Delhi an uns vorbei zieht. Wie viele andere Städte, die wir besucht haben, ist sie heiß, voller fremder Gerüche und überfüllt. Wir quälen uns an Hochhäusern mit Ladenzeilen im Erdgeschoss vorbei durch den Verkehr. Doch Verkehr sind hier nicht nur Autos, sondern auch Rikschas, Taxis, Fahrräder und Fußgänger, die sich alle durch die engen Straßen schieben. Ein Mann mit einem Fastfoodwagen springt vor uns auf die Straße, um sie zu überqueren. Das langsame Tempo gibt mir Zeit, darüber nachzudenken, wie der nächste

Schritt mit Phillip aussehen sollte. Wir sind uns auf eine Weise nähergekommen, die unmöglich gewesen wäre, wenn wir nicht durch so viele fremde Länder gereist wären. Er war der vertrauteste Mensch, wenn ich mich oft überwältigt gefühlt habe – sei es durch den Pomp bei Meetings mit irgendwelchen hohen Tieren oder der bitteren Armut, die mir das Herz zerrissen hat. Phillip war immer da, eine herzliche, vertraute, immer lächelnde Präsenz.

Wir haben das Hotel fast erreicht, als er aufgeregt berichtet: „Ich habe gerade eine E-Mail von der UN bekommen. Unsere gute Presse ist ihnen nicht entgangen, und sie sind der Meinung, dass wir zusammen viel Aufmerksamkeit auf das Trinkwasserproblem lenken können." Er sieht mich mit strahlenden Augen an. „*Zusammen*, Ruby."

In diesem Moment sehe ich seine Zukunft klar vor mir, aber es ist nicht meine. So um die Welt zu reisen, ist ein Vollzeitjob, vor der UN und mit Diplomaten zu reden, Interviews zu geben, Menschen zusammenzutrommeln. Darin ist er gut. Ich jedoch wäre nur ein Teil des Hintergrundes, ohne irgendetwas zur Sache beizutragen, außer bei Fototerminen vielleicht. Ich will nach Hause. Ich will Zeit mit meiner kleinen Schwester verbringen, mein Innenarchitekturbüro aufbauen, wieder zurück in mein Land, mein Land, das ich liebe.

Ich blinzele Tränen zurück und wende den Blick ab. Ich kann hier nicht zusammenbrechen, genauso wenig, wie ich ein ernsthaftes Gespräch mit ihm führen und mich von ihm verabschieden kann. Ich muss mich zusammenreißen, bis wir in unserem Hotelzimmer unter uns sind.

Er legt die Hand an meine Wange und zwingt mich, ihn anzusehen. „Es ist unsere gemeinsame Presse, die mich hierhergebracht hat. Ruby, bitte komm mit mir. Das haben wir gemeinsam erreicht."

„Ich bin nur Hintergrund." Meine Stimme bricht.

Er lässt die Hand sinken und macht ein finsteres Gesicht. „Du bist so viel mehr als das."

Ich sage nichts. Ich will ihn nicht enttäuschen, doch das ist nicht mein Leben.

Mit eindringlicher Stimme fährt er fort: „Du hast Frauen

angesprochen und Beziehungen mit ihnen aufgebaut, wie ich es nie könnte."

Ich schüttele den Kopf, meine Stimme heiser von dem dicken Kloß in meinem Hals. „Unsinn, sie lieben dich."

Er blickt finster drein. „Wir reden später weiter."

Sobald wir allein in unserem Zimmer sind, nimmt er mich bei der Hand und führt mich zu einem bequemen beigen Sofa im eleganten, palastartigen Wohnbereich der Suite. Wir sind im Leela Palace Hotel, das seinem Namen mehr als gerecht wird. Ich atme ein paarmal tief durch und versuche, das Gefühlschaos zu beruhigen, das ausgebrochen ist, als mir bewusst geworden ist, dass ich mich von ihm verabschieden muss. Ich will mich nicht verabschieden.

Er drückt meine Hand. „Ich dachte, dir hat die Tour gefallen. Warum willst du nicht weitermachen?"

Ich zögere und überlege, wie ich es am besten erklären soll. „Es hat mir gefallen, vor allem deinetwegen, doch das ist nicht mein Ding. Es ist deines. Mein Leben ist zu Hause in den USA. Meine Familie, meine kleine Schwester, eine Karriere in einem Job, den ich liebe, aufbauen, das ist mein Leben."

„Du musst deine Familie nicht aufgeben. Wir können sie besuchen."

„Das ist nicht dasselbe. Ich will eine wichtige Rolle im Leben meiner Schwester spielen. Ich will mehr als nur ab und zu auftauchen. Ich habe mich gerade selbständig gemacht und es sieht vielversprechend aus, wenn ich endlich wieder zu Hause bin und mich bei meinen Interessentinnen melden kann."

„Dann ziehst du einen Job einer Berufung vor?"

Ich weiß nicht, was ich dazu sagen soll. Ist eine Art von Arbeit wichtiger als die andere? Ich bin begeistert von dem, was er tut, doch ich weiß nicht, ob ich nur seine Erfüllungsgehilfe sein will. Ich will etwas Eigenes. Und ich liebe Innenarchitektur. In seinem Leben gibt es keinen Platz für mich, das zu tun, was ich liebe. „Ich weiß, es ist schwer zu verstehen, weil das, was du tust, so wichtig ist, und ich stehe 100% dahinter, doch es ist deine Berufung und nicht meine."

Er starrt mich an. „Ich verstehe es wirklich nicht. Ich dachte, du glaubst daran."

„Was ist mit meinem Job?"

Er runzelt die Stirn. „Warum bestehst du darauf, über deinen Job zu reden? Wenn du mit mir zusammen bist, musst du nicht arbeiten. Nach allem, was wir auf dieser Reise gesehen haben, bin ich mir sicher, dass du gesehen hast, wie wichtig Bemühungen um sauberes Trinkwasser sind. Es hebt die Lebensqualität über das nackte Überleben hinaus. Im Vergleich dazu ist Dekorieren bedeutungsloser Schnick-schnack."

Ich hole scharf Luft, während mein Herz einen Moment aussetzt und dann einen Sprung macht. Die ganze Zeit dachte ich, dass er mich und meine Arbeit respektiert. Ich verschränke meine Arme. „Mir bedeutet es etwas."

Er steht auf und sieht mich kopfschüttelnd an. „Ich bin sowas von enttäuscht von dir. Ich dachte, du verstehst, was die Arbeit für die UN bedeutet. Oder ist dir das alles egal? Was glaubst du, in deinem Job zu finden? Geld? Prestige? Einen Schub für dein Ego?"

Ich springe auf. „Natürlich ist es mir nicht egal! Ich weiß, dass es dir schwerfallen muss, das zu verstehen, da du in deinem Leben nie arbeiten musstest, doch eine Karriere zu haben, auf die ich stolz sein kann, bedeutet mir viel. Deine Sache muss mir nicht egal sein, wenn ich für mich selbst sorgen will."

Er ergreift meine Hände. „Ich sorge für dich. Bleib bei mir, und es wird dir an nichts fehlen. Lass uns diesen wichtigen Weg gemeinsam weitergehen. Komm mit mir zu meinem Meeting bei der UN und lass sie wissen, dass du eine Rolle spielen willst."

Die hoffnungsvolle Aufrichtigkeit in seiner Stimme zerreißt mich. Ich will ihn nicht verlassen, aber ich will auch nicht aufgeben, was mir wichtig ist. Ich würde mich selbst verlieren. Schlimmer noch, er scheint das zu wollen und zu glauben, dass das, was ich tue, nichts wert ist. Doch für mich ist es etwas wert, und ich weiß, dass es anderen Freude berei-tet. Ich weigere mich, ein Anhängsel zu werden, das in jeder

Hinsicht von ihm abhängig ist. So bin ich einfach nicht gestrickt. Ich will, nein, ich *muss* auf eigenen Beinen stehen.

Er drückt meine Hände. „Unterschätze nicht die gute PR, die wir beide zusammen repräsentieren. Wir sind *das* Powerpaar."

Ich lasse meine Schultern hängen. Das macht die Sache für mich klar. Ich spüre, wie ich mich von ihm und dieser öffentlichen Welt, für die er lebt, zurückziehe.

„Phillip, ich mag dich sehr." Meine Stimme bricht, erstickt von Emotionen, und ich atme tief durch. „Aber das ist dein Weg, nicht meiner, ich will nicht nur um der PR und der Fototermine wegen dabei sein. Lass uns … wie wäre es damit? Wir bleiben in Verbindung, besuchen einander wann immer wir können, und ... und ..."

Er lässt mich los.

„Ich werde dich anfeuern", ende ich ziemlich lahm. Es gibt keinen einfachen Weg, unser beider Wege zusammenzuführen, doch ich bin auch nicht bereit, ihn loszulassen.

Er verschränkt die Arme und blickt finster drein. „Vielleicht kenne ich dich nicht so gut, wie ich dachte. Ich dachte, wir wären uns einig. Ich dachte, wir hätten dieselben Werte, dieselben Interessen."

Ich weiß nicht, was ich dazu sagen soll. Vielleicht hat er recht. Ich kann mich nicht zwingen, mich dem Bild, das er sich von mir zusammengesponnen hat, anzupassen. Ich muss ehrlich zu ihm sein. Seine Arbeit ist wichtig, doch es ist nicht meine. Und es ist offensichtlich, dass er meine Arbeit nicht ernst nimmt.

Er geht zur Balkontür und reißt die Vorhänge auf. Gegen die untergehende Sonne sehe ich ihn als Schatten, eine stolze, majestätische Gestalt, straffe Haltung, breitbeiniger Stand. Er erobert, was er sich in den Kopf gesetzt hat. Er hat keine Ahnung, was es heißt, sich abzustrampeln, hart arbeiten zu müssen, sich alles erkämpfen zu müssen. Unsere Welten können nie zusammen funktionieren. Er gehört auf die Weltbühne, und ich muss mich geerdet fühlen, arbeiten in einem Bereich, in dem ich gut bin und mir meine eigene kleine Nische schaffen. Außerdem ist da noch meine Familie. Sie bedeutet mir alles. Als Einzelkind stehe ich meinen Eltern nahe, und ich will auch meiner neuen kleinen Schwester nahe sein.

Ich kaue auf meiner Unterlippe herum. Phillip und ich sind uns auf der Reise auch nahegekommen, so, wie wir gemeinsam gelebt und gearbeitet haben. Gott, ich hasse die plötzliche Distanz zwischen uns. „Wir haben immer noch eine Woche."

Er macht sich nicht die Mühe, sich umzudrehen. „Ich glaube, es wäre am besten, wenn du gleich abreist."

Ich schlucke, und mein Magen sackt mir in die Kniekehlen. „Das war's? Schluss, aus, vorbei?"

Als er sich umdreht, ist seine Miene hart. „Erwartest du, dass ich so tue, als wäre alles gut zwischen uns?"

„Es könnte gut sein. Wir sind immer noch … wir haben eine Verbindung. Ich–"

„Wir befinden uns offensichtlich auf auseinanderstrebenden Wegen", sagt er kühl. „Lass es uns nicht schwerer machen, als es sein muss."

Ich stolpere zurück, geschockt von der abrupten Zurückweisung.

Er zieht sein Handy aus der Tasche. „Sieh mich nicht so geschockt an. Es ist deine Entscheidung gewesen. Ich habe dich gebeten, mit mir zu kommen, du hast abgelehnt."

Ich hebe trotzig mein Kinn, während mir Tränen in die Augen steigen. „Dann gehe ich!" Ich wische mir über die Augen, nehme meine Handtasche, stürme ins Schlafzimmer und sehe mich nach meinem Koffer um. „Ich rufe meinen Butler. Er wird für dich packen und dich zum Flughafen begleiten."

„Nicht nötig." Ich finde meinen Koffer in dem riesigen begehbaren Kleiderschrank, werfe ihn aufs Bett und öffne ihn.

„Ich habe dir gesagt, dass ich mich darum kümmern werde."

Ich kann nicht fassen, wie ruhig er ist, als ob es ihm gar nichts ausmacht, dass ich gehe. Als ob das zwischen uns bedeutungslos gewesen wäre. Ich zerre meine Kleider aus der Schublade und werfe sie in meinen Koffer.

Er verlässt das Schlafzimmer, offensichtlich fertig mit mir und meiner lästigen Unabhängigkeit. Kein Problem, denn ich bin fertig mit ihm und seinen Forderungen. Entweder geht es nach seinem Kopf oder gar nicht. Das kann er vergessen!

Ich leere die zweite Schublade und stopfe alles in meinen Koffer. Im Kleiderschrank hängt die Abendgarderobe, die Phillip für mich gekauft hat, und da hängt sie gut.

Ich gehe ins Bad, nehme meinen Kulturbeutel und stopfe eilig alles hinein. Ich werfe ihn in meinen Koffer, schließe ihn und ziehe den Koffer ins Wohnzimmer, wo Phillip auf dem Sofa sitzt und auf sein Handy blickt.

„Ich bezahle das Taxi und komme schon irgendwie selbst nach Hause", sage ich zu ihm.

Er antwortet nicht.

„Tschüss."

Wieder nichts.

Seine kalte Abweisung facht meinen Fluchttrieb nur weiter an. Ich mache auf dem Absatz kehrt, doch draußen auf dem Flur renne ich unvermittelt gegen die harte Brust eines Bodyguards. Ich blicke auf und sehe Rafes finstere Miene. „Aus dem Weg, ich gehe nach Hause."

„Nein, Ma'am. Sie können nicht allein gehen. Es ist nicht sicher. Bitte warten Sie in der Suite, bis die nötigen Vorkehrungen getroffen sind."

„Okay, okay." Ich drehe mich wieder zur Tür um, doch dann mache ich einen Schlenker nach links den Flur hinunter, meinen Koffer schleife ich dabei hinter mir her. „Ah!", quietsche ich einen Moment später, als mich Arme aus Stahl hochheben. Es ist Rafe, der mich wie eine Schaufensterpuppe trägt und erst im Wohnzimmer vor Phillip wieder absetzt. Wie erniedrigend!

„Versuchen Sie das bitte nicht noch einmal", knurrt Rafe.

Ich koche vor Wut.

Phillip schüttelt den Kopf. „Impulsiv, ichbezogen, geldbezogen. Du bist wirklich nicht die Frau, für die ich dich gehalten habe."

Ich verliere die Fassung und gestikuliere wild. „Du bist genau der Mann, für den ich dich bei unserer ersten Begegnung gehalten habe. So dermaßen von dir eingenommen und verliebt in deine Presse! Du verstehst nicht, wie es ist, Geld zu brauchen oder arbeiten zu wollen, weil das nie Teil deines Lebens gewesen ist. Wenn du etwas willst, musst du nur den Hörer abnehmen, und die Welt liefert es dir frei Haus."

Er spricht in sein Handy und ignoriert mich.

Ich zeige mit dem Finger auf ihn. „Siehst du! Du hast gerade meinen Standpunkt bewiesen!"

Er legt auf. Seine Augen sind kalt, seine Stimme emotionslos. „Ich würde nie leugnen, dass ich Glück gehabt habe, doch es entsetzt mich, dass du so tust, als wäre ich nicht mehr als das. Ich benutze die Vorteile meiner Geburt, um den weniger Glücklichen zu helfen."

Ich starre ihn wütend an. „Schau, dass du dir einen besonders großen Heiligenschein bestellst!"

Er erwidert ebenso wütend meinen Blick. „Ich gebe bedürftigen Menschen sauberes Wasser und eine Schulbildung. Du suchst hübsche Tapeten für die Badezimmer reicher Tussis aus!"

Ich will ihm diesen verdammten selbstgefälligen Ausdruck aus dem Gesicht prügeln. „Fuck you!"

Er schmunzelt. „Das haben wir reichlich getan, findest du nicht? Vielleicht war das der Grund, warum ich mich in dir getäuscht habe. Vielleicht habe ich sexuelle Kompatibilität mit echter Beziehungstauglichkeit verwechselt."

Ich hasse seinen herablassenden Ton, als stünde er in jeder Hinsicht über mir. „Du bist nicht besser als ich, nur weil du ein bisschen Wohltätigkeitsarbeit leistest! Jeder Beitrag ist von Bedeutung, solange er von Herzen kommt."

„Red dir das nur weiter ein, während du Vorhänge bemusterst. Wie von Herzen. Wie wichtig."

Ich keuche. Er hat mich als bedeutungslos abgestempelt. Ich bin nicht bedeutungslos. „Wie kannst du es wagen, so herablassend mit mir zu reden!"

Dann klopft es an der Tür.

Phillip wirft mir einen angewiderten Blick zu, bevor er zur

Tür geht. Sein Butler kommt herein, verneigt sich vor Phillip und geht ins Schlafzimmer. Ich folge ihm und sehe, dass er in den Schubladen nach meinen Sachen sucht.

„Ich habe bereits gepackt."

Er geht in den Kleiderschrank.

„Lassen Sie die Kleider, das sind nicht meine."

„Du kannst sie ruhig mitnehmen", sagt Phillip hinter mir. „Ich bezweifele, dass sie sonst jemandem passen. Kleine Kleider für eine kleingeistige Frau."

Ich wirbele herum. „Fahr zur Hölle!"

Er lacht, ein gemeines Lachen.

Es reicht mir. Ich weigere mich, mich länger mit ihm auseinanderzusetzen. Ich wende mich ab und sage zu seinem Butler: „Lassen Sie sie hängen."

Der Butler nimmt meinen Koffer. „Wann immer Sie soweit sind, Ma'am."

Ich nicke und folge ihm hinaus.

Kein auf Wiedersehen, nichts. Phillip und ich sind fertig miteinander.

Meine Augen sind trocken, doch den ganzen Weg zum Flughafen rege ich mich darüber auf, wie kaltschnäuzig er mich abserviert hat. Er hat ein Erste-Klasse-Ticket nonstop nach New York gebucht. Von dort kehre ich in mein normales Leben in Tampa zurück. In mein altes Zimmer im Haus meiner Eltern. Von vorn anfangen und meine Karriere mit neuen potentiellen Kunden aufbauen. Das war alles ein Traum. Nicht meine Realität.

Die Flugbegleiterinnen versorgen mich mit einem Glas Champagner, gerösteten Nüssen, einer weichen Decke und einer Geschenkbox, die ich nicht aufmache. All der Luxus erinnert mich an das Leben, das ich mit Phillip zurücklasse. Ich kann es nicht erwarten, nach Hause zu kommen und alles, was mich an ihn erinnert, zu verbannen.

Es dauert, bis das Flugzeug abhebt, dass die Tränen kommen, und dann fließen sie für eine sehr lange Zeit.

13

Phillip

Meine Wut auf Ruby hat ganze drei Tage angehalten. Ich glaube nicht, dass mich in meinem ganzen Leben jemals jemand wütender gemacht hat. Sie hat einen Job mir vorgezogen, sich von etwas abgewandt, das ein wichtiger Weg für uns beide hätte sein können. Doch als meine Wut abklingt, bleibt nur eine lähmende Trauer. Ich kann nicht essen, nicht schlafen und mich nicht auf meine Arbeit hier konzentrieren. Ich kann nicht einmal ein Lächeln für die Leute aufbringen, mit denen ich mich treffe, weil sie so dringend trinkbares Wasser brauchen. Ich schleppe mich durch die Tage und beende die Reise ein paar Tage früher als geplant. Den Leuten von Global Sun Water erkläre ich es damit, dass ich krank bin und nach Hause zurück muss, um mich zu erholen.

Ich will die Sache mit Ruby von Angesicht zu Angesicht kitten, doch ich muss zuerst zu Hause bei Gabriel und Anna vorbei. Sie brauchen den Jet für einen Trip nach Tampa, wo Anna und Ruby her sind. Es ist der schnellste und direkteste Weg, dorthin zu reisen. Annas Pflegevater Mike, der an Lungenkrebs leidet, hat sie gebeten zu kommen.

Der Jet wird in Frankreich aufgetankt und einer Wartung unterzogen, darum habe ich Zeit, zu Hause vorbeizuschauen. Die Jacht wartet auf mich, um mich schnell dorthin zu bringen. Ich treffe mich mit Gabriel und Anna im Palast, wo Gabriel vor ihrer gemeinsamen Suite im Westflügel auf und ab geht.

„Wie geht's ihr?", frage ich.

Er fährt sich mit der Hand durchs Haar. „Sie besteht darauf, selbst zu packen, doch sie weint, und es dauert ewig. Sie weigert sich, sich von mir helfen zu lassen."

„Ich muss das allein machen, Gabriel!", ruft Anna durch die offene Tür ihrer Suite. „Das ist das eine, worüber ich die Kontrolle habe."

Ich spähe ins Zimmer. „Hi, Anna. Tut mir leid, das von Mike zu hören."

„Du bist hier!" Sie klappt ihren Koffer zu und zieht den Reißverschluss herum. „Auf geht's!" Sie zieht den Koffer hinter sich her.

Gabriel versucht, ihn ihr abzunehmen, doch sie weicht ihm aus und eilt uns voraus zur Treppe.

Gabriel bedeutet einem wartenden Bediensteten, ihr zu helfen.

„Ich komme mit euch", sage ich zu Gabriel. Ruby ist in Tampa. Ich habe Mist gebaut und muss es wieder geradebiegen.

Er bleibt stehen. „Du bleibst nicht? Ich wollte dir die Verantwortung übertragen, solange ich weg bin. Ich habe ein paar Verpflichtungen hier, die du für mich übernehmen solltest. Fuck. Lucas?"

Die königlichen Pflichten werden im Verhinderungsfalle von demjenigen übernommen, der dem Thron am nächsten ist. In der Thronfolge kommt Lucas nach mir. Ja, er ist derjenige, der bei der Junggesellenauktion den Aufruhr verursacht hat.

„Es sei denn, du willst Mutter fragen", schlage ich vor. „Tut mir leid, aber ich muss Ruby dringend sehen."

Er zieht ein finsteres Gesicht. „Du weißt, dass unsere Mutter immer noch in einem äußerst labilen Zustand ist." Er geht weiter und blafft ein paar Bediensteten in der Nähe eine Reihe von Anweisungen zu.

Kurz darauf sitzen wir alle im Mercedes, während die

Koffer verladen werden. Plötzlich klopft Lucas ans Fenster. Anna fährt es herunter.

Lucas sieht sie mitfühlend an. „Pass auf dich auf, Anna. In Gedanken bin ich bei dir und Mike."

Sie lächelt ihn mit wässrigen Augen an und drückt seine Hand. „Danke."

Er wendet sich Gabriel zu und salutiert zackig, bevor er sich umdreht und zurück in den Palast marschiert.

„Hoffentlich steht der Palast noch, wenn ich wieder zurückkomme", murmelt Gabriel.

Ich kann mir keine Sorgen darüber machen, was Lucas vielleicht tut. Meine Gedanken sind bei meiner Mission. Gabriel ist damit beschäftigt, Anna zu trösten. Auf der Reise habe ich jede Menge Zeit nachzudenken, und komme zu dem Schluss, dass ich Ruby in meinem Leben brauche. Bei all der Begeisterung, Gutes zu tun, habe ich das Wichtigste vergessen. Nichts von allem, was ich tue, hat eine Bedeutung, wenn es keine Liebe in meinem Leben gibt. Ich hätte damit anfangen sollen. Ich hätte ihr sagen sollen, wie sehr ich sie liebe. Doch ich habe ihr wehgetan. Ich *wollte* ihr wehtun, und das war kleinlich und falsch. Sie hatte recht, als sie gesagt hat, dass ich nicht weiß, wie es ist, erfolgreich in einem Karrierefeld sein zu wollen. Ich hatte nie einen Job, habe mir nie eine Karriere erarbeiten müssen. Vielleicht ist das der Grund, warum mein Engagement für sauberes Trinkwasser so wichtig für mich geworden ist. Zum ersten Mal in meinem Leben habe ich mich nützlich und gebraucht gefühlt, dass das, was ich tue, etwas bewegt. Doch ohne sie ist das alles bedeutungslos.

Im Jet schläft Anna erst einmal und setzt sich später neben mich. „Gabriel sagt, dass du Ruby dringend sehen musst, um das zwischen euch zu kitten. Was ist passiert?"

„Ich habe echte Scheiße gebaut."

„So schlimm kann es gar nicht sein. Ich weiß, dass du starke Gefühle für sie hast. Es steht dir ins Gesicht geschrieben."

Ich presse meine Lippen aufeinander. Ihr Glaube an mich berührt mich tief, so fehl am Platz er auch ist. Dann erzähle ich ihr alles – all die wunderbaren Hochs und das furchtbare Tief unserer Reise.

„Verdammt nochmal, Phillip. Hast du sie wegstoßen *wollen*?"

„Nein!" *Oder doch?* Habe ich unsere Beziehung absichtlich sabotiert, weil ich nach Lana immer noch Angst vor einer echten Bindung habe? Ich will nicht einmal daran denken, dass es so sein könnte. Es kann nicht sein. Ich liebe Ruby. Warum habe ich ihr das nicht gesagt? Ich bin so ein Idiot. Ich habe viel zu viel angenommen – dass sie weiß, dass ich sie liebe, dass sie der Meinung ist, meine Arbeit würde der beste Weg für unser gemeinsames Leben sein. Etwas anderes habe ich gar nicht in Betracht gezogen.

„Ich wollte sie nicht wegstoßen", sage ich niedergeschlagen. „Dumm wie ich bin, habe ich auf die vollkommen falsche Weise versucht, sie mit mir zu ziehen."

„Wirklich dumm. Glaubst du, ich wäre bei Gabriel geblieben, wenn er mir gesagt hätte, dass mein Job als Stylistin bedeutungslos ist? Oder wenn er mich dafür belächelt hätte, dass ich die Hausmeisterin meines Blocks war?"

Ich öffne den Mund, um zu sagen, dass das etwas Anderes ist, weil Annas Arbeit jetzt für das Königreich wichtig ist, doch sie lässt mich gar nicht zu Wort kommen.

„Bei Gott, nein! Ich hätte ihm den Laufpass gegeben, wenn er sich so verhalten hätte. Doch das hat er nicht. Im Gegenteil. Er war begeistert von allem, was ich erreicht habe, weil er mich liebt und respektiert. Wenn du Ruby liebst und respektierst, hast du einen langen Weg vor dir, es ihr zu beweisen. Ich bin sicher, dass sie sich nach eurem Streit wie der ausgespuckte Kaugummi unter deiner Schuhsohle gefühlt hat. Weniger als das."

Galle steigt mir in den Hals, als mir Rubys Worte wieder einfallen. *Du bist nicht besser als ich, nur weil du ein bisschen Wohltätigkeitsarbeit leistest! Jeder Beitrag ist von Bedeutung, solange er von Herzen kommt.* Ihre Arbeit ist ihr wichtig, und das ist alles, was zählt. Ich habe ihr das Gefühl gegeben, dass ihre Arbeit weniger wert ist als meine, doch das stimmt nicht. Sie bedeutet mir alles, und sie steht in so vielen Dingen über mir – sie ist offen, voller Wärme und liebevoll. Und ich habe mich ihr gegenüber wie ein Arschloch benommen.

Anna tätschelt meinen Arm. „Ich sehe, dass du es begriffen hast. Du solltest ordentlich um Gnade winseln." Damit kehrt sie an ihren Platz zurück.

Als die Limousine vor dem bescheidenen pfirsichfarbenen Haus von Rubys Eltern in der Vorstadt anhält, bin ich so nervös, dass ich kaum klar denken kann. Ich darf jetzt keinen Mist bauen.

Anna ruft mir hinterher: „Schau, dass du katzbuckelst, wie du es noch nie in deinem Leben getan hast!"

Ich hebe eine Hand und gehe auf das Haus zu. Prinzen winseln nicht um Gnade. Prinzen katzbuckeln nicht. Das ist nicht in meiner DNS. Doch ich werde das Richtige tun, das Ruder herumreißen und sagen, was ich schon beim ersten Mal hätte sagen sollen. Ich liebe sie, und das wird alles wieder ins Reine bringen. Das muss es. Natürlich ist es keine sichere Sache. Ich habe mich nicht telefonisch angemeldet, weil ich befürchtet habe, dass sie mich nicht sehen will.

Ich trage ein aquamarinblaues Hemd, passend zu meinen Augen (Ruby hat mir oft Komplimente über meine Augen gemacht und sie bewundert), dazu eine schwarze Hose und schwarze Lederschuhe. In der Hand habe ich einen Strauß roter Rosen, da Anna gesagt hat, dass das zu einer Entschuldigung dazugehört. Das ist mein Zugeständnis ans Katzbuckeln.

Rafe und Henry stehen hinter mir auf dem Treppenabsatz und warten darauf, dass ich meinen Mut zusammennehme und endlich klingele. Vor der weißen Haustür ist eine Fliegengittertür. Ich überlege, ob ich anklopfen soll, anstatt zu klingeln. Verdammte Nerven. Ich klingele.

Ein paar Sekunden später öffnet eine zierliche Frau mit kurzen, aschblonden Haaren die Tür. Das muss Rubys Mutter sein. Sie lässt die Fliegengittertür geschlossen und sieht mich an. „Ja?"

Ich zwinge mich zu lächeln. „Hallo, ich bin Phillip Rourke. Ich würde gerne mit Ruby sprechen."

Sie reißt die Augen auf. „Sie sind der königliche Hottie!"

Als sie die Fliegengittertür aufreißt, fällt mein Blick auf ihren bereits recht großen Schwangerschaftsbauch unter einem gelben T-Shirt. „Kommen Sie rein, bevor die Nachbarn Sie sehen. Edward! Der Prinz ist hier. Ruby!"

„Danke, Ma'am." Ich betrete ein geschmackvoll eingerichtetes Wohnzimmer mit einem weißen Sofa und passenden Sesseln, einem Sofatisch aus honigbraunem Holz und passenden Beistelltischchen. Ich nehme an, dass Ruby hinter dieser Einrichtung steckt. Das Zimmer sieht aus wie aus einem Einrichtungsmagazin. Elegant in seiner Schlichtheit.

„Bitte setzen Sie sich doch", sagt sie und bietet uns das Sofa an. „Ich bin Eileen. Ahh, du meine Güte! Das ist so aufregend. Seine Hoheit, der königliche Hottie hier in meinem Wohnzimmer!"

Ich setze mich. „Phillip reicht vollkommen."

Sie sieht meine beiden Bodyguards an, die an der Haustür stehengeblieben sind, und wendet sich wieder mir zu. „Kann ich Ihnen irgendetwas bringen?"

„Ruby wäre schön."

„Ich bin gleich wieder da!"

Das Haus ist hellhörig, und ich höre, wie sie den Flur entlangeilt und ruft: „Edward, beeil dich im Badezimmer! Da ist ein Prinz in unserem Wohnzimmer. Ja! Der, über den Ruby die ganze Zeit gemeckert hat!"

Ich rutsche auf meinem Platz herum. Ihre Mutter ist sehr freundlich dafür, dass Ruby sich offensichtlich über mich beklagt hat.

Ich begegne Rafes Blick. Er und Henry sehen amüsiert aus. Es gibt nichts Besseres als Zuschauer, wenn man zu Kreuze kriechen muss.

Einen Moment später höre ich, wie jemand an einem Türknauf rüttelt und dann mit der Faust gegen die Tür donnert. Dann höre ich Eileen rufen. „Mach sofort die Tür auf! Phillip ist hier, um dich zu sehen!"

Ich kann Rubys Antwort nicht verstehen.

„Ruby Evans. Wenn es sein muss, schraube ich die Scharniere ab und schleife dich an den Haaren ins Wohnzimmer, wenn du nicht sofort freiwillig rauskommst!"

Ihr Vater mischt sich ein. „Das dauert zu lange. Ich geh durchs Fenster und zieh sie raus in den Garten."

Vielleicht wollen ihre Eltern sie loswerden. Ruby hat gesagt, dass ihre Eltern das Zimmer für das Baby brauchen. Das kann nur gut für mich sein.

„Du solltest auf meiner Seite sein!", protestiert Ruby lautstark.

„Wir sind auf deiner Seite, Sweetheart", sagt ihre Mutter. „Aber wir wissen auch, was du für ihn empfindest. Lass dich nicht von deinem Stolz von dem Mann, den du liebst, fernhalten."

Ich springe auf. Sie liebt mich! Das ist alles, was ich wissen muss. Ich folge den Stimmen den kurzen Flur hinunter zu Rubys Zimmer.

„Hallo. Ich bin Rubys Dad, Edward." Ihr Vater, ein großer, schlanker Mann mit schütterem, blondem Haar streckt mir die Hand entgegen.

Ich drücke sie fest. „Freut mich, Sie kennenzulernen, Edward. Wenn Sie uns nur ein paar Minuten allein geben könnten? Ich würde gerne mit Ruby reden."

„Natürlich!", ruft ihre Mutter, nimmt ihren Mann am Arm und zieht ihn mit sich weg. „Wir sind in der Küche."

Rubys Tür öffnet sich einen Moment später. Ihre Haare sind zu einem unordentlichen Pferdeschwanz gebunden, ihre Augen feucht, ihre Lippen zu einer dünnen Linie zusammengepresst. Sie ist lässiger gekleidet, als ich sie bisher gesehen habe. Rosa T-Shirt, abgeschnittene Jeansshorts, barfuß. Sie ist schön, sexy und ernsthaft angepisst.

Ich gebe ihr die Rosen. „Ich möchte mich entschuldigen."

Sie tritt einen Schritt zurück, lässt mich in ihr Zimmer und schließt die Tür hinter mir. Das Zimmer dürfte das letzte Mal renoviert worden sein, als Ruby ein Teenager war, und ist sehr … mädchenhaft. Ein weißes, rüschiges Himmelbett, weiße Kommode und Nachttisch mit Blümchenmalerei, rosa Wände, rosa Teppich. An den Wänden hängen ein paar mindestens zehn Jahre alte Poster von irgendwelchen Rockstars. Doch selbst die sind ansprechend arrangiert. Ihre Eltern haben das Zimmer wahrscheinlich aus sentimentalen

Gründen nie verändert. Es gefällt mir, dass sie aus einer guten Familie kommt.

Sie setzt sich aufs Bett und starrt die Rosen in ihren Händen an.

Ich bleibe stehen, da sie mir keinen Platz angeboten hat. „Deine Eltern sind nett.“

Sie hebt den Kopf. „Sie sind beeindruckt von deinem königlichen Blut, so wie der Rest der Welt. Du bist ein Promi.“ Sie klingt nicht sonderlich beeindruckt.

Ich räuspere mich. „Ich will mich entschuldigen. Ich habe deine Gefühle verletzt, und das tut mir leid. Ich wollte nicht so selbstgerecht klingen. Ich weiß, deine Arbeit ist dir wichtig, und das macht sie auch für mich wichtig. Du bist gut in dem, was du tust.“

„Aber du glaubst nicht, dass meine Arbeit so wichtig ist wie deine.“

„Es ist kein fairer Vergleich. Ich bin mir sicher, dass, sobald die Grundbedürfnisse gedeckt sind, jeder die Schönheit zu schätzen weiß, die du in die Welt bringst.“ Meine Stimme stockt, als mir der Wahrheitsgehalt meiner Worte bewusst wird. „Du hast recht. Jeder von uns sollte auf die Art und Weise seinen Beitrag leisten, die für uns sinnstiftend ist.“

Sie ist still, ihr Blick gesenkt. Ich verliere sie, und ich kann es nicht ertragen.

Ich gehe vor ihr auf die Knie, damit wir auf Augenhöhe sind, und spreche in eindringlichem Ton von Herzen: „Ruby, ich hatte viel Zeit, darüber nachzudenken, und mir ist bewusst geworden, dass ich es falsch angegangen bin. Was ich die ganze Zeit hätte sagen sollen … womit ich hätte anfangen sollen, ist *ich liebe dich*.“ Ich halte den Atem an und hoffe inständig, dass sie es auch sagen wird. Wenn wir Liebe haben, dann kommt der Rest von ganz allein.

Sie starrt mich einen angespannten Moment lang an.

Mein Herzschlag dröhnt in meinen Ohren, meine Brust ist eng.

Und dann füllen sich ihre Augen. „Okay“, sagt sie leise.

Ich kann wieder atmen. Sie blinzelt, dann laufen die

Tränen über ihre Wangen. Das zu sehen gibt mir Hoffnung, und meine Augen fangen an zu brennen.

Ich setze mich neben ihr aufs Bett und wische ihre Tränen mit dem Daumen weg. „Und ich weiß, dass du mich auch liebst."

Sie lacht. „Ach so?"

„Deine Mutter hat es ziemlich laut gesagt, als sie dich aufgefordert hat, nicht zuzulassen, dass dich dein Stolz von dem Mann fernhält, den du liebst. Ich nehme an, sie hat mich gemeint, es sei denn, du und Rafe …"

Sie versetzt mir einen Stoß gegen den Oberarm und lächelt durch ihre Tränen. „Hör auf."

„Ich habe dich vermisst."

Sie schnieft. „Ich dich auch." Sie sieht mir in die Augen. „Ich liebe dich."

Die Anspannung, die sich in den letzten Tagen aufgebaut hat, verlässt mich in einem Atemzug. Ich ziehe sie in meine Arme. „Ich liebe es, dich das sagen zu hören."

Sie sieht mich an. „Ein paar von Annas Freundinnen habe ich als Kundinnen gewonnen, seit ich zurück bin. Drei von ihnen wollen ihre Häuser noch vor dem Jahreswechsel umgestaltet haben und zahlen das doppelte Honorar. Ich habe genug Arbeit für das nächste halbe Jahr. Mit den Anzahlungen kann ich mir meine eigene Wohnung leisten."

„Das ist schön. Ich freue mich für dich. Ich weiß, dass das genau das ist, was du wolltest."

Sie presst die Lippen aufeinander. „Nur, dass du es ruiniert hast. Nichts davon hat mir Freude bereitet, und ich konnte mich nicht einmal überwinden, nach einer Wohnung zu suchen, weil ich mich ohne dich elend gefühlt habe."

Ich streiche ihr die Haare aus dem Gesicht. „Mir ging es nicht anders."

Sie atmet scharf aus. „Wenn ich das höre, empfinde ich nicht die Genugtuung, die ich erwartet habe."

„Du hast gehofft, dass es mir schlecht geht?"

„Oh ja. Ich wollte, dass du die leere Hülle eines Mannes bist, der den Tag verflucht, an dem er das Beste, was ihm je passiert ist, verloren hat. Ich habe gehofft, dass du vor Trauer impotent wirst und für den Rest deines erbärmlichen Lebens nie wieder eine andere Frau genießen kannst."

„Verdammt, erinnere mich daran, es mir nie wieder mit dir zu verscherzen."

Sie lacht. „Ich weiß. Ich wollte, dass es dir genauso beschissen geht wie mir. Phillip, du hast wirklich meine Gefühle verletzt. Du hast mir das Gefühl gegeben, dass du glaubst, so viel besser zu sein als ich, dass ich geldgeil und kleingeistig bin, während du den höheren Pfad nimmst. Ich habe mich dir so nah gefühlt, näher, als je irgendjemandem zuvor, und dann war es plötzlich, als wäre die Kluft zwischen uns zu groß, um sie je überwinden zu können. Wir kommen aus unterschiedlichen Welten."

„Bei Gabriel und Anna funktioniert es."

„Anna hat sich immer nach einem stabilen Fundament und Familie gesehnt. Gabriel hat ihr das gegeben. Aber, Phillip, das bin ich nicht. Ich habe alles, was ich brauche, hier — abgesehen von dir. Ich weiß einfach nicht, wie das gehen soll."

„Ich ziehe nach Tampa." Ich bin selbst überrascht von der impulsiven Entscheidung, doch es ist der einzige Weg, der mir einfällt, sie glücklich zu machen.

Ihr bleibt der Mund offenstehen. „Was? Du kannst nicht nach Tampa ziehen. Du musst deine Arbeit fortsetzen. Sie ist wichtig für dich und die Welt."

Wir starren einander an. Die Situation scheint ausweglos zu sein. Sie will, dass ich tue, was ich am meisten tun will — sie will es nur nicht mit mir tun. Und ich gehöre nicht wirklich hierher. Wir beide wissen das.

Sie wendet sich ab, und mein Herz pocht mir im Hals.

„Ruby."

„Vielleicht hast du recht gehabt", sagt sie leise. „Wir befinden uns auf auseinanderstrebenden Wegen."

„Heirate mich."

Sie wirbelt herum, die grünen Augen weit aufgerissen. Sie sieht so überrascht aus, wie ich es bin, doch jetzt, wo ich es ausgesprochen habe, will ich es. Ich liebe sie. Das ist alles, was zählt.

Ich ergreife ihre Hände. „Ich brauche dich in meinem Leben, Ruby. Und nicht nur vorübergehend. Du bist *mein* stabiles Fundament, mein Herz, das Zentrum von allem, was ich tue. Ich weiß, es ist plötzlich. Ich habe noch nicht einmal einen Ring, aber es gibt nichts, was ich mehr will, als dich für den Rest meines Lebens an meiner Seite zu haben."

Sie sieht einen Moment glücklich aus, doch dann verfinstert sich ihre Miene. „Aber das löst das Problem nicht."

„Wir haben die ganze Zeit die falsche Frage gestellt. Es geht nicht darum, welcher Job wichtiger ist. Die Frage, die wir uns stellen müssen, ist, wie alles andere in unserem Leben um uns als Paar herum passt. Wir fangen mit Liebe an." Ich küsse sie. „Wir sind eine vereinte Front, und wir entscheiden alles zusammen. Wo wir leben, wie wir leben." Ich nehme ihr schönes Gesicht in meine Hände. „Es gibt nichts, das mir wichtiger ist als du. Nichts ist für mich von Bedeutung ohne dich in meinem Leben."

Mit gerunzelter Stirn sieht sie mich forschend an.

Ich lasse meine Hände sinken. Ich warte mit angehaltenem Atem auf die Antwort, die ich so dringend hören will.

Sie presst die Lippen aufeinander, während sie darüber nachdenkt. Schließlich sagt sie: „Das gefällt mir gut. Wir könnten Zeiträume festlegen. Sechs Monate für meine Karriere, sechs Monate, in denen wir als Botschafter für sauberes Trinkwasser reisen. Du hast den Einfluss, die Leute dazu zu bringen, sich deinem Terminplan anzupassen, und du könntest gelegentlich auch ohne mich reisen."

Ich kann wieder atmen. Pure Freude breitet sich in mir aus, und alles fühlt sich so leicht und strahlend an. Sie ist an Bord. „Und du wirst mich heiraten?"

Sie schmunzelt. „Wenn ich einen Antrag höre, der Prinz Phillip Rourkes würdig ist."

Ich gehe vor ihr auf ein Knie und nehme ihre Hand. „Ruby Evans, willst du mir die Ehre erweisen, meine Frau zu werden?"

„Ja!"

Sie fällt mir in die Arme, und ich fange sie auf und halte sie lange fest. Sie küsst mich, und es ist das süßeste Willkommen zurück, das man sich nur vorstellen kann. Plötzlich sind wir gierig aufeinander und taumeln und stolpern zu Boden. Sie ist auf mir, und ich lasse meine Hände über ihre zierlichen, weichen Kurven wandern.

Plötzlich hebt sie den Kopf. „Wir sollten wohin gehen, wo wir unter uns sind."

„Ja, und das schnell."

Sie kichert, dann springt sie auf, rennt zur Tür und reißt sie auf. Ihre Eltern springen zurück und starren uns schuldbewusst an. „Mom! Dad!"

„Herzlichen Glückwunsch, Sweetheart!", ruft ihre Mutter.

Ihr Vater schüttelt meine Hand. „Willkommen in unserer Familie. Dürfen wir jetzt den Palast besuchen?"

14

Ruby

Phillip und ich sind heiß aufeinander, doch alles der Reihe nach. Wir sind verlobt, und meine Eltern sind aus dem Häuschen. Wir gehen mit ihnen in die Küche, um mit einem Chardonnay anzustoßen. Mom hält sich natürlich an Wasser.

„Herzlichen Glückwunsch!", ruft meine Mutter und stößt mit uns an.

„Herzlichen Glückwunsch", sagt mein Vater.

Phillip stößt mit mir zuletzt an und lässt meinen Blick nicht los, während er einen Schluck trinkt.

„Wir sollten gehen", sage ich. „Ich muss Phillip zurück in sein Hotel fahren, damit er mit dem Pressesekretär eine offizielle Pressemeldung formulieren kann."

Phillip stellt sein Glas auf den Tresen. „Ja. Es ist wichtig, dass wir es persönlich und sofort erledigen, damit die Nachricht nicht vorzeitig irgendwo durchsickert."

„Oh wow!", ruft meine Mutter. „Eine Pressemeldung! Wollt ihr hier oder im Palast heiraten?"

„Ruby?", fragt Phillip.

Ich freue mich, dass er die Entscheidung mir überlässt, auch wenn ich mir sicher bin, dass alle Hochzeiten in seiner Familie in der Kapelle des Amalienpalasts stattfinden. Da haben auch Anna und Gabriel geheiratet. Meine Eltern haben die Übertragung aufgenommen, und wir haben es uns später im Fernsehen angesehen.

Ich wende mich meinen Eltern zu. „Wäre es okay für euch, wenn wir in der Kapelle im Palast heiraten? Wir würden warten, bis ihr mit dem Baby reisen könnt." Sie haben immer noch keinen Namen ausgesucht.

Ein strahlendes Lächeln erhellt das Gesicht meiner Mutter. „Das wäre wunderbar! Phillip, wir haben Annas Hochzeit im Fernsehen gesehen. Die Kapelle ist so schön. Werdet ihr auch eine Pferdekutsche haben?"

Phillip lächelt. „Ruby bekommt alles, was sie will."

„Ein Mann fürs Leben", sagt meine Mutter.

„Oh ja!" Ich umarme sie und dann meinen Dad. „Ich rufe euch später an. Wir haben so viel zu planen!"

Phillip schüttelt beiden die Hände, doch meine Mutter besteht auf eine Umarmung und küsst seine Wange. Sie haben nicht lange gebraucht, um sich für ihn zu erwärmen, auch wenn ich ihn als aufgeblasenen, selbstgerechten, arroganten Arsch bezeichnet habe. Als Langzeitfan des königlichen Hottie war meine Mutter immer der Überzeugung, dass er ein lieber Mensch sein muss. Sie hat den Schluss einzig und allein aufgrund seines herzlichen Lächelns gezogen. Und sie hatte recht.

Endlich schaffen wir es, das Haus zu verlassen, und ich gehe mit ihm und den Jungs zur Straße, wo mein zweitüriger Toyota in der Sonne von Florida vor sich hin röstet. Ich schließe auf und nehme das Sonnenschild von der Windschutzscheibe.

Ich drehe mich zu Rafe und Henry um, die beide über einsachtzig groß sind. „Tut mir leid. Er ist nicht so geräumig wie der Mercedes, den Sie gewohnt sind."

„Kein Problem, Ma'am", sagt Henry. Rafe blickt verbissen drein.

Nachdem sie sich auf die Rückbank zusammengefaltet haben, setze ich mich ans Steuer und Phillip auf den Beifahrersitz.

Ich lasse den Wagen an, drehe die Klimaanlage auf und wende mich Phillip zu. „Wohin?"

„Soweit habe ich ehrlich gesagt gar nicht vorausgedacht. Das mit uns wieder ins Reine zu bringen, war alles, woran ich denken konnte. Anna und Gabriel übernachten im Epicurean. Wir könnten dahin gehen."

Ein Luxushotel. Das ist jetzt mein Leben – ausgeglichen von der Arbeit mit den Ärmsten der Armen. Eine Zukunft, die ich mir nie erträumt hätte, doch ich weiß, dass sie extrem befriedigend sein wird. Außerdem habe ich ja immer noch das halbe Jahr hier zu Hause.

„Oder was immer du gut findest", fügt er hinzu.

„Wie entgegenkommend du auf einmal bist", feixe ich.

Er lacht. „Genieß es, solange es anhält. Ich bin einfach nur so glücklich, dass zwischen uns wieder alles im Lot ist. Im Augenblick würde ich dir alles geben."

Vom Rücksitz dröhnt prustendes Gelächter. „Beziehungsratschläge, Rafe?"

„Sie haben ein Zimmer im Epicurean, genau wie wir."

„Ah."

Rafe gibt mir die Adresse, doch ich kenne den Weg. Ich bin schließlich hier aufgewachsen. Ich fahre hinüber zum Hotel und drücke dem Parkdiener die Schlüssel meines ausgesprochen unluxuriösen fahrbaren Untersatzes in die Hand.

Phillip nimmt meine Hand und rennt praktisch mit mir zur Rezeption. Nur wenige Minuten später sind wir auf dem Weg in sein Zimmer. Sein Gepäck ist schon da.

Henry und Rafe beziehen das Zimmer nebenan.

Natürlich ist es eine Suite, doch ich habe kaum Gelegenheit, mich im Wohnzimmer umzusehen, bevor Phillip mich hochhebt und ins Schlafzimmer trägt.

„Musik", sage ich. „Sonst hören die Jungs uns."

„Oh Ruby, die stört das nicht. Glaub mir."

„Mich stört es aber!"

Er stellt mich ab und schaltet den Radiowecker auf dem Nachttisch ein. Top-100 Pop spielt – und laut.

Ich lächele. „Perfekt!"

Er öffnet die Nachttischschublade, in der eine Schachtel Kondome liegt, und brummt beifällig.

„*Iiihhhh!* Wir benutzen nicht irgendjemandes zurückgelassene Kondome!"

Er lacht. „Das sind meine. Mein Butler hat sie da deponiert. Meine übliche Marke, siehst du?" Er nimmt die Schachtel heraus und zeigt mir einen kleinen goldenen Aufkleber mit seinen Initialen auf der Unterseite.

Ich mache große Augen. „Du hast deine persönlichen Kondome mit Initialen?", lache ich.

Er schmunzelt. „Das ist die persönliche Note meines Butlers, wenn er etwas für mich hinterlässt, damit ich weiß, dass es okay ist. Er hat offensichtlich auch auf unsere Versöhnung gehofft."

Ich starre ihn an. Ich bin sprachlos. Daran, von nun an ein so öffentliches Leben zu führen, muss ich mich erst noch gewöhnen.

„Wäre dir lieber, ich hätte keine und müsste welche beim Concierge bestellen?"

Ich schlinge meine Arme um ihn. „Dann hast du wirklich nicht damit gerechnet?"

Er legt seine Arme um mich und sieht mich liebevoll an. „Ich war mir nicht sicher, ob du mich überhaupt reinlassen würdest."

„Wusstest du nicht, dass ich dich liebe?"

„Nein. Ich habe es gehofft, aber nicht sicher gewusst. Ich dachte, ich hätte alles kaputtgemacht."

„Jetzt weißt du es ja."

Er nimmt mein Gesicht in seine Hände. „Ich hatte nicht geglaubt, dass ich noch einmal lieben würde, und dann bist du in mein Leben scharwenzelt und hast es auf den Kopf gestellt."

Ich lächele bei der Erinnerung an unsere Konversation an Bord der Jacht, und mein Herz will vor Glück platzen. „Ich bin schon eine Scharwenzlerin."

„Zum Glück", sagt er an meinen Lippen, und danach reden wir nicht mehr, wir küssen uns. Er reißt mir das T-Shirt vom Leib, dann den BH und bewundert meine Brüste, während er meine Shorts aufknöpft.

Eine leise, nagende Sorge lässt mich fragen: „Findest du mich zu klein?" Als wir uns gestritten haben, hat er eine Bemerkung über meine Größe gemacht, und ich bin ein bisschen sensibel, was das angeht. „Kleiner Körper und Kleingeist, wenn ich mich recht erinnere?"

Er schließt die Augen und zieht mich fest an sich. „Du bist zierlich, und ich hätte das nicht sagen sollen. Und ein Kleingeist bist du auch nicht. Es tut mir leid." Er lässt seine Hände über meine Flanken gleiten. „Ich liebe deine zierlichen Kurven. Du bist so schön, so sexy und du passt so perfekt zu mir."

Ich hebe mein Kinn. „Vielleicht bist du ja das Problem. Vielleicht bist du zu groß."

Er schmunzelt, sagt aber nichts. Stattdessen zieht er mir meine Shorts und mein Höschen gleichzeitig aus. Dann schlägt er die Laken zurück, hebt mich an der Taille hoch und wirft mich aufs Bett.

„Ah! Phillip! Du kannst mich nicht durch die Gegend werfen wie eine Puppe!"

„Es gefällt mir, wie leicht ich dich hochheben kann." Er lächelt. „Ich werde versuchen, mich zurückzuhalten. Oder du könntest dasselbe mit mir tun." Er fängt an, mit einem selbstgefälligen Grinsen sein Hemd aufzuknöpfen. Er weiß genau, dass ich ihn unmöglich hochheben kann. Er ist zwei Kopf größer und mindestens fünfzig Pfund reine Muskelmasse schwerer. Doch es gibt andere Wege …

Ich gehe auf die Knie, öffne seine Hose und nehme seine dicke Erektion in die Hand. „Ich kann dich mit einem Saugen in die Knie zwingen."

Er packt meine Haare mit einer Hand und zieht meinen Kopf zurück. „Du kannst mich mit einem Wort auf die Knie zwingen. Ich liebe dich so sehr, Ruby. Es gibt nichts, was ich nicht für dich tun würde."

Mir bleibt der Mund offenstehen, denn seine Worte hören sich so aufrichtig an, dass ich ihm nur glauben kann. Kein Mann hat je so viel für mich empfunden, dass er bereit gewesen wäre, alles für mich zu tun. Die meisten Männer haben, wenn überhaupt, das Nötigste getan.

Er lächelt und stößt mich auf den Rücken. „Du siehst also, dass die Machtdynamik hier eindeutig zu deinen Gunsten steht." Er rollt ein Kondom über, stützt sich über mich und schiebt sich zwischen meine Beine.

„Phillip."

Er verflechtet seine Finger mit meinen, hebt meine Hände über meinen Kopf und presst sie aufs Bett. „Ja, Liebes?"

„Niemand hat je so etwas zu mir gesagt."

„Schön, dass ich der erste bin." Dann gleitet er langsam in mich ein – welch süßer Schmerz. „Schling deine Beine um meine Taille."

Als ich es tue, fängt er an, in mich hineinzupumpen, tief und hart und schnell. Genau, was ich brauche. Er hält Blickkontakt, der mit jedem Stoß intensiver wird. Er schiebt seine Hand unter mich und kippt meine Hüfte, um noch tiefer eindringen zu können. Ich keuche nur noch, als ich dem Abgrund immer näherkomme. Sein Mund schließt sich über meinem, und seine Bewegungen in mir bringen größte Lust. Alles in mir ist zum Zerreißen gespannt. Ich biege meinen Kopf weit zurück, fiebrig vor Verlangen. Er pumpt weiter, immer weiter. Mein leises Stöhnen wird zu einem spitzen Schrei, als ich fliege, und mit einem letzten Stoß erstarrt auch er.

Ich strahle, euphorisch, als er auf mich sackt. Ich schlinge meine Arme um ihn und presse ihn an mich. „Ich liebe dich, ich liebe dich, ich liebe dich."

Er hebt den Kopf und küsst mich zärtlich. „Ich dich auch. Hmmm. Drei Ich liebe dichs für zwei Orgasmen. Ich glaube, ich schulde dir bald noch einen." Er rollt sich neben mich auf die Matratze.

Ich drehe mich auf die Seite, um ihn ansehen zu können, und stütze mich auf meinen Ellbogen. „Mir gefällt, wie du denkst." Ich streichele mit meiner Hand über seine glühendheiße Brust. „Und ich bin immer offen für mehr."

Er lächelt mich an. „Gib mir nur einen Moment."

Ich setze mich rittlings auf ihn, strecke mich nach dem

Radio und drehe es leiser. Er setzt sich mit mir in seinen Armen auf, zieht die Decke hoch und deckt uns beide zu, während er sich wieder hinlegt. Seine warme Hand streichelt meinen Rücken, und ich lasse meine Hände auf seiner Brust ruhen, als ich zu ihm aufblicke. Seine Augen sind geschlossen, seine Miene entspannt. Er hat einen Stoppelbart, als hätte er vergessen, sich zu rasieren. Es gefällt mir, dass er so darauf konzentriert war, das zwischen uns zu reparieren, dass er selbst das vergessen hat.

Ich küsse seine Brust. „Hast du neu gepackt, oder ist das dein Koffer von der Tour?"

„Von Indien. Ich wollte direkt zu dir, doch ich musste zu Hause Halt machen, um Anna und Gabriel abzuholen."

„Sie hat mir von Mike erzählt. Wir sollten später rüberfahren."

„Ja. Was hältst du von Essen?"

„Ich liebe Essen."

„Ausgezeichnet."

Eine Stunde später sitzen wir in flauschige weiße Bademäntel gehüllt im Wohnzimmer der Suite und genießen ein köstliches Mittagessen. Und dann schmieden wir Pläne – große Pläne – und tüfteln die Logistik unseres Lebens als echte und gleichberechtigte Partner aus. Alles geht durch den Filter *erlaubt es uns, die beste Version unserer selbst zusammen zu sein?* Dann ist es ein Ja, sonst ein Nein. Er ist der Dreh- und Angelpunkt meines Lebens und ich seiner. Unser nächstes Ziel ist Villroy für die Hochzeit seiner Schwester Emma, danach New York für ein Meeting mit der UN, bevor wir wieder nach Tampa fliegen.

Mein Leben wird bald in drei verschiedene Rollen aufgeteilt sein – die der Frau eines Prinzen, die der Innenarchitektin und großen Schwester in Florida und die einer UN-Botschafterin für sauberes Trinkwasser. Ich habe keine offizielle Botschafterrolle, doch nachdem wir darüber gesprochen haben, wird Phillip mir die Verantwortung für alle Bemühungen für Mädchen und Ausbildung übertragen. Das ist mein besonderes Projekt, und ich liebe es.

„Was ist mit Kindern?", fragt er. „Ich würde definitiv gerne Kinder haben."

Freude schießt durch mich hindurch. „Ja zu Kindern, doch erst nach der Herumreiserei. Vielleicht wenn ich dreißig bin. Ist das okay?" Er ist neunundzwanzig, und ich bitte ihn, fünf Jahre zu warten.

„Absolut. Wie viele?"

„Meine Mom hatte viele Fehlgeburten. Ich bin mir nicht sicher, wie es bei mir klappt."

Er nimmt meine Hand. „Wenn es Probleme gibt, können wir immer adoptieren. Wir haben auf unserer Reise so viele Waisen gesehen."

Mein Hals schnürt sich zu. Er ist so ein guter Mann und er hat recht. „Ich liebe die Idee. Ja, in dem Fall vier Kinder."

Er strahlt. „Ich bin mit sechs Brüdern und Schwestern aufgewachsen. Große Familien machen Spaß. Wir lassen uns natürlich helfen. Vielleicht hat meine alte Nanny Lust, Teil unserer Familie zu werden."

„Wenn sie nicht schon mit Annas und Gabriels Baby beschäftigt ist."

„Anna ist schwanger?"

„Nicht, dass ich wüsste, doch sie hat mir erzählt, dass sie daran arbeiten."

Er schnaubt. „Sie arbeiten daran. Als ob das Arbeit wäre." Er steht auf. „Komm her. Ich brauche dich für etwas, das sehr viel Spaß macht. Ist dir aufgefallen, dass ich dich gerade nicht wie eine Puppe aufgehoben habe?"

„Das ist auch besser so! Ich habe gerade gegessen. Du solltest deine Verlobte nie mit einem vollen Magen durch die Gegend werfen."

Er streckt die Hand nach mir aus. „Ruby."

Ich stehe auf und nehme seine Hand. Er zieht mich in seine Arme und küsst mich, dann senkt er den Kopf, und seine Stimme ist ein leises Grollen in meinen Ohren. „Wir werden ein Spiel spielen. Es heißt schreiender Orgasmus."

Ich lächele zu ihm auf. „Ich mag dieses Spiel."

Er legt die Hand an meine Wange. „Das weiß ich. Ich habe es zu deinen Ehren erfunden."

„Du darfst mich ins Schlafzimmer tragen."

Er hebt mich hoch. „Dann gefällt dir das also?"

Ich nicke. „Es ist romantisch."

Er stellt mich im Schlafzimmer ab, schließt die Tür und hebt mich hoch, sodass wir auf Augenhöhe sind. Dann presst er mich gegen die Tür. Ich schlinge Arme und Beine um ihn. „Du und ich, Ruby. Von jetzt an für immer."

„Ja." Ich schlucke den Kloß in meinem Hals hinunter. Ich habe noch nie einen Mann gekannt, der sich so liebevoll ausgedrückt hat. Er hat ein riesiges Herz.

Als seine Lippen meine berühren, macht mein Verstand dicht, verloren in dem Gefühl. Eine ganze Weile später stellt er mich wieder auf meine Füße und reißt mir den Bademantel vom Leib. Ich helfe ihm eilig aus seinem, während er ein Kondom aus der Tasche seines Bademantels zieht.

„So vorbereitet!", lache ich.

„Das muss ich in deiner Gegenwart." Er rollt es über, packt mich bei der Taille, hebt mich hoch und spießt mich auf. Ich atme keuchend aus, dann schlinge ich meine Beine um seine Taille, die Wand wieder im Rücken. Er hält mich an der Hüfte fest, während er in mich hinein rammt. „Klarer Vorteil deiner Größe ist, dass ich dich so hochheben kann", stöhnt er.

„Hör nicht auf."

Ich bin kurz vorm Orgasmus. Er hält mich fest und stößt weiter in mich hinein. Ich stoße leise Schreie aus, während sich die Lust aufbaut. Er schiebt eine Hand zwischen uns und fängt an, mich zu massieren. Ein glühendheißes Gefühl schießt durch mich hindurch. Ich grabe meine Fingernägel in seine Schultern, denn es ist so intensiv, dass ich es kaum ertragen kann. Und dann explodiere ich mit einem beinahe animalischen Schrei. Kraftlos sinke ich gegen ihn, während er noch ein paarmal zustößt, bevor er laut an meinen Hals stöhnt und kommt.

Er hebt den Kopf und küsst mich zärtlich, dann dreht er sich mit mir auf dem Arm um, geht zum Bett und setzt mich vorsichtig auf die Laken, bevor er sich zu mir legt. Er rollt mich auf die Seite und schmiegt sich an meinen Rücken.

Ich seufze zufrieden. Es macht mir nichts aus, wenn er

mich herummanövriert, solange er es für diese sexy und liebevollen Positionen tut.

Er streicht mir die Haare aus dem Gesicht und flüstert in mein Ohr: „Die Jungs wissen jetzt, wie du dich anhörst, wenn du kommst, darum brauchst du dir keine Sorgen zu machen, dass sie das Zimmer stürmen.“

Ich erstarre. *WAS?* „Phillip?“

„Mmm-hmm.“ Er hat seine Arme um meine Taille geschlungen und hält mich fest an sich gepresst, als könnte ich aus dem Bett springen und ausflippen. Doch dafür bin ich zu erschöpft.

Ich bemühe mich um einen ruhigen Ton. „War das Spiel gerade zur Unterhaltung deiner Bodyguards?“

„Nein, Darling, das war für dich.“

Ich entspanne mich ein bisschen.

„Das war nur ein praktischer Nebeneffekt.“

„Phillip!“ Ich sehe ihn über meine Schulter böse an.

Er küsst mich. „Du hast vergessen, dich für deinen schreienden Orgasmus zu bedanken.“

Ich schnaube und lege mich wieder auf die Seite.

Als seine Finger zwischen meine Beine wandern, stöhne ich. „War das gerade ein Danke?“, feixt er.

„Dafür bezahlst du“, knurre ich, und dann stockt mir der Atem. Er besitzt meinen Körper, und ich liebe es.

Eine ganze Weile später liege ich vollkommen erschöpft im Bett. Er hat sich ausgiebigst mit meiner Befriedigung befasst. „Danke.“

„Da ist es ja!“, gurrt er und hebt den Kopf aus seiner Position zwischen meinen Beinen. Er setzt sich neben mich auf die Matratze. „Ich wusste, dass ich es von dir bekommen würde, wenn ich mich mit Herz und Seele hineinlege – und Lippen und Zunge–“

Ich stütze mich auf meine Ellbogen und starre ihn finster an. „Schhh!“

„Du hast es immer noch nicht verinnerlicht? Keine Hemmungen, nur weil die Jungs in der Nähe sind.“ Er seufzt. „Wir müssen wohl nochmal von vorn anfangen.“

Ich richte mich auf und stürze mich auf ihn. Er lässt es zu

und fällt auf seinen Rücken. Dann küsse ich sein stoppeliges Gesicht.

Er lächelt unter meinen Lippen. „Schon besser", sagt er und hält mich fest.

Ich schmiege meinen Kopf an seine Brust und lausche dem Pochen seines Herzens. Ich bin genau da, wo ich sein will, an dem Ort, den mir das Schicksal bestimmt hat, umgeben von Liebe.

EPILOG

Eine Woche später im Speisesaal des Palasts ...

Phillip

Ich kann es nicht erwarten, meiner Familie von unserer Verlobung zu erzählen, doch ich muss warten. Wir haben uns am Abend vor der Hochzeit meiner Schwester Emma zum Probeabendessen versammelt. Abdul, ihr Verlobter, ist aus einem kleinen Königreich in Südostasien. Ihre Hochzeit findet morgen in der Kapelle statt, und danach wird Emma mit ihm zusammen leben. Zugegebenermaßen ist er ein Langweiler, überaus proper, genau wie unsere Emma, doch er ist nett. Seine dunkelbraunen Haare trägt er präzise gescheitelt, und für den Anlass hat er einen dunkelblauen Anzug, ein weißes Hemd und eine altrosa Krawatte und Einstecktuch gewählt. Emmas Outfit passt perfekt zu ihm. Sie trägt ein hoch geschlossenes, langärmeliges altrosa Kleid und eine Perlenkette. Ihre langen dunkelbraunen Haare sind sorgfältig frisiert, doch ihre großen haselnussbraunen Augen sind gesenkt, sie wirkt beinahe kleinlaut und steif, ihre vollen rosa Lippen sind zu einer Linie zusammengepresst.

Ich dachte wirklich, dass sie glücklicher aussehen würde angesichts der Tatsache, dass sie morgen heiratet und so lange auf diesen Tag gewartet hat. Vielleicht ist sie nervös. Die Hochzeit zwischen Abdul und ihr wurde zwischen unseren beiden Königreichen arrangiert. Sie war gerade einmal sechzehn, als sie ihn als ihren künftigen Ehemann akzeptiert hat, und musste auf Wunsch unserer Eltern mit der Hochzeit warten, bis sie fünfundzwanzig war. Letzte Woche war ihr fünfundzwanzigster Geburtstag. Die Tatsache, dass sie kaum trinkt und heute schon ein paar Gläser Champagner getrunken hat, sollte sie eigentlich entspannen.

Vielleicht ist es, weil unsere Mutter nicht hier ist. Sie hat sich vollkommen zurückgezogen und nimmt alle ihre Mahlzeiten in ihrem Zimmer ein. Sie hat versprochen, dass sie morgen zur Hochzeit kommen wird – was ihr erster öffentlicher Auftritt seit dem Tod meines Vaters sein wird. Ruby und ich haben sie nach unserer Rückkehr besucht und ihr von unserer Verlobung erzählt. Sie hat uns ihren Segen gegeben, auch wenn sie nicht allzu begeistert gewirkt hat. Nicht viel schafft es, die finstere Wolke der Trauer zu durchdringen, die sie umgibt. Ich kann sie jedoch verstehen. Sie hat die Liebe ihres Lebens verloren.

Sobald der letzte Gang abgeräumt wird, stehe ich auf und gehe zu Emma, die neben ihrem Verlobten sitzt. Abduls Eltern und seine zwei Schwestern sind hier, genauso wie alle meine Geschwister. „Herzlichen Glückwunsch euch beiden."

„Danke, Phillip", sagt Emma monoton.

Ich blicke in ihre Augen. Sie ist nicht betrunken. Ich habe sie nie betrunken gesehen, doch ihr Verhalten passt so gar nicht zu dem glücklichen Ereignis, auch wenn ich vermutet habe, dass Alkohol daran schuld sein könnte. Sie sieht vollkommen unbeteiligt aus. Ihre Augen sind ausdruckslos.

„Danke", sagt Abdul in perfektem Englisch. „Ich freue mich sehr, dass wir jetzt, da Emma das von ihren Eltern gewünschte Alter hat, den Schritt machen können."

„Ja, nachträglich alles Gute, kleine Schwester." Ich bin zur Feier nicht in Villroy gewesen.

Sie nickt kaum merklich.

Ich drücke ihre Schulter. „Wäre es okay, wenn ich der Familie große Neuigkeiten verkünde, oder soll ich besser auf eine andere Gelegenheit warten? Ich möchte euren glücklichen Anlass nicht schmälern."

„Oh nein, bitte", sagt Emma.

Ich wende mich Abdul zu, der ebenfalls sein Okay gibt.

Ich kehre zu Ruby zurück und flüstere ihr zu: „Ich werde ihnen von unserer Verlobung erzählen."

Sie lächelt und nickt.

Ich klopfe mit einem Löffel gegen ein Glas, und alle verstummen und wenden mir ihre Aufmerksamkeit zu. Gabriel und Anna sind natürlich auch hier. Anna ist im Moment nicht sie selbst, nachdem sie Mike letzte Woche verloren hat. Er ist kurz nach ihrer Ankunft gestorben. Er hat sich scheinbar krampfhaft am Leben festgeklammert, um sich von ihr verabschieden zu können. Sie hat seine Beerdigung arrangiert, eine kleine, schnörkellose Zeremonie, und ist dann sofort nach Hause geflogen.

Ich lasse den Blick in die Runde schweifen. „Zu diesem glücklichen Anlass möchte ich Emma und Abdul herzlich gratulieren."

Alle applaudieren und stimmen ein, auch wenn meine Geschwister wenig begeistert sind. Sie sind der Meinung, dass Emma mit der arrangierten Ehe die pflichtbewusste Prinzessinnennummer zu weit treibt. Es war eine Option, die meine Eltern uns allen angeboten haben. Nur Gabriel und Emma haben sie überhaupt in Erwägung gezogen. In dieser Hinsicht gleichen sie sich wie ein Ei dem anderen. Bei Gabriel, dem Thronerben, konnte ich es noch in gewissem Maße nachvollziehen, doch Emma ist die Fünfte in der Thronfolge. Sie hat einfach geglaubt, dass es wichtig ist, die Tradition fortzuführen, wahrscheinlich weil meine so traditionsbewusste Mutter es ihr so eingetrichtert hat. Sie und Emma haben einander immer nahegestanden. Emma war die Tochter, die sich meine Mutter nach vier Söhnen so sehr gewünscht hatte.

Ich fahre fort. „Und dem Anlass entsprechend habe ich selbst eine gute Nachricht, an der ich euch alle teilhaben lassen möchte." Ich lächele Ruby an. Ihre Wangen sind gerötet.

Ich wende mich wieder den anderen zu. „Ruby und ich haben uns verlobt."

Alle jubeln, und meine Brüder pfeifen und johlen. Ich beuge mich hinunter und küsse Ruby auf die Wange.

Als die Beifallsrufe verstummen, hebt sie eine Hand. „Vielen Dank. Wir sind sehr glücklich."

Anna kommt um den Tisch herum und umarmt uns beide. „Herzlichen Glückwunsch! Ruby, ich bin so unglaublich froh, dass ihr euch wieder zusammengerauft habt. Ich hoffe, dass das bedeutet, dass du hier in Villroy leben wirst."

„Wir werden eine ganze Weile für meine und seine Arbeit reisen. Wahrscheinlich, bis wir so weit sind, uns niederzulassen und eine Familie zu gründen."

„Ich wünsche euch alles Glück der Welt", sagt Anna mit einem wässrigen Lächeln.

Gabriel steht auf und gratuliert ebenfalls, bevor er Anna wieder zurück an ihren Platz begleitet.

Ich begegne Emmas Blick. „Glückwunsch", sagt sie knapp.

„Danke, und dir auch. Du musst so aufgeregt sein vor eurem großen Tag morgen.

Abdul lauscht aufmerksam auf ihre Antwort.

Sie lächelt, doch es reicht nicht bis zu ihren Augen. „Natürlich. Es war viel Planung nötig, und jetzt ist er endlich da."

„Neun Jahre", sagt Abdul. „Das ist eine lange Wartezeit."

„Stimmt", sage ich. „Also wir freuen uns alle darauf."

Gabriel und Anna ziehen sich bald darauf zurück, während wir anderen in den Salon gehen, um weiterzufeiern. Es ist die zweite Novemberwoche und zu kalt, um auf dem Dachgarten zu feiern. Emma entschuldigt sich pünktlich um neun, wie sie es immer tut. Sie hat für alles einen strikten Zeitplan, den sie sich selbst auferlegt hat, und das schließt eine frühe Schlafenszeit mit ein. Ich hoffe, dass ihre Ehe sie ein wenig lockerer machen wird, doch wenn ich mir Abdul ansehe, der genauso proper ist wie sie, glaube ich nicht, dass sich viel ändern wird. Aber was weiß ich schon? Vielleicht ist es genau das, was sie braucht.

~

Am nächsten Tag gehe ich mit Ruby zur Kapelle des Palasts, wo Emma bald heiraten wird. Ruby wollte sich die Kapelle vor der Zeremonie ansehen. Wahrscheinlich will sie auch Fotos machen. Sie liebt nun einmal historische Architektur. Und ich liebe sie mehr als ich es je für möglich gehalten habe. Gestern Nacht sind wir alle lange im Salon geblieben, haben getrunken und uns unterhalten, und so haben auch meine Geschwister die Chance bekommen, Ruby kennenzulernen. Alle haben mir danach gesagt, dass Ruby perfekt für mich ist. Natürlich bin ich derselben Meinung.

Ich nehme Rubys Hand und verflechte meine Finger mit ihren. Sie wendet sich mir zu und lächelt mit strahlenden grünen Augen. Ich erwidere ihr Lächeln, erfüllt von einer übersprudelnden Freude, als ich an unsere gemeinsame Zukunft denke. Ich frage mich, wo letzten Endes unser Zuhause sein wird? Im Palast? In einem Haus auf Villroy? Vielleicht in Frankreich? Oder in den USA? Ich denke über die verschiedenen Orte nach und wie sie funktionieren könnten, besonders mit Kindern. Doch wo immer es auch sein wird, es wird voller Liebe sein.

Ich entdecke Gabriel und Anna im Flur. Er ist bereits in Smoking und sie in einem langen, pfirsichfarbenen Kleid, ein elegantes Paar.

„Hallo!", rufe ich ihnen zu. „Schöner Tag für eine Hochzeit."

Gabriel kommt mit grimmiger Miene auf mich zu. Anna eilt ihm hinterher, und ich bin sofort alarmiert. Ist etwas mit Mutter? Vielleicht ist sie doch zu deprimiert, um zur Hochzeit zu kommen. Das würde Emma traurig machen. Sie waren sich immer besonders nahe.

„Was ist?", frage ich ihn.

„Emma ist verschwunden", flüstert Gabriel angespannt. „Habt ihr sie gesehen?"

„Nein. Hast du Silvia schon gefragt?" Unsere Schwester wollte Emma beim Anziehen helfen.

„Natürlich habe ich Silvia gefragt", blafft er. „Sie sagt,

dass Emma ihr Kleid schon anhatte und einen Moment allein sein wollte. Als Silvia wieder ins Zimmer gekommen ist, war sie weg."

„Der Palast ist groß", sagt Ruby. „Irgendwo muss sie ja sein. Vielleicht ist sie bei eurer Mutter."

„Ja, das stimmt", sage ich und lächele Ruby an. „Du bist brillant."

„Sie ist nicht bei Mutter", presst Gabriel heraus. „Da haben wir schon nachgesehen. Wir müssen uns verteilen und den Palast durchsuchen, ohne jemanden zu alarmieren."

Ich nicke. „Ruby und ich nehmen uns den Ostflügel vor. Du und Anna nehmt den Westflügel."

„Glaubst du, sie ist vor ihrer eigenen Hochzeit davongelaufen?", flüstert Ruby.

Gabriel schiebt das Kinn vor. „Natürlich nicht. Sie hat wahrscheinlich nur die Zeit vergessen. Nichts Ernstes. Sie ist sicher nervös. Wir beruhigen sie, und alles wird gut."

„Was das angeht …", sagt Anna langsam.

Wir drehen uns zu ihr um.

Ein Muskel in Gabriels Gesicht zuckt, während er darauf wartet, dass seine Frau den Satz beendet.

Anna schneidet eine Grimasse. „Es könnte sein, dass sie meinem Vorschlag gefolgt ist, wegzugehen und nachzudenken."

Gabriel schüttelt stirnrunzelnd den Kopf.

„Oh, dann geht sie spazieren", sage ich. „Das ist gut."

„Ich glaube nicht", sagt Gabriel leise. „Das hat sie nicht gemeint, nicht wahr, Anna?"

Sofort wird Anna rot. Er kennt sie so gut. „Keine Sorge, sie ist in Sicherheit."

„Hättest du nicht etwas *vor* ihrem Hochzeitstag sagen können?", fragt Gabriel angespannt.

Anna gestikuliert wild. „Ich habe es versucht, doch deine Schwester ist genauso stur wie du. Ich habe ihr gestern lediglich einen Denkanstoß gegeben. Sie ist diejenige, die sich entschlossen hat, ihm jetzt zu folgen."

Gabriel sieht sie beunruhigt an und eilt sofort zu einer Tür, die ins Freie führt, wahrscheinlich, um Emma zu finden.

„Gabriel!", ruft Anna und eilt zu ihm.

Er bleibt stehen, und sie haben eine hitzige Diskussion, die ich von hier nicht verstehen kann, bevor Gabriel von Anna gefolgt nach draußen geht.

Wer hätte ahnen können, dass unsere so traditionsbewusste Schwester kalte Füße bekommt?

„Hier wird es nie langweilig", bemerkt Ruby.

Ich lege einen Arm um ihre Schulter und ziehe sie an mich. „Willkommen in meiner Welt."

Sie lächelt zu mir auf. „Ich liebe sie, und ich liebe dich."

Ich küsse sie. „Ich liebe dich auch."

Sie streichelt meine Brust. „Und ich dachte, das Leben am Hof würde immer dem Protokoll folgen."

„Das tut es, und das tut es nicht."

„Machst du dir Sorgen um sie?"

„Wir sind auf einer Insel. Wie weit kann sie schon kommen?"

Verpassen Sie nicht das nächste Buch der Serie – Königlicher Darling – in dem Emma und ein britischer Bad-Boy Rockstar aufeinanderprallen.

Jackson

Ein Rockgott zu sein, ist nicht so toll, wie alle immer behaupten. Für mich ist es zu einer seelenlosen Tretmühle geworden. Was der Grund ist, warum ich jetzt auf dem Hausboot meines Kumpels bin, weg vom Rampenlicht, in der Hoffnung, den Weg zurück zur Musik zu finden.

Doch das wird wohl nicht passieren.

Ich habe gerade einen blinden Passagier an Bord gefunden, und ich kann nicht fassen, wer sie ist. Eine verdammte Prinzessin? Und diese spröde kleine Person weigert sich, das Boot zu verlassen, darum mache ich ihr ein Angebot, um sie zu verschrecken – eine Affäre ohne Wenn und Aber.

Nur, dass sie ja sagt.

Ich sage nein, und im nächsten Moment verbarrikadiert sie sich in meinem Schlafzimmer. Im nächsten Hafen werfe ich sie von Bord. Sie bedeutet Ärger, verpackt in einem hübschen jungfräulichen Päckchen, von dem ich weiß, dass ich besser die Finger davon lassen sollte.

Emma

Ich bin eine Braut, die kalte Füße bekommen hat und versucht, eine saubere Flucht hinzulegen. Doch als Jackson Walker mich in meinem Versteck auf seinem Boot entdeckt – und nachdem ich den Schock überwunden habe, über den Zufluchtsort eines Rockstars gestolpert zu sein –, weiß ich sofort, dass er genau das ist, was ich brauche. Er ist wild, ungehobelt, perfekt.

Meine Familie würde niemals zustimmen. Die Presse würde uns auf den Spieß nehmen.

Doch ich will ihn trotzdem.

Er ist das Gegenmittel für mein Leben, das in so vorherbestimmten Bahnen verläuft. Doch kann er je über meinen Titel hinwegkommen und die Frau sehen, die ich sein will?

BÜCHER VON KYLIE GILMORE

Die Clover Park Reihe

Das Gegenteil von wild (Buch 1)

Daisy schafft alles (Buch 2)

In den Falschen verguckt (Buch 3)

Ein Weihnachtsmann zum Küssen (Buch 4)

Vermieter küsst man nicht (Buch 5)

Nicht mein Romeo (Buch 6)

Bring mich auf Touren (Buch 7)

Clover Park Braut (Buch 7.5)

Gewagte Verlobung (Buch 8)

Retter in der Not (Buch 9)

Eine verführerische Freundschaft (Buch 10)

Ein Geschenk zum Valentinstag (Buch 11)

Raus aus der Tretmühle (Buch 12)

Die Clover Park STUDS Reihe

Almost Over It (Book 1)

Almost Married (Book 2)

Almost Fate (Book 3)

Almost in Love (Book 4)

Almost Romance (Book 5)

Almost Hitched (Book 6)

Happy End Buchblub Reihe

Hollywood Inkognito (Buch 1)

Gefahr im Anzug (Buch 2)

Gefährliches Spiel (Buch 3)

Förmliche Vereinbarung (Buch 4)

Wenn der Bad Boy keiner ist (Buch 5)

Ein Störenfried zum Verlieben (Buch 6)

Schicksalsbegegnungen (Buch 7)

Eine Romantische Chance (Buch 8)

Ein sündhafter Flirt (Buch 9)

Ein unbequemer Plan (Buch 10)

Eine Happy End Hochzeit (Buch 11)

Die Rourkes Reihe

Königlicher Fang (Buch 1)

Königlicher Hottie (Buch 2)

Königlicher Darling (Buch 3)

Königlicher Charmeur (Buch 4)

Königlicher Playboy (Buch 5)

Königlicher Spieler (Buch 6)

ÜBER DEN AUTOR

Kylie Gilmore ist die USA Today Bestsellerautorin der Rourkes Reihe, der Happy End Buchclub Reihe, der Clover Park Reihe und der Clover Park STUDS Reihe. Sie schreibt unterhaltsame Romanzen, die die LeserInnen zum Lachen und zum Weinen bringen und zu einem Glas Eiswasser greifen lassen.

Kylie lebt mit ihrer Familie, zwei Katzen und einem verrückten Hund in New York. Wenn sie nicht gerade schreibt, Kinder bändigt oder bei Autorenkonferenzen pflichtbewusst Notizen macht, findet man sie beim Stretching – bis ganz nach oben ins oberste Regal, um dort ihren geheimen Schokoladenvorrat zu erreichen.

www.ingramcontent.com/pod-product-compliance
Lightning Source LLC
Chambersburg PA
CBHW070950180726
48291CB00004B/1225